70后结婚十年病历书

同林鸟

夏景（著）

中国青年出版社

目录

第一章

她可不是花骨朵

1

到了中心广场的花园处，郑佩儿和陈轩斗起嘴来。到底要不要坐下来喝点儿东西呢，因为家里停电了，回去也什么都做不了。他们争执不下。周围的人不多，才晚上八点多，露天啤酒摊的桌椅倒是已经支了起来，可还没有多少人坐过去。桌子旁边的树上，缠绕着廉价的霓虹灯泡，一闪一闪的。郑佩儿身上没有带一分钱，陈轩则坚持认为停电只是一小会儿的事情。新街改造，停电总是难免的。等我们转一圈走回去，肯定就灯火通明啦。

郑佩儿心想，他一定是怕她一旦坐下来喝点儿什么，就会打开话匣子，跟他唠叨起来。平时在家里，促膝谈心没那机会和气氛。到了这里，借着朦胧灯光，再喝点儿酒，谁能保证就搓不出点陈年老垢呢？

这是五月中旬一个炎热的夜晚，如果不是突然停电，小两口也不会一起出门散步。郑佩儿白天工作太累，到了晚上，进了家门，穿了拖鞋，才觉得能吐出一口松活气来。陈轩呢，和郑佩儿正好相反，夜色一来，心动人也动，不是麻将就是喝酒，今天难得有空在家，却碰到停电。习惯性地，他心里不安宁起来，时不时掏出手机看一看，希望能听到朋友们的召唤。

朋友们都不知道在忙什么，没人答理他。郑佩儿却毫不犹豫地向街边的桌椅走去，嘴里不满地嘟囔着："平时你跟别人怎么喝都可以，今天陪我一小会儿，就这么不情愿！"

陈轩终于软了下来，慢吞吞地跟在她的后面。两个人各要了一瓶啤酒，陈轩二郎腿跷着，朝着街面，眼睛瞅着花园那边。郑佩儿说：“喂，你干吗不看着我？”

陈轩略微动了动嘴角，表示听到了她的话。可他不想说话，也不想转过身来看着她。他又掏出手机来翻看。他穿着一条休闲的肥大短裤，上面是件黑色的圆领T恤，个儿高高的，腿很长。郑佩儿穿着件深色吊带背心，贴身的中裤。头发盘了起来，干净利落。

不过，她的内心可没有看起来这么俏丽、轻松。女人一结婚，就咄咄逼人。不是逼别人，就是逼自己。

她又提起了几天前的一档子事，陈轩喝多了，半夜回来竟拿冰箱当了小便池。痛定思痛啊，郑佩儿说，以后过了十二点就得将门彻底锁死。陈轩你呢，可以在任何地方撒尿，也可以不用回家睡觉。为人进出的门紧锁着，为狗进出的洞也得紧锁着。这个世界，可不就是这样，三令五申，也看不到效果。是啊，你说得对，人只有喝醉了，才可以体验别样的情趣，那吸毒，不是更能体验别样的人生？用脚说话呢吧你！

这还说个什么劲啊！回家回家！

郑佩儿突地就生气了，酒都没喝完，杯子一蹾，人就站起了身。她走在前面，越走越快。风从她的身体两侧飞过去，滑溜溜的。这算什么事呢，她想。他们之间的谈话，最近两年总是这样！没法沟通！对任何事都没法沟通！他只在乎他眼前的那点东西：酒肉朋友，周末麻将，突然失踪三五天，一下午不上班去海边游泳，跟三点式的姑娘打口哨，花几个小时看街边的人下棋，上网打游戏，跟人打赌某某某是不是处女……他就像人类的早期时代，除了吃饱穿暖，全无隐秘之痛……对她心中的希望和焦虑，不是揶揄，就是误读。

而她，敏感，严厉，天天向上，得理不饶人，一不小心，他们的谈话就钻进了死胡同。这该死的死胡同啊，横亘在郑佩儿的胸口，让好端端的夜晚变得诡异起来。就像一个梦游者，突然听到了一声咒语，让她的脚步戛然而止，猛省：我这是在梦中还是醒着？何去何从？

2

不是没意思了，而是没有希望了。

婚姻中，意思和希望可是两码事。

意思该怎么讲？结婚多年，还能天天乐和，这叫有意思，俗称爱情。只是世上有几对男女，进入婚姻后，还能总是将有意思没意思放在第一位呢？

希望是什么？现代社会，竞争这么大，今天下岗，明天上岸，一边是朝不保夕，一边是物欲横流，压力多多。婚姻的稳固，总得取决于实际因素吧，要过美好的生活，继而过美好的性生活，这就是希望！

如果希望是尊雕塑，它得是个女人：左脸颊有道法令纹，眼睛凹陷；腰上系一根粗大的绳子，麻花一样拧着，象征被绑在了欲望的战车上；手里呢，举着刀或剑，胳膊挺粗，不过手指还算秀气；体形跟自由女神有的一拼；朝天椒编成花环，挂在战车腿上。

笑容灿烂，少女身姿，手举花环或火炬的雕塑，不是希望，也不是晨读，那是“领班”。

老实说，郑佩儿不是好虚荣不讲理或靠男人赏饭吃的女人，她也从没拿自己当过风雨中娇艳的花骨朵。

花骨朵遇人不淑时，才会顾影自怜，感慨万分，抱怨人生，拿高度自恋做自信。郑佩儿不是这样，她从小就知道自己虽然漂亮，但绝不是名贵花种。她就是一特普通的大土豆或大萝卜，在地里黑着闷着长着，有肥吃肥、有水喝水，明白自个儿先得把自个儿长大了，瞅着机会，才有可能被人咕咚一声拔出来，从此见了天日。

她可没工夫心比天高命比纸薄，无限感慨生活总是对不起她，或者等着哪个男人，始于怜香惜玉，止于始乱终弃。有那时间，还不如赶紧琢磨怎么才能长得更结实点呢。——总之，“我的生命如此自做多情”，此话不是对郑佩儿这样的女人说的。

可是可是，她却找了陈轩这么个懒散贪玩儿的男人做丈夫。

3

结婚后，郑佩儿曾三次想过离婚。

第一次结婚时间还不长。

那时他们住在离陈轩单位不远的单身宿舍里，窗户外有几棵又高大又浓密的樟树。地上有茸茸的草，间或露出赭红色的土质。周末的时候郑佩儿穿着褪了色的牛仔短裤，在树与树中间的铁丝上搭晒洗干净的衣服。天气还早，阳光不那么浓烈。她喜欢带着随声听听克利夫·理查德的歌曲。偶尔，脚会踩到死昆虫的白色硬壳。水滴答下来，会有点橘子汁黏黏的感觉。陈轩总是在睡懒觉。一楼水房拉出的皮管里流出清冽的水，蹿进郑佩儿的脚底，滑滑的、湿湿的。芬芳的洗衣粉的味儿。草地上散落的瓜子皮。这一切，陈轩都欣赏不了。他只喜欢经过一夜汗水熬湿的床铺，任胸脯的肌肉处散发出懒洋洋的臭味儿。郑佩儿想，也许她根本不应该和这样一个男人结婚。

第二次是他们一起去黄山旅游。郑佩儿来了例假，不舒服，不想出门。陈轩跟着一群素不相识的人去爬天都峰了。他们回来时，在宾馆外面大声说着什么，陈轩的声音很大，有种虚张声势的快乐。郑佩儿心想，正因为他知道我会不高兴了，所以他才这么大声嚷嚷呢，“虚假繁荣”。她在房间里躺了一天，虽然是自己让陈轩去的，但他真的走了，她还是特别伤心。那时她想，他有什么好的，我为什么要跟他结婚？

还有一次，有一年的夏天。陈轩几乎天天出去玩麻将，跟疯了似的。星期天早上还没睁眼，电话就来了。郑佩儿坚决不让，家里一堆事等着周日要做呢。自行车要修，下水道要请人，煤气灶打火不灵了……她堵住门口。陈轩告饶，求情，未果，气急败坏，张口就说：“我从窗户跳出去你信不信？”

郑佩儿撒了手，没意思透了。管他呢，我又不是他的妈！她甩手出门上街了。她不再关心陈轩在做什么了，她想，他无论做什么，其实都只是为了伤害她。如果这样，除了离婚，还有其他办法吗？

4

公平地说，郑佩儿的个人资质里，并不具备当怨妇这条。

大学毕业后，她为了爱情，终于留在了在此读书的南方城市滨城，当时证券业正火，她在证券公司干了两年。结果股市行情不好了，她又去一个房地产公司做企划。

在地产公司做了两年，又应聘到目前上班的公司做副总经理。而且她正在准备参加全国司法考试，想拿个律师证，再次跳槽。

忙忙碌碌十年整，郑佩儿对自己的评价是有为女青年，当然，是在没人更正女中年的前提下。

她有她的性格，表面收敛、宽容，心里不将天下的任何人放在眼里。眼里闪耀着理想的光芒，可你要说它是团干部或中学女生的光芒也可以：敏感，顽强，自以为是，人不犯我，我不犯人！

丈夫陈轩，则不用这么东跑西颠儿。因为有个亲舅舅在市委工作，毕业后陈轩就进了一闲职单位，虽然钱少，但总比郑佩儿的饭碗铁多了。

也许就是因为这份“铁”，陈轩轻而易举地就放弃了所有的努力。他工作的轨迹基本四年一轮：第一个四年，睡懒觉；第二个四年，喝烂酒。第三个四年，搓麻将。

且振振有词：我就是这么一人，天马行空，甘于清贫，淡泊名利，没有什么虚荣心。

果真，既没有升职，也没有发财。

基本印证了郑佩儿父母当年坚决反对这桩婚事的所有理由。

这几年，随着郑佩儿奋发向上的劲头越来越足，两人之间的口角也开始多了起来。郑佩儿看不惯陈轩散漫无求的样子，还搬回来不少考试资料，或外语书，想让陈轩学点什么。至少考个公务员也行啊，她语重心长。陈轩理由总是很多，大不了去做生意！他这么说，好像做生意是人间最简单也最容易的事情。同时特别积极地买私彩，刻苦钻研彩票号码。

郑佩儿看在眼里，恨在心上。偶尔也会在某个黑漆漆的夜晚，突然醒来，听着陈轩的鼾声，不知不觉地，就有了点小怨妇的模样了。

如果说，我们的人生是一场现在时态的故事的话，那么有几个人敢说，他可以在爱情的顶峰完成人生？郑佩儿可以吗，陈轩可以吗？或许将来她还能保持着现在爱他的姿态……可是，赋予看不见的事物以热情和颜色，是不是多多少少有点像是在忍耐自己的无所作为？

现在时态的爱情，是一种等待，也是一种危险，尤其是当它行进到中途，生活渐渐趋于某种共同的行为，仿佛两滴水，融失在了同一条河流里时。

郑佩儿对爱情的看法，是非常清晰，非常明智，非常泾渭分明的。有爱就爱，不爱了，绝不会再勉强。她是不乏行动力的女人，耽于寂寞或恐惧，并不是她的长项。好吧，陈轩，虽然我也渴望对你的爱情能贯穿一生，在肉体和灵魂的膝盖上，牵一发而动千钧，但是我也必须说出我想要的是什么，这并没有错吧，亲爱的？

她知道，陈轩说他自己淡泊名利，就等于是在指责她浅薄，因为她整天不是盼着自个儿发家致富，就是眼红别人升官发财。

郑佩儿说，我倒不想浅薄呢，我也想淡泊名利，喝茶看书，弹琴插花。可是房子贷款谁来付？孩子出生以后拿什么钱读好学校？想要什么没有什么，活在世上意义何在？我们的父母怎么跟他们的朋友说我们？世界这么广阔有那么多事情可以去做可我们永远只有一种活法，那就是想干什么都得受制于金钱！

不，如果你觉得这是你的理想，我尊重。但我告诉你，它不是我的。绝对不是！

啧啧，瞧这口气，岂止怨妇，还有点泼妇呢。

5

郑佩儿的公司是做芦荟产品的。芦荟汁、芦荟糕、芦荟茶，在郊外还有一大片芦荟园，全是美国进口的好产品，有的能有半人多高，叶壮汁浓，煞是壮观。

老板是个单身女人，叫李红跃，四十岁出头，眉眼周正，是个注意仪表风度但却略显死板的女人。

两人同坐一个大套间，一里一外。郑佩儿一夜胡思乱想，来上班时自然脸色不好。李红跃拿起一个小盒子，向郑佩儿做推荐。

“女人要爱护自己，除了你自己，没人会真心疼你。我这是瑞典药，有人送我的，做调理不错，你先试试，要是觉得好，下次我再托人多带几瓶。”

郑佩儿没接话，心想，你那个年龄当然需要调理，可我还算青春期的尾巴呢，调理什么？二来，瑞典之药，就算以后李红跃肯给她带，她也吃不起。

郑佩儿不说话，李红跃却不想放过话头：“我昨夜也没睡好。”

郑佩儿这才发现她的确是没休息好，脸上还带着隔夜的锈迹，恹恹的，心事重重。瞧这个面相，郑佩儿不是老中医，也能分析个八九不离十：虚火上升，食欲不振，情思昏昏，便秘严重。

果真，李红跃长叹一声，算是开场白。偏锋所向，直奔主题：“佩儿啊你说说，男人的本性是不是就是掠夺和贪婪？他们根本就是经济动物，哪里有真情可言？”

郑佩儿说：“李姐，和伟哥吵架了？”

两个女人，虽是上下级，但碰到说家常，郑佩儿就改口叫她做李姐。

“昨天还我生日哪，”李红跃说，“他可真是让我伤心。”

李红跃说的这个他，就是郑佩儿说的伟哥。大名万伟，自称伟哥。

伟哥大学专业是自动控制，学校时控制多了，出了校门就怎么也控制不住了：先结婚后离婚，先工作后下海，先赚钱后赔钱，先同居后恋爱——和李红跃就是这样的。

这回伟哥分明是又失控了。

郑佩儿给李红跃端了一杯茶，放在旁边，说：“过生日也该告诉我们啊，大家陪你去热闹热闹。”

李红跃脸色颇为惆怅：“儿子住校不在家。一心想跟他二人世界，所以谁也没说。”

“伟哥怎么了，忘了这事了还是回家迟了？”

“没忘，我一回家，他就把饭都做好了，几菜几汤的，搞得很精致，订了一个双层蛋糕，还造了两根大蜡烛。”

“这不挺好吗？”

“吃饭前跟我说，有个礼物要送我。我心想，一年多了，他住我这儿，吃我这儿，还真没送过我什么东西。所以我还挺高兴的，进房间，换衣服，出来之前，还化了点淡妆。”

“有情调哟。”

“然后喝了瓶干白。他情绪也很好，说说笑笑。一边吃，我的眼睛还一边乱转，直琢磨礼物他藏哪里了。”

“人家一直含而不露？”

“是啊。”李红跃说，一手扶住额头，“终于吃完了，他又让我闭上眼睛，说礼物在客厅，就给我取过来。”

“是什么？”

“一个游戏软件的策划书！他说论证很久了，就等我投资了。”

哦！

李红跃一脸痛楚，眼见确实被伤得不轻，口气冰冷：“我一听他说这事论证已经很久了，就觉得好像听到画外音在说：我想你的钱已经想了很久了。”

郑佩儿抿着嘴，不语。她不相信伟哥是那种人，但对李红跃的想法，却也特别能理解。

这世道，男人没钱就是自然灾害。谁碰上，谁倒霉。

6

晚上，两人看电视。

陈轩脚搭在茶几上，身子半躺在沙发上。郑佩儿抱着胳膊："陈轩，我们谈谈吧。"

陈轩嘴里哼着，装作没有听见。

他最不喜欢郑佩儿这样说话。谈谈？谈什么？谁跟谁谈谈？这个词，让人一听就顿生反感，领导找群众谈谈，老师找学生谈谈，父母找子女谈谈，强者找弱者谈谈。她凭什么要跟他谈谈？

"我们离婚吧。要离就得早点离。"郑佩儿却已经开始谈了，"我已经仔细想过了。一来，趁自己年轻，说不定我还能做点什么。二呢，即使做不了什么，也能趁着还没年老色衰，赶紧找个有钱有权的男人嫁了。"

哦？陈轩这回是听清楚了，还以为郑佩儿是看不上韩剧在闹别扭，刚要哄哄，郑佩儿口气挺冷，已经站了起来："你考虑，尽快给我答复。"

进卧室，咔嗒，门反锁了。

第二章

向着婚姻冲刺吧

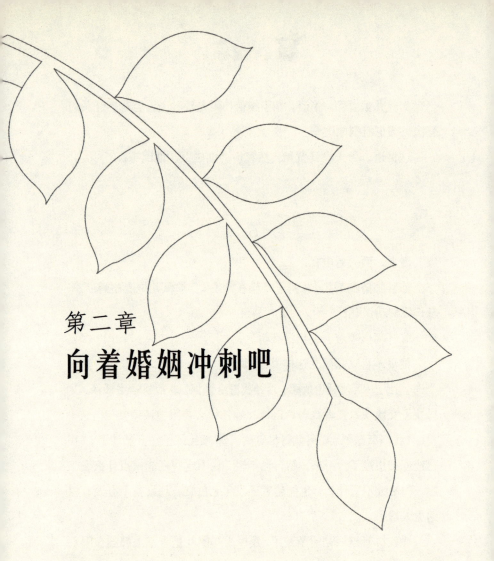

7

郑佩儿进大学校门时，陈轩已经四年级了。

虽有一名外语系的固定女友，但贞操观念一向不强。跟其他女生看看小电影，拉拉小手，搂搂小肩，都是家常便饭。好在他的女友，也属性情奔放、豪迈通达之辈，仗着会点外语，主动和留学生们打成一片，毕业时竟跟一老外去了西班牙，当然这是后话。

他的同班同学周明，从郑佩儿一入校，就喜欢上了她。而且，据可靠情报，郑佩儿的班主任，男性，湖南人，频繁出入郑佩儿的宿舍。这个消息让周明很是坐卧不宁，这里涉及校园公权的问题，他是老师，你是学生，根本不在一个起跑线嘛。

陈轩最有本事的地方，就是他能很快活跃起气氛来。而周明有点慢热，就是说在不熟悉或熟悉的场合，他的发挥完全是天上人间。

他太需要一个人给他提供一个能让他展示妙语连珠、美妙歌喉以及二头肌的场合了。这个人，确实又只有陈轩。

他只好请陈轩去吃石门肥肠，还喝了两瓶啤酒。喝了酒，这顿饭的档次就上去了。周明之所以需要提高饭的档次，有一个很重要的附加条件：不许陈轩对郑佩儿动心思。

可事实是，郑佩儿一见到陈轩，就被他迷住了。

那时的陈轩，会写诗、会唱摇滚，有社会上的若干朋友，三年级曾率一干人骑自行车去武夷山探过险，跟人合资办过复印社，组织绝食三日抗议食堂伙食太差，学习成绩一般，外语屡屡补考，但他有个性！有胆量！帅气，还幽默。

当然也不能全怪郑佩儿，如果陈轩对郑佩儿没感觉，他也不会超级发挥，而且很多项目已经大大超出了客户的要求。比方周明只要求他搞笑，将气氛带动起来，他不仅讲了笑话，还带大家玩了一通坐火车的游戏。更甚一步，他还主动给大家跳了段爵士舞，末了又朗诵诗歌。你说你背一个“白日依山尽”就可以了吧，他居然诵的是“当你年老白了头”，且目光深邃，嗓音低沉。郑佩儿怦然心动，眼圈当时就红了。

和郑佩儿热恋到高潮时，陈轩毕业工作已经一年多了，只有周末才能去学校看看郑佩儿。郑佩儿夏天穿一吊带背心，露着光洁的小脊背，太阳下还闪着年轻姑娘特有的晶莹光泽。天再热，她的皮肤也是凉凉的。待到晚上做梦，陈轩发现自己梦见吃糖的时候越来越多了，简直就跟贪馋的小孩儿没什么两样。突然醒来，一嘴的口水，原来梦里他竟舔着郑佩儿的身子，滑滑的、凉凉的，还真有甜味。不是一大块夹心糖还是什么？

那年冬天，他被派去深圳出差了两个月。一回来，在车站就给郑佩儿电话。郑佩儿很配合，大胆主动地说：“你先回宿舍，我这就来。”

结果郑佩儿来的时候，头发还湿着，她竟然刚洗了澡！这个样子，就让陈轩除了激动，还很感动。门一关，就把她抱住了。郑佩儿也不说话，两条腿抽着冷子老想往他的腰上跳。

天要下雨，人要分泌，由它去吧。

有了第一次，就有了第二次、第三次。郑佩儿毕业一年后，他们就结婚了。

这就像跑马拉松，有性欲时，两个人都憋着劲，觉得快要到终点了，心里只有一个念头，集中所有的力气，向着婚姻线冲刺吧。等冲过了线，彼此才发现，一味想冲线的心态，着实是太简单了。这场马拉松赛跑，本来就没有名次的要求，那么要死要活地你追我赶，累个半死干什么呢？其实跑慢点，未尝不是好事情，而且跑慢点，心里还能涌出不少周全的想法来。漫长的旅途可能会消耗掉一些起跑时高昂的热情，但势必也会带来更多的从容和清醒。时间渐长了，现实开始像剥馒头皮，一层一层掀开，一层比一层暄腾热闹。只可惜，热闹都是别人的，他们却只有失落。郑佩儿觉得陈轩是绣花枕头，陈轩觉得郑佩儿失去了可爱天真的灵性。

8

陈轩刚上班不久的一天，正在街上走，背后突然被人拍了一巴掌，说“嗨”！

陈轩转了身，却发现竟是少年时代的朋友李向利。

陈轩这才知道李向利士别三日，当刮目相看。中学毕业后竟去了香港，投奔那边的一个姑妈，混了几年，回来开一公司，专卖一种健身机，三千多元一台，天天提货。就这，还应接不暇，单子都排老长的队了。

陈轩听了，自然也替李向利高兴，说既然这么难买，肯定是好东西，那我也买一台好了。

李向利就说别你自己买啊，你帮我推销吧，卖出去一台，我给你五百元的回扣，怎么样？或者你只要卖五台，我就送你一台！当我孝敬你父母的，我不也好多年没见他们了吗？

陈轩听李向利说得情真意切的，觉得特感动，就去单位宣传了。

结果没想到单位的人都不感兴趣，说要个机器摇摆啥呀，想摇摆去舞厅也可以啊，中老年舞厅，十元钱一张门票，三千多元，能去多少次啊。还有个一眼就识破了陈轩的猫腻，奸诈地笑着说：有回扣吧，还不少吧？

让同事们这么一说，陈轩自己也觉得自己有点不厚道了。他没敢再推销下去，脑子里仔细一想，三千多一摇摆机，确实也忒贵了，好歹跟李向利说一声就算了吧。

李向利听了就像没听见一样，还张罗着要请他吃饭。

陈轩小时候曾痴迷过一段时间的篮球，每天下午放学就去旁边技校的篮球场玩。教他打球的人就是李向利，单手投篮，双手投篮，端球投篮，带球投篮，转身投篮，跳起投篮和直立投篮……李向利的球总是又平稳又柔和。陈轩知道这玩意儿得凭感觉，不是想做好就能做好的，也不是多练习就能做到那么完美的。

上了高中后，他的膝盖里被发现有积水，不能再做剧烈运动。和李向利渐渐就来往不多了。两个人在饭桌前坐下，李向利拍着他的肚子，恶狠狠地说："靠，你青春不在了。"

只一瞬间，李向利就让陈轩找到了他一直渴望的某种状态。在这个问题上，陈轩有自己的认识，世界上确实有这样的人，或者有这样的环境，让自己瞬间无法掌握走向。在这种力量的驱动下，身边所有心烦意乱的东西都会因为他的决定而变成乌有，任何行动都会让他的皮肤有一种抚摸的快感，可能出现的茫然也会烟消云散，本能才是引导他的洪流。

他望着李向利傻笑着，李向利狡黠地，兴致勃勃地，似乎一眼看穿地问他："结婚，一团糟吧？"

陈轩脱口而出："她脾气很不好。"

陈轩很奇怪自己会说出这样的话来，郑佩儿脾气不是不好，只是有些任性。可陈轩说出这话的时候，还真的对自己产生了深切的怜悯。他是需要帮助的、是孤独的，是个需要怜悯也渴望放纵的男人——这些话，只能跟李向利说。因为李向利才是能理解他的人，他不会笑话他，而且提供给他远避尘嚣的机会。

9

陈轩还记得那个女人的肩很宽，她裹着带流苏的披肩，打牌的时候，就取下来，露出光洁白润的肩膀来。她很丰满、俗艳，但看起来还不是很糟糕。

李向利把自己的女人叫做“鸡”，见陈轩瞪大了眼睛，他即刻改口：“相好的，周末吃个饭而已。这没什么，我们谁也不把谁当回事。她不小了，和我混了好多年。她喜欢过那样的生活，我也没办法。人嘛，是个好人。”

陈轩在李向利面前，常常像是换了一个人。因为李向利很无耻，无耻的人总是比较容易让人跟他热乎起来，他让你觉得活着不累。

郑佩儿倒是一点也不无耻，她就跟墙上挂的带镜框的好公民守则似的，玻璃擦得亮晶晶的，总是让陈轩看到自己“皮袍下的小”。

他跟李向利以后还出去过两次，两次都见到了这个女人。她比他大几岁，离了婚，好像还有一个孩子，很小，放在东北母亲那边。

他们总是在一家餐馆吃饭。环境很差，天热的时候，就把桌椅搬到店铺的外面来吃，就在人行道上。幸好这里人也不多，可地势也不平，桌子放得东倒西歪的。啤酒在一次性的塑料杯里，杯子软软的，稍微一捏，酒就流了出来。女人爱吃这里的鱼头煲。她吐刺的样子很可笑，头一转，就吐到了地上，有时候头都不转，鱼刺鱼骨头也能飙出去。

她吃饭专心，而且只说让她自个儿高兴的事儿。李向利和陈轩说着什么，基本充耳不闻。眼睛转来转去，可你永远不会知道她在看什么。

小饭馆旁边就是一个简易茶社，他们也去那里打牌。陈轩后来想也许李向利没有几个钱，否则他不会在这些地方如此泰然若素。他还想李向利也许更没什么朋友，他认识的人都得想办法卖给人家摇摆机。陈轩对他来说，是一段比较干净的回忆，所以，他才喜欢和他交往。

可是，有一次，陈轩和那个女的差点上了床，这事终于让陈轩感到无法再坦然地面对李向利。在李向利面前刚消失的茫然感又冒了出来。他连推了三次李向利的邀请，以后就再没有跟他联系了。

女人的宽肩膀，是到床上才真切地感到那种美的。这个女人让陈轩很激动，他甚至觉得在他的意识里，都忘记了她还是一个女人了，她只是一块让他用起来舒服无比的肉。他不管她的感受，她也不要他管，他试着想用亲吻她的胳膊肘来告诉她，他并不只是看重她的肉体。可是她粗暴地立刻将他推开了。“少来这套。”她说，“你要干什么就干吧。”

关键时刻陈轩突然醒了，倒不是因为想起了“好公民守则”郑佩儿，而是对李向利有点不太放心。他怕这个女人和李向利去说点什么，这个念头一闪，他就清醒了。这个粗鄙的女人是生活背后的东西，可它又那么的真实和刺激。

他没有想到自己身上还有这样一面，有下贱，更有冲动。这该是郑佩儿永远都不会知道的东西吧。他觉得自己突然内心重了很多，至少比郑佩儿，要重出了那么一点点。好几天的时间里，他虽然还跟朋友们呼三喝四，玩东玩西，可心里，会那么咯噔一下，顿时，神情就有点恍惚，言词也不出格，声调也不那么激昂了。

可郑佩儿，却什么也没有发现。为这，陈轩对郑佩儿都有点怨恨了。

有时候，他想故意说点什么，让郑佩儿怀疑怀疑他，可又忍住了。他们偶然会扯到一些婚外性的东西，郑佩儿嘎巴脆地说："你要敢那样，我们立刻就离婚。"

郑佩儿的态度，让他很有些恼火。说她是老而弥纯，不如说是浅薄无知。这么一想，他又忌妒她，又恨她。恋爱时那种湿漉漉的感觉没有了，现在的她，可不就是这么干巴巴的！

陈轩，偶尔还是会想起那个女人。她的名字叫做许晓芸，长得不算漂亮，却自有一种耐人寻味的味道。

10

陈轩的工作不忙，一点也不忙。不仅不忙，他还一点也不想忙。

他和一个叫小美的姑娘坐在一间办公室里，除了发一些系统活动的通知外，确实也再没有多余的工作了。除了打打游戏，嘚啵嘚啵，还有什么好干的？

陈轩总觉得自己想干的事情很多，可就是没有状态。

状态这个东西，就好像学生考试发挥一样，发挥不好，就等于白学了一学期。现在除了状态，他还开始相信命运、预感，所以会去买点彩票。甚至还有点沾沾自喜，他的日子过得既游离又投入，既不着边际又不脱离生活。他从没想过要当处长，因为他知道自己嘴上无毛，办事不牢。他也不想去技术部门，因为那里要评职称，他写不出论文，外语也臭得一塌糊涂。他其实并不像郑佩儿所想的那样，对自己一点也不上心，就通过这两点分析，就能看出他根本就是好好研究过自己的。

他的日子，休闲而散漫，既不慌张，也不压迫。他知道现在有很多种生活方式。他没必要去羡慕任何别人的方式。他是个怕被束缚的人，工作了，不能再像读书时那样，做出一副浪迹天涯的样子来，可如果要奋斗成所长那样，不仅供女儿去英国读书，还可以供他姐姐的孩子一起去陪读，又有点太遥不可及了，比当一个所长更让人觉得不可思议。

但周围的人，那种为生存或生活而拼命的劲头一直让他很是迷糊，他不知道这样做的意义到底是什么。他常常在喝点小酒，讲点段子，或游一场泳打一圈牌后，总结道："人生可以不拼命，但不能不快乐。"

他这么说，也这么做。甚至连希望拼死拼活混点名堂出来的想法，都不让它冒出来。一旦他抖擞精神，想卖力地干点什么时，一个声音就会跳出来嘲笑他。这声音在拿他和他平时最看不上眼的那些朽木同事，比方处长老黄在做比较，他的笑容，他说话的语气，他掩饰内心下流念头的方式，都变得愚蠢而更易被人发现。

他顿时就感觉自己老了，不仅仅是身体上的老，更是精神上的衰退，他连说点玩笑话或跟姑娘们献点小殷勤的力气都没有啦。

他想，如果以后的日子，都得这么不好玩地活着，那可太没劲了。

还不如就这么着，至少图个心静自在呢。至于未来，还是等状态出现后再说吧。

不过郑佩儿拿离婚这事来刺激他，倒让他感到了一种状态，尽管和以前所设想的状态不同，但不管怎么说，离婚，总比一夜露水更有新意。

他在卧室外面用力敲门的时候，郑佩儿大喊大叫："离婚！"他立马就在外面接了一句："离就离，谁要不离，谁就是孙子！"

说陈轩心如死灰是不公平的，他只是没有目标。而且他所想的好事儿，比方有一份工作，能养活自己，独立，不伤害他人，就是幸福等等，虽然很简单，但在郑佩儿的眼里，则全然不靠谱。因为以他目前的工作环境，其实并不能一件件落实在现实深处的。

陈轩还能记得两人恋爱时和郑佩儿一切的亲昵。他欺负她，他爱护她，他握着她的小手；而她，则紧紧地靠着她，依赖着她，用她长长的头发，摩擦他的肌肤。她的温柔和懂事，让他肌肤的每一寸都像花瓣一样地舒展开来。

那时，他的心里充满了"领情"这个词儿，他觉得自己是个好男人，特别好的男人，只有特别好的男人，才会懂得领女人的情。

可是现在，很多时候，郑佩儿都不要他领她的情了。不知道是怎么了，她现在总是野心勃勃英姿飒爽。精练的发型，无可挑剔的套装。她没有曾经的小鸟依人，没有了愿意跟着他到天涯海角的心气劲了。

她变得和生活中的很多事情一样，都让陈轩烦躁不安。他甚至有时候会忌妒她匀称的手指。它们很久没有温情脉脉地抚摸过他的背了，如同探寻隐藏的水路。

他认定郑佩儿对他的恼怒，是因为在公司闹了别扭，当他这么想的时候，就觉得，三十来岁的女人也不容易，尤其是给私人老板打工。他为自己能这么体谅郑佩儿而感到感动，女人嘛，情绪化的动物，他怎么能跟她一般见识。

但郑佩儿进卧室之前说的那些话，陈轩也慢慢地想了起来。她说得倒很认真，离婚，一、从此可以去做自己想做的事情。难道她觉得他拖累了她？就因为自己赚的比郑佩儿少，郑佩儿可没少挤对过他。可见钱这个东西，对女人来说真他妈的不是个东西。二、趁着她还不够老，离了还能赶紧再找个有权有钱的主——瞧这话说得多合情合理，别说她郑佩儿想找个靠山，陈轩也想呐。

天那，这是怎么了，以前曾是多么脱俗俏丽的一对啊，怎么转眼就这么庸俗势利厚脸皮了？

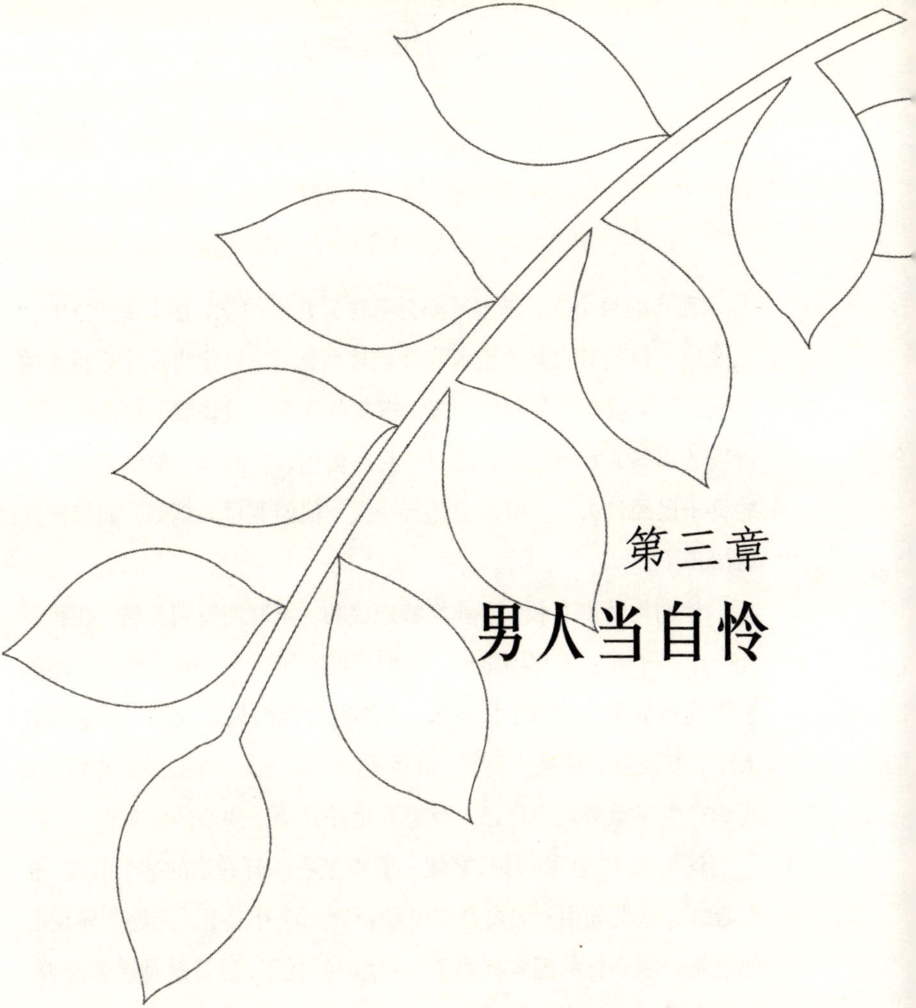

第三章

男人当自怜

11

现在的每个人，是不是都会有这么几个同学，朋友，远方的什么亲戚？他们曾在某个阶段和我们擦肩而过，好像也没什么特殊的来往，甚至没有给我们留下多么深刻的印象。就像我们生命中不同阶段的那些人和事一样，随着岁月的流逝，我们以为他们陪伴我们的日子已经过去了。可是突然有一天，他们竟星光熠熠、面如满月地出现了！

他们均特别有钱，事业均特别成功，家庭均特别美满。在我们连一个孩子养起来都困难时，他们已经有了一儿一女。而且，还都被送到加拿大去读书了！本来，谁都以为他们只是我们记忆中的旧人了，可是突然在某个瞬间，命运诡异，有一天，竟然会是他们，让我们产生了重新认识自己、反思人生并且痛下决心的念头！

这天晚上，在某饭馆，郑佩儿看着坐在陈轩旁边的某个旧友，透彻心寒，欲哭无泪。旧友是典型性新贵，浑身上下，无处不显现出他已是一根坚挺的国家栋梁了。在他的衬托下，陈轩越是油嘴滑舌，就越像是一根烂木头桩子。

她能从陈轩旧友的眼里看出很多东西，扬扬得意，鄙视陈轩，替她不值。

自己的华彩篇章还没开始，怎么就有了丧家之犬人生无望的感觉了？女人啊，即便再能干，没有一个强势的丈夫，也会变得不三不四。三十岁还不想明白，难道要等到四十岁再去自强不息？

别说陈轩没有发现那天晚上郑佩儿的眼神。

他之所以会油嘴滑舌，并不是跟对方要套近乎。他们有什么好套的呢，彼此小时候的样子，都记不大清楚了。陈轩可太了解现在时髦的同学会是怎么一回事情了，尤其是隔着千山万水还要找来的同学，你以为他真是念旧？真的是很想回到过去的时光？不，才不是呢。他不过就是想找个机会，让人看看自己飞黄腾达一步登天的模样儿。是的，虽然还没有找到状态，可陈轩就是这么敏感、这么自尊、这么虚荣，他可不愿意在郑佩儿的面前，对着有钱同学唯唯诺诺哈喇子淌一嘴。或者信誓旦旦重新做人，他不插科打诨满嘴放炮，还能怎样？

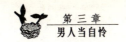

可是郑佩儿他妈的竟露出了讳莫如深的痛心表情，她以为他陈轩是什么？

他觉得没劲，觉得愤怒，不舒服和身边这个栋梁之材没有关系。他难过的是郑佩儿不仅不理解他了，而且开始闪烁其词心境复杂了。小饭馆的外面，是一个人工湖，湖中间有灯光，可不知道为什么那边要用发电机来发电。轰隆隆的声音一阵一阵的，总是不停地闯进你的心房。陈轩吃了一顿非常痛苦的饭。郑佩儿的表情，让他觉得和这个世界有点文不对题了，人生怎么可以这样大而无当？一顿小小的饭局，就能这么沉重这么危机四伏！

如果可以，如果时光肯再倒流十年，陈轩看见郑佩儿如此幽怨的眼神，他会立刻紧紧搂住她，用闪闪发亮的小眼睛，狡黠地对她说：傻丫头，我保证，一三五做爱，二四六干搓。

这是他们之间一个亲昵的玩笑。

郑佩儿呢，她会立刻露出调皮会心的笑容。是的，他们曾经有过很默契的时候，就像大夫手里的手术刀那么精确，哗啦一下，心就露了出来。一点也没有隐藏。

可是这话，已经多久没有说过了？郑佩儿，可能早就忘记了吧。

她已经自强不息得有点性冷淡了，如果就算还记得，听陈轩这么说，她肯定也会冷冷地呵斥道："无聊。"

也许是一个眼神，也许是一个动作，也许是某时某地一个人古怪的笑声……总之，人的世界观，往往会在瞬间发生根本性的改变。这种根本也许是毫无察觉的根本，如同容貌在每天的镜子里一样，你不大知道衰老是否的的确确发生了。可是，等以后，再回忆起来，这个时刻，此情此景，就如同定格的老照片，它会告诉你，确实一切都变了。

12

郑佩儿有个手下，是个女孩儿，叫萧子君，是李红跃的前夫萧自强的表妹。二十八九岁了，按说岁数也不小了，可就不结婚。早上到了办公室，掏出个葱肉包子来，冲杯凉水就往下咽。郑佩儿说，看看看看，这就是单身女人萧子君的幸福生活。该结婚了！

萧子君说："越失恋，越挑剔。放眼望去，总是大同小异的男人们。"

萧子君这个女孩子，给人的感觉心态很成熟，极少做无知少女状，做事也非常干练泼辣，是郑佩儿喜欢的类型。她也曾想过，如果自己不结婚，说不定比她还潇洒。可见婚姻这个东西，说到底，就是用来逼人妥协的。只要结了婚，无论想干点什么，都得先妥协！跟自己妥协，跟社会妥协，跟男人妥协，跟情感妥协，跟向往妥协，跟工作妥协，跟离婚妥协……

换了平时，郑佩儿一定会将她臭批一顿。谁说天下的男人是大同小异的，天下男人的大不同，正如女人和女人不一样一个道理，我不仅结婚，而且早婚，你呢？连恋爱都不好好谈。

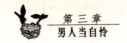

但今天郑佩儿觉得不能这么说，她对陈轩的失望，确实影响到了对男人的怀疑。于是问：“你说说，男人怎么都一样了？”

萧子君说：“都特自私，他们大多只会考虑他们自己。他的事业，他的朋友，他的前途，他的快乐，他的口味，他的感觉，还有他的高潮。”

郑佩儿忍不住，笑道：“牢骚又谁不会发！可世间事情，让人烦恼的往往不是此事，更不是彼人，而是说不清楚自己的需要。”

萧子君看着郑佩儿，洞若观火：“说吧，怎么了，对婚姻失望了？”

郑佩儿手扶着脸，点点头，随即又叹口气：“这么说吧，多少年过去了，可他还跟在学校做学生一样，拒绝长大，拒绝成熟，没有一点紧迫意识，更别提长远规划。看看周围，我们这个年龄的人，谁还跟他一样啊。你说升官你没兴趣吧，赚钱也不上心。工作没兴趣，更别提什么特殊爱好，我看着他就奇怪了，这个人怎么这么无私呢，他果真一点也不为自己前途着急的？”

萧子君笑了：“什么无私，分明是自私！他只管他自己，所以懒得管你的感受啊。”

郑佩儿说：“他甚至幼稚到在单位还要保持所谓个性，不许领导无故说他，大家都按时上班，他却要睡懒觉，迟到了还沾沾自喜。”

萧子君说：“陈轩哥是平民的身子下藏了一颗公子哥儿的心。你这么纵容他，他就根本不会有什么危机意识。等到你抛弃他了，说不定他也就害怕了，好歹会反思反思自己的处境吧，你说呢？”

郑佩儿：“果真？”

萧子君点头：“别看我没结婚，可我对男人的了解，也许不比你少。我觉得这方法行，你先说吧，你不是真的想离婚吧？”

郑佩儿点点头，又摇摇头，说：“生气的时候也特想离。但真离了，想想又觉得怪可怜的，他虽然挺能虚张声势的，可毕竟混得确实不好。我啊，真是哀其不幸，怒其不争哪。”

萧子君扑哧笑道：“你可活得真累。现代人谁还提爱啊，同情啊，感情呀什么的。这也太虚无了。”

“提爱情就虚无了？那现代人都提什么呢？”

萧子君说：“需要啊。相互需要才是唯一的标准，尤其适用于男女之间。”

13

醍醐灌顶，萧子君的话对郑佩儿来说，无疑比直接离婚更有一定的实际操作性。她甚至开始幻想，怎么和陈轩摊牌，陈轩又怎么突然猛醒，认识深刻，然后一夜之间，洗心革面，向着她所希望的样子奋勇前进。

那么，她到底希望他变成什么样子呢？

说到完美男人，郑佩儿的心里其实有个模型。他叫宋继平，但不幸的是，他却是她大学同班同学千叶的丈夫。她在一次订货会上见到过他，宋继平为金利的保健餐饮菜谱而来。但她没有对他更进一步介绍自己，所以他不知道她和千叶的关系。

千叶的婚姻，对郑佩儿来说，一直是一个小小的谜。千叶金盘花园的住宅，复式结构，两百多平方米，小区有游泳池和网球场。每次去，郑佩儿都站在窗口端详良久，再三叹曰：“学得好不如嫁得好。”

千叶知道她内心的小九九，更替她叹曰：“长得好不如嫁得好。”

郑佩儿问千叶，宋继平为什么会在那么多相亲的人中，一眼就看上她。

千叶说，他说我看起来很让人放心，朴实、听话。

郑佩儿揽镜自照："难道我不朴实、不听话？"

千叶说："当然，你一看就是个狐狸精。"

两个人凑在镜子前，果真如此。千叶低眉顺眼，一副死心塌地的样子，而郑佩儿，顾影自怜，绝对心有不甘。

郑佩儿看着自己，渐渐信心恢复："千叶，你是个特例。我不能跟你一样，永远不能。你看你，已经完全对未来没有想法了。我还得拼一拼，最少，还得为未来多设计几套方案。"

两个人的玩笑话，待郑佩儿见到宋继平时，心里竟咯噔一下，全部回忆了起来。

宋继平有种很吸引女人的气质，高大挺拔，轻松干练，尤其过了三十五岁后，他自己都开始相信自己的这种魅力。那种轻松的东西依然还在，却加入了一些新的内容，沉稳和沉稳中蕴涵的某种不可捉摸的因素，沉稳让女人放心，不可捉摸则有诱惑力。在郑佩儿的目光里，他就看到了这些。

对自己的艳遇，宋继平总是能很坦然地接受并勇敢地迎上去，而且，在朋友的圈子里他也从不抵赖。他把这种自由而寂寞的特质归于海外生活的经历，而且，他觉得人心需要抚慰，如此懂得享受女人丰富情怀的男人，则是幸福的。

订货会后，宋继平听郑佩儿说公司有个芦荟园，就提出要去看一看。他的样子，给郑佩儿的感觉，看芦荟园只是托词，他是想找个机会和她单独待一待。

于是，郑佩儿带他去看郊外的芦荟种植园，虽然按照公司的业务，这次行程完全可以不用他们亲自前往，但两个人却一分钟都没有迟到。宋继平甚至没有带司机，车上了高速路。郑佩儿打开了窗户，风吹着她的长发，发丝在白净细腻的脸庞边纠缠不息。他隔一会儿就看看她，终于忍不住，伸手拂了一下。

郑佩儿坐得直直的，笑意浮上脸来。

到了芦荟园，已经快中午了。郊外清新的空气和开阔的视野，让两个人从车里下来时，好像是度假的闲客。再远一点能看见大海，海水非常蓝，对比中甚至使天空都有了一点绿意。芦荟园的工人过来迎接郑佩儿，自然先问他们吃点什么。

宋继平一手扶在腰上，一手搭在眉处远望。他看上去心情很不错，道："有什么就吃什么吧。"

农场的工人带宋继平去看芦荟，郑佩儿则去看园人的小屋，掏了五十元钱，让他们去旁边的农户那里买两只鸡和一些蔬菜来。宋继平站在园地中间，和工人说着什么。

鸡是清炖的，除了盐再什么也没放。两人坐在一张小方桌前，小木板凳，大树阴凉，十足的农家小院。宋继平吃得很香，直夸农家鸡的味道就是好。

吃完饭，两个人一起在园地里又转了几圈，宋继平说他也做类似的保健产品，其中也有芦荟的化妆品、精华素什么的，还是科技部的项目呢。

傍晚车快进城的时候，到了一个比较幽静的公园门口时，宋继平很善解人意地邀请郑佩儿下车一起走走。走是走，却没什么话说。见到了一个卖糖葫芦的，郑佩儿就说要吃一串。宋继平笑笑，招手叫小贩过来，慢条斯理地挑了一根。

吃了一口，大叫味道真好，上面的芝麻更是沾了一嘴。宋继平看着她，眼里带着笑意，说：“真的好吃？”

郑佩儿点头。把糖葫芦送到了他的嘴边。

他凑过去，咬了。一点也没有不自在。又伸出手，将她嘴边的芝麻抹去了。

路边是个大广告牌，健脑的一个产品，近来大小电视台广告很猛。宋继平说那就是他的东西。他回国后一直就在做这个，这一两年才算有了收益。郑佩儿吃惊地瞪大眼睛：“原来是你做的。”

宋继平点点头，笑道：“是啊。酒店化妆品只是我的一个副业。”

郑佩儿从没听千叶说过这些，她只以为，宋继平不过是利用“海龟”的身份，和一些公司搞点科研项目而已。没想到，他竟然有这么大的一个公司。

再看宋继平，就更加的高大挺拔儒雅风度了。她就是这么容易喜欢上有钱人，或者是喜欢人有钱，这没有什么，世上有几个人敢说自己不喜欢荣华富贵功成名就？

敢不将钱放在眼里的，是那些曾经有过荣华富贵的人。只有享受过世俗成功的人，才有勇气去做那个避世之人。像陈轩那样说什么淡泊名利的，只是因为吃不到葡萄说葡萄酸而已。

当然，无论吃鸡还是吃糖葫芦的故事，郑佩儿都没有告诉陈轩。而宋继平，自然更不会告诉千叶什么了。

14

和郑佩儿不同，千叶有点怕丈夫宋继平。

一开始就怕。在她心里，他可是个大人物，北大本科毕业就去了美国，学生物，又是名校，麻省理工，一直上到博士，毕业后在波士顿一家大公司工作。刚工作就年薪十万，也算高级员工了。他曾经给她看过他在美国麻省理工读书时的照片，波士顿古老而幽雅的建筑，学校里各楼之间迂回穿通的走廊，查尔斯河对岸著名的哈佛大学。还有，他站在公司的大门口，神情呢，孤傲中又有点闷闷不乐。

他大了她八岁，回国的时候，她刚大学毕业。他则选妃子一样地在忙着选对象。千叶的姨妈介绍他们认识，千叶一听是这样出众的一个人，连见的心思都没有。

宋继平怎么可能看上她呢？

可他只见了她一面，就跟姨妈说，就是她了。

千叶甚至连他们见面时说了些什么都想不起来。宋继平太优秀了，他全身上下都散发出浓烈的优秀味道，让千叶自卑得连头都抬不起来。

她沮丧而气愤，坐在那里手里只是紧紧绞着纸巾，讨厌着姨妈的多事和絮叨，盼望着相亲的时间能快快过去。宋继平看出了她的窘迫，并不与她多说什么。中间只是给她递过一次茶水。

小半年后，他们就结婚了。其中单独约会的日子并不多，多是周末，宋继平来到她的家里，和她的家人坐在一起说说话。冬天的时候，他们一起去看了一场电影。宋继平将千叶的手握在自己的手里，千叶激动得浑身打颤。

这之前，她没有谈过一次像样的恋爱。大学时有个男同学喜欢她，约她喝过一次咖啡，结果两人都很慌张——出尽了洋相。她并不熟悉他，一个班六十多个人，她甚至连他的样子和名字都对不上号。但她对他一直很是愧疚，她是那样的腼腆而低敛，她希望那个他最少能像陈轩一样，让人感到轻松和自在。

陈轩和郑佩儿，是她最喜欢的那种喜气洋洋的恋爱。这两个人她都喜欢。陈轩一来她们宿舍，整个气氛就活跃了。

陈轩和宋继平是完全不同的两种人，千叶想，她并不爱宋继平，但是她却依恋他。想到他这样的人能做自己的丈夫，她就特别骄傲。她同样能感到，宋继平对她也没有刻骨铭心的爱情，但是他同样需要她的持重和稳定，他需要的是一个不会带来任何麻烦的女人——千叶正是此种人。

千叶对宋继平的判断是正确的。当初宋继平刚回国，别人看起来似乎还算风光，可他自己知道，如果要做企业，仅凭一个“海龟”的身份和星火项目是远远不够的。他压力很大，百业待兴，一个安稳的家庭比什么都能让他更有力量。他甚至觉得，一个淹没于众人中的妻子，才代表着他泯灭于世俗功名的正常方向。

只要成一个家，找一个听话的妻子，他所有的精力，就可以放在事业上了。没有再能让他分心的东西和人，甚至儿子也不能。

果然，儿子很自然地就来了，一点也没有什么麻烦。千叶不再工作了，她将儿子和家安顿得如他当初想象的一样好。宋继平感谢她。

还是不爱她。一如当初。

没有爱情的婚姻是不道德的，这是他这两年开始考虑的问题。可是，如果抛弃千叶和儿子，是否更加的不道德?

他一样很苦恼。把这段婚姻和改革开放常说的一句话联系起来：人类的丁点进步都难免会牺牲部分人的利益。

他在外面和很多女人暧昧而深情地交往，全瞒着千叶。千叶现在所有的苦恼只是儿子小志。他在缺少父爱的环境里长大，快六岁了。千叶已经觉察到孩子内心奇怪的感觉。

早晨，他会突然站在千叶的门口："爸爸昨晚没有回家。"

千叶问："你怎么知道？"

小志跑进去，拍拍千叶枕边的半边床："没有皱纹。"

千叶看着小志，她不知道儿子居然一天天如此密切地关注着她的生活。他从哪里知道的，没有皱纹，就意味着宋继平没有回家呢？千叶对儿子的怜惜，更加地强烈起来。她意识到，孩子正在感觉着一种家庭关系，母亲、父亲和儿子。父亲这个形象，在渐渐地清晰起来。

不能让事态再这样下去了。宋继平于小志，几乎是一个陌生人啊。这个话，该怎么对他说？千叶一想到必须和宋继平谈话，而且谈这么严肃的话题，简直要发懵了。

宋继平最近常不回家过夜，反正他在酒店也有房间。千叶能感到宋继平是越来越离自己遥远了，他的工作，从不跟她谈。甚至生活里简单的话题，他也从不对她说。

千叶在安静的房间里想自己的婚姻时，常常也会想起郑佩儿和陈轩。这两个人都是她所熟悉的，她知道他们最近在闹矛盾。因为郑佩儿一点也没有瞒着她，说陈轩有问题，贪玩儿，责任心不强，对自己的未来没有任何规划和忧虑，不求上进。

"可是陈轩很在乎你。"千叶说，"这是婚姻生活里最重要的。"

"不。"郑佩儿说，"他在乎我，他就应该为我而活得更精彩，可是他没有。千叶，你别总是说这些套话。生活是多么现实而具体啊，他让我很失望，这种感觉真是糟透了，完全可以抹杀掉以前所有的感情。你看看我们同学，大家都是一个课堂走出来的，他在学校时，并不比别人差到哪里去，可现在距离已经大大地拉开了。最可怕的还不是这个，而是他一点也不为此而感到有什么不妥，更是从不考虑我的感受。如果我能有一份安逸的生活，我也想做母亲，想生孩子，可我现在可以吗？我们买房子，向他父母借了六万多元钱。他父亲是中学老师，母亲没有工作，这六万元钱，是他们怎么省出来的，闭着眼睛都能想到。所以我们只能尽量省钱，一是还债，二是分期付款，这压力多大啊。我家里倒是有钱，可我妈从来就没看上他过。这让我怎么开口？想想都替他难过，就算为了让我妈对他刮目相看，他也应该努力啊。可他呢，依然是吊儿郎当上班，稀里马虎下班。你说说看，我什么时候能见到他扬眉吐气？"

说到了钱，千叶就不好再说什么了。她知道这世道钱是人人的紧箍咒，绷紧的神经末梢，都得靠钱来揉松。所以，当郑佩儿说，她要跟陈轩假装离婚时，千叶只能无力地和着稀泥："你敢说你不是因为嫌弃他？"

郑佩儿说："别用这么大的词。我不过是有了要采取点行动的想法。即便就是真的离婚，那也是想以此刺激一下陈轩，让他改头换面，重新做人。"

15

大学三年级的那个秋天，郑佩儿曾跟陈轩私奔过半个多月。

他们住在离滨城二十多公里远的一个山城，一幢灰砖廉价的宿舍楼里。他们不知道这里叫什么街道，也不知道楼的牌号。山城有起伏的小路，浓密的榕树遮掩着树下老旧的小店铺。城边有湍急的河流，水声哗哗，会莫名其妙地突然发出间断的轰鸣声。

之所以会到这里来，因为他们的钱只够住在这里，只够住在这样的房子里。没有厕所，洗澡也在一楼的公共澡堂，滑腻的水泥地，门边长着绿色的苔藓。天台的楼梯处涂抹着猥亵的标语。

有时候，会有塑料袋旧报纸之类的吹上楼来。

可是他们很快乐。

两个人，第一次，有这样的机会，享受独有的爱情港湾。他们全然忘记了周遭的肮脏和不适，只是深深地被彼此所吸引。现在是秋天，秋天在这里，冬天去哪里，都没有考虑。

郑佩儿那时是天下最好打发的姑娘，既不虚荣，也不肤浅。她不喜欢漂亮的衣服，甚至一点也不贪馋。她只要陈轩坐在她边上，跟她说话或唱歌，她就可以什么都不要。

她简直就像不食人间烟火的仙女。甚至从学校里跑出来，跟老师同学都没有说。

最后，是郑佩儿的父亲找到学校里去了。

郑佩儿的父亲是个很有派头的大学教授，态度沉着，发质很硬。他的身上，有种与生俱来的气质，这可以让他在碰到意外情况时从容做出行动。他用冷冷的、咄咄逼人的目光看着陈轩，看着几乎一丝不挂的女儿，他说："退学，跟我回去。"

陈轩像个傻瓜一样，伸出胳膊，挡在了郑佩儿的前面。他紧张地喊："伯父。"

"走开。"郑佩儿的父亲说。

私奔是陈轩提出来的。他刚上班，实在受不了早八晚六，一个月后，人几乎要疯了。在学校时习惯了的自由主义苗头冒了出来，于是假都没请，就带着郑佩儿跑了。现在说起来，这算什么呢，郑佩儿想，那时她真不该纵容他的散漫，不就是天天上班吗，可是他竟怀疑起人生来。他对郑佩儿说："让我们去找个世外桃源待几天吧。"

那时的他们，对钱对欲望都还没有概念。即便是水鸟，也是鸥鹭，自甘恬淡平静，夜来风雨会惊醒，然后更紧密地收拢怀抱与怀抱里的彼此。

现在，郑佩儿才知道，自己原本是心气高远的天鹅，春天来了，就会长出洁白的羽毛，然后飞走。

她和陈轩，根本就不是一类人。

不是。

16

陈轩呢，陈轩呢，陈轩其实也曾经有两次想过要离开郑佩儿的。

一次是结婚前。两人逗嘴，郑佩儿撒娇。因为想看到她着急的小样，陈轩没有哄好她，就让她摔门回了学校。第二天陈轩才想起自己要出差。在他的心里，无论怎样，郑佩儿对他的一往情深，应该都是心知肚明的。对他不过是逗她玩儿，也应该是心知肚明的。这一走，整整十天，等他再回来，郑佩儿哭得那个天昏地暗啊，小脸瘦了一大圈，黄疸都要吐出来了。

陈轩手不敢放地抱了她两天两夜，情话说得嘴都肿了，这才算哄了过来。她睡了，陈轩乘车再转车地回自己的住处，夜黑黑的，他心里很累。陈轩是个最怕累的人，他在想郑佩儿的眼泪，觉得很温存，很心软。又想她说他的话——自大自私软弱——既然知道，为什么还要连黄疸都吐出来？男女之间针扎一般的纠缠，是陈轩最不喜欢的。他的父母，从他小时起，就没有给他树立过什么相亲相爱的光辉榜样。他们该怎样就怎样，也吵架，也打架，但吃饭时就风平浪静了。他对那种资产阶级的复杂爱情，总是充满了鄙视。所以，当郑佩儿这样做时，感动完了，他就开始懊恼。

他觉得她这么要死要活的目的，可能只是为了伤害他。继而让他感到内疚，激发起对她更深一轮的感情。可是，陈轩不喜欢在郑佩儿的面前暴露自己的脆弱，何况这脆弱本来是完全可以不用暴露的。

他觉得自己在被她要挟，胁迫。

一瞬间，他就想，这样的女孩子，是不是还是离开比较好？否则，以后怎么办？她会不会胡搅蛮缠，以死抗争？那时他可没想到郑佩儿会那么快就摆脱了对他的依赖，在感情上，她“噔”地一声，就站成了巨人。

还有一次，是前几年。他突然特别喜欢看一些黄色网站，这没有什么吧。如果，他还算个男人的话，这又算什么呢。哪个男人不看？哪个男人不下载？这和女人烫头发、买化妆品是一样的吧，何况，他一边下载，一边还拖着地呢。

经过多年的婚姻生活，他已经习惯了郑佩儿对他又急切又轻慢的态度。他也习惯了总是在她的面前，扮演一个不那么缩头缩脑的男人的样子。

她是他生活的伴侣，而不是亲密的知己。这些年过去，他已经完全明白了两个人的角色，而且不会再有更多的奢想。

他不赞同郑佩儿的地方很多，她的野心她的豪迈她的虚荣她的贪婪，但是那又怎样，她还是他的妻子。就像他的工作一样，虽然没有最初的热爱了，但是还是必需的。

下载黄色影片，这让他感觉到可以不那么形影相吊。但郑佩儿却打电话告诉了别人，用一种很无耻的口气：瞧，下载了整整一天呢。他干别的，可没这精神头儿。

他正巧听到了。

那种荒凉和愤怒，难以形容。站在房间里，他都感到自己衰老、干瘪、心力交瘁了。他甚至好像看到了自己的凄凉晚景。

离婚！当时他一脚踢翻了椅子就跟郑佩儿嚷嚷。可是郑佩儿不停地撒娇，还帮他主动下载，这事，算过去了。

如果那时真离了，也许，现在，他们已经开始彼此怀念了吧。

无论多么好或多么糟糕的情感，都会面临到信任和宽容的问题。这是个度，感情太好，就不会互相宽容。一旦糟糕，又会失去信任。像他们这样，在现实生活中，越来越朝着完全相反方向行走的夫妻，不缺信任好像也有宽容。可是，曾几何时，信任变成了距离，宽容则幻化成了厌倦呢？

17

郑佩儿到家时，陈轩正一个人坐在客厅的沙发前，茶几上还放着一瓶二锅头，已经只剩一半了。郑佩儿进门，他做出一副愤愤不平的样子。

女人一旦失去了诗意，就开始变得突兀、刻薄、尖锐。

郑佩儿单刀直入："我们分开吧。结婚这么多年，你一点进步都没有。如果你出身高贵，家里有靠山，如此公子哥儿样，我自然会无怨无悔。可你一穷二白，又无特殊才能，却敢我行我素，大耍名士派头。这是一个什么年代啊？竞争如此激烈，有几个人敢像你一样，年纪轻轻，就拿出了混退休的样子来？不是我说你，上班那么多空闲时间，要是抓紧点时间，别说几个证书都考下来了，读个在职的硕士总是不成问题吧？可你呢，没电脑前，忙着东拉西扯。有了电脑，就上网游戏。你的岗位，本来就没有专业要求，识个字的人就可以干。当初我远离父母，与你留在滨城，是因为有希望能与你过上幸福的日子。可是现在，看看我们，再看看周围的同学朋友，陈轩同志啊，距离已经远远地拉开了。”

陈轩冷笑道：“你不是很成功吗？”

郑佩儿语重心长：“家是两个人的啊，而且这毕竟是一个男人的世界，女人过了四十，能原地踏步，就算幸运了。但男人不同，只要努力，总有机会。我呢，谈不上成功，但自觉比起你来，还是要努力得多。至少我有忧患意识、有压力，肯设定目标向前走。”

陈轩发火：“郑佩儿，什么时候开始我们的价值观如此不同了？”

郑佩儿很平静：“请你设身处地地替我想一想，我压力确实很大。”

陈轩明明白白地点点头：“那好，我同意离婚！”

郑佩儿抢道：“就算离，也得先试离！”

郑佩儿是没有想到陈轩会这么痛快说离婚，她可不想离婚。或者就算是想，也不能让陈轩大喊着离啊。何况事情好像还真没到离婚的地步，同事朋友们问起来怎么说？她觉得他没出息了？觉得他没证书没学位没当官没赚钱了？那她也太势利了吧。

不行。不能这么就离了。

但陈轩自觉颜面扫地，冷嘲热讽道：“你这是还没找好下家吧？”

“无耻。”

“难道说句真话就这么难？”

郑佩儿反诘道：“你不要没有勇气正视自己的问题，就东拉西扯。”

陈轩怒火中烧："我需要正视什么？现在不是你失望，而是我失望，你真让我看扁你，以前你身上让人珍视的东西全都没有了，热情，天真，信任，现在呢？"

郑佩儿看着陈轩，眼里渐渐充满了不解和疑惑，她说："喂，陈轩，不会吧，这么多年过去，你以为你还在青春期吗？不想长大也不是这么个法子啊。原来你竟然一直留恋着诸如热情、天真、信任这样大而不实的东西。青春是什么？它永远是不可靠的。人到中年，一饭一粥地工作生活才是正经归途啊，我的同志哥！"

郑佩儿的话陈轩显然没有听进去，他的头脑还处于晕眩状态，他一把抓起一个花瓶来。

"别傻了，放下吧。"郑佩儿说，"这么说吧，试离婚是个考验阶段，我们可以设立个大概时间，只要你有所改变，我们就和好如初。但是你依然故我，咱们就拜拜，如何？"

陈轩看着郑佩儿，没有觉得她是在开玩笑。但是他却觉得这是个开玩笑的好机会。他的好奇心和好玩劲又上来了："行。我同意。先问个问题好吗，试离婚期里性生活怎么解决？"

郑佩儿还真没想过。她一时愣住了，咬着牙看着陈轩，一会儿说："你说怎么办？反正我没问题。"

陈轩手一挥："男人和女人的生理构造不同。我可受不了，这么着吧，我们各行其是，谁也别管谁！"

郑佩儿没话说了。陈轩又占了上风，乐滋滋地说："要不，我给咱们先订一个章程去？省得到时候你又反悔。"

"我反悔什么？"郑佩儿一时还没意识到陈轩要说什么。

"不反悔就好。"陈轩说，"我只是担心我领个姑娘来过夜，你会吃不消。"

“你什么意思？”陈轩的脾气她可知道，他要气她，当着她的面做爱不太可能，但亲个嘴什么的，却是很有可能的。

“看看，你就心不诚吧。”陈轩看出郑佩儿情绪激烈了，“接受得了还是接受不了？我可是顺着你的方案来的。要是你不愿意的话，现在还来得及。两条路，一是立即离婚，二是我既往不咎。”

郑佩儿看着陈轩，终于咬牙切齿：“你少威胁我。定章程就定章程，你要是不定，你是孙子。”

“成。”陈轩去小房间打开电脑，“我要是不带姑娘回来过夜，我才是孙子呢。等着吧，我非把这条也写进去不可。”

说着进了小屋。

“妈的。”郑佩儿气不打一处来，看了看茶几上放的酒瓶，索性自己举起来喝了两口。擦擦嘴，嘟囔了一句：“奶奶的，走着瞧，你带我也带！”

书房里，陈轩对着电脑，扶着下巴，也在自言自语：“靠，要来真的啊。”

第四章

分居！分居

18

陈轩有个姐姐，叫陈春，三十七八岁，前年离了婚，现在一个人带着女儿，不仅住在娘家，而且手头也挺艰难。工厂效益不好，一月就拿四五百元的死工资。

陈轩的父母到处托人张罗着给她介绍对象。这不，陈轩刚上班，他妈的电话就来了，说让陈轩去劝劝陈春，她居然看上了他们厂里的一半老鳏夫。那人儿子都大学毕业了，大了陈春十四岁呢。

母亲的口气焦虑又紧张。陈轩心想，真是祸不单行，自己这边乱七八糟，姐姐又出这事。问道："他们订婚了？"

母亲连声否定，说："还没有还没有。现在有一个门当户对年龄相当的人来上门提亲，她居然为了这个鳏夫拒绝了。"

陈轩"哦"了一声，不知道该说什么。按理姐姐的事他不能不管，当初姐姐和姐夫结婚，他们家里可就没少操心。姐姐开始并不很乐意，架不住母亲一口一个郎才女貌，门当户对。结果姐夫当了官，去县里挂职锻炼，顺便就挂了一个小姑娘，回来就离婚了。

头天才和郑佩儿说到要离婚，今天就去再管姐姐的婚事，陈轩总觉得有些心虚。

他先安抚母亲："算了，姐姐都这个年龄了，又吃过离婚的亏，她要什么样的男人，应该心里有数的吧。"

母亲气道："她就是糊涂，到这个年龄还糊涂！你晚上下了班回家一趟，我坚决不同意她找一个老头子。让我和你爸怎么跟人相处，到底是叫小老弟，还是叫女婿？"

陈轩心想这是得回家一趟。又问母亲："那个来提亲的人又是什么条件？”

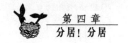

母亲说：“你来就知道了，都认识的。各方面条件不错，我觉得和你姐蛮配。”

昨晚开始，陈轩和郑佩儿算是拉开了正式分居的序幕。郑佩儿在卧室，陈轩在书房，两人说好，一人有一周睡大床的机会。书房朝阴不说，而且房间特别小。幸好铺了木地板，陈轩卷个铺盖就在地上睡了。那头，还得伸在书桌下面。今早起来，下意识地一挺腰，头便重重地磕在了抽屉底。仿佛一记闷棍，昨夜的事，算是全想起来了。

刷牙洗脸，郑佩儿先起来了，正在厨房忙活儿。郑佩儿也许有个当医生的母亲的缘故，一日三餐，特别注意早餐。牛奶、鸡蛋是必须有的，还要搭配面条、稀饭、面包、炒粉、馄饨等等。结婚这么多年，陈轩习惯了跟着郑佩儿这么吃，胃都吃软了。一进去，看见郑佩儿在下菜肉馄饨，想当然以为还会有自己的，也不说话，拉开冰箱先开一袋咸菜，放在小碗里，就坐下等饭上桌了。

郑佩儿出来了，手里就端了一碗，还冒着热气。陈轩刚要站起来，郑佩儿又进了厨房，他以为她去端他的饭了，便坐下等。结果郑佩儿出来了，手里拿着香油瓶。同样不说话，看都不看陈轩一眼，给自己碗里滴了两滴。

陈轩只好进了厨房，掀开锅盖，馄饨已经打完了。敢情她就给自己下了一碗？再看电热杯里，一个鸡蛋豁然在目。他想也没想，伸手就去捞，郑佩儿在外面发话了：“那鸡蛋是我的啊。”

陈轩明白，这场看不见的硝烟，如果要取胜，保持风度、不气不恼是最重要的法宝，于是说道：“怎么着？这月伙食费我还有一半呢。”

郑佩儿经过一夜的琢磨，也明白了同样的道理，绝对不能生气，生气的代价就是事情搞砸不说，还落得对方看笑话。于是一个晚上，两个人都变得格外彬彬有理，气度恢弘。郑佩儿吃着馄饨，不焦不躁地回答道:“伙食费是有你一半，馄饨冰箱里还剩了一半，你要吃，你去自己做吧。过去这么多年的劳务费，我就既往不咎了。”

陈轩站在郑佩儿的后面，看着她还乱七八糟的头发，只好咬咬牙，拿钥匙换鞋，准备出去吃。

郑佩儿娇斥喝道：“这位先生，请停一下。”

陈轩直起腰看着郑佩儿：“有何贵干？”

郑佩儿举着筷子，指指点点地说道:“这月伙食费还剩五百三十元，既然离婚了，分睡分灶就是一个必然的趋势。我下班买菜就不再买给你了，饭呢，与此同理，也不会再做给你了。本着自力更生的原则，你可以将钱拿走一半。下月发了工资，除了房贷部分一样扣除外，剩下的钱，你就自己留着吧。当然，家里的公用开支得另算，一人一半。”

陈轩口气庄重地点头：“行，完了我就加进章程里去。”

欺人太甚了!

坐在外面的小食摊上，陈轩半天缓不过劲来。就这么着被老婆扫地出门了，是个男人，谁能咽下这口气?

等开始吃饭，才发现结婚前常吃的油条都无从下嘴了。原来婚姻生活不仅锻炼人，还能腐败胃，居然让人如此容易就忘了本。他全身不舒服地进了办公室，同屋的小美劈头盖脸就是一句：“听说没，岗位要大换?”

“哦。”陈轩对这个没兴趣，“关我何事?换谁，都不给我长工资。”

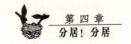

小美一脸神秘："你说错了。人事要有大变动，据说变完就给长工资。"

仿佛是为了给郑佩儿对他价值观的不满打气、找佐证，下午单位里就传出了具体的合并方案，陈轩所在这个闲职研究所，要和上面的主管部门合并。他这个类似办公室的部门不仅要撤销，而且即便能留下来到局里去，还要实行末位淘汰制。

陈轩有点慌张，但他脸上什么也没有流露出来。他觉得他有点虚伪，为什么要强装镇静呢？他就是紧张了，而且，这个瞬间，他很想郑佩儿，但是，也很恨她。

19

下了班，陈轩回了父母家。

这是市七中一个很老的家属院，当院一棵小叶榕，早已是枝繁叶茂。每年台风来的时候，小院都会经历一次浩劫，但风平浪静后，碎小石块铺就的那条通向房门的小路，就光洁水滑了。院角一年四季盛开的三角梅，从深红到紫红，招摇得很。平房潮湿黑暗，但父母这么多年却一直没有买商品房去住，钱是主要问题，同时也有舍不得此处宽展外院的原因。尤其是夏天的傍晚，树下搬张小桌，吃饭喝汤，也是不可多得的情调。郑佩儿每次来，吃过晚饭，甚至可以一口气坐到小半夜都不肯进屋。一张常放在树下的竹躺椅，平时被父亲磨得竹光水滑。

父亲坐在沙发上看报纸，厨房门框还靠着个人。陈轩冲父亲指指，老头点点头，那意思是说：所谓般配的，就是那个人。

陈轩站在他后面，肩膀上猛拍下去："李向利。"

果真是他。

三四年没见了，除了胖了点，其他变化并不大。这小子居然主意打到陈春身上了，那个叫许晓芸的女人呢？

两个男人勾肩搭背地走到客厅里，陈轩的父亲一本正经地将眼睛从报纸上方探出来，对他们点点头。陈轩提了两个小板凳，索性和李向利坐在了院子里。

空气一时有些滞涩。

母亲在炒菜，厨房带出来的油烟味有些呛人。李向利的话好像是被这味道逼出来的，一股脑儿全都主动交代了起来："上个月碰到陈春的，好多年没见了，她似乎比以前更漂亮了。你怕是不知道吧，小时候就喜欢她，一知道她离了，我就冒出了结婚的念头。混了这么多年了，找个自己喜欢的本分女人过一辈子，好歹安顿下来吧。"

"我姐咋说？"

"她不热心。"

"我看她也是没法热心。吃过男人亏，现在小心着呢。何况你看着不是那么让人放心。"

李向利看看自己："我怎么不让人放心了？"

陈轩说："许晓芸呢？"

他一说到这个女人，顿时就想起了那个晚上和她差点就胡来的样子。三四年没见，她也老了吧。这个年龄的女人是个分水岭，老的就此老去，不老的尚有余韵。

与光阴斗，其乐无穷，女人对此怕是深有感触的。

李向利摇头说："跟她不行，她不是做老婆的料。我们也好多年没见了。"

陈轩说："你有钱，干吗不找个年轻姑娘？生个自己的儿子？"

李向利说：“我不就是对你姐情有独钟吗？再说了，快四十岁的老男人，哪里有姑娘会真心爱上你，岁数大的女人会疼人，我只想好好过过家庭生活而已。”

陈轩说：“你别跟我急着表白，看我姐的意思吧。”

李向利保证道：“那当然了，婚姻自主，这道理我总是懂的。”

两个人正闲扯着，院门就开了。陈春走了进来，后面还跟着一个小老头。

空气顿时就有些紧张了。陈轩站起来，不用猜就知道这老头是谁了。陈春的表情是来战斗的，鼻翼微微张着，似乎无声地在通知大家，如果你们胆敢说半个不字，我这就死给你们看。

小老头看起来比较冷静，嘴边带着微笑，神情也很放松，那意思似乎在说她不会死给你们看的，如果说了，也是气话而已。他显然为今天的见面做了格外的修饰，头发格外的黑，不是假发就是染了的。人不胖，看起来倒还精干，就是个子不太高，但确实是一副斯文相。

手里提着一袋水果，还有一个包装得挺精美的礼品盒。

李向利的表情有些尴尬，陈春一进门，他就盯着她在看，可陈春一看过来，他却又将目光转过去。陈轩客气地拉椅子，想先将小老头让在院子里坐下，母亲却已经听到了声音，举着锅铲就跑了出来。小老头抢先一步，冲母亲打招呼：“伯母，你好。”

母亲的声音却很严厉：“陈春，你进来！”

陈春不想进，小姑娘一样咬着嘴唇，眼圈都红了。陈轩圆场说：“去吧去吧。”他本想说我跟你一起进去，但又一想，这一进去可就把小老头和李向利单独撂这了。只好推搡陈春：“你先进去。”

小老头也温柔地说：“去吧去吧。”

李向利没吭声，可能实在不知道该说什么。他又搬了一把椅子过来，放在小老头的边上，还是不说话。小老头回头冲他笑笑，说声谢谢。他来之前，一定是听陈春说了李向利是谁的，他那个年龄和体格，是一点也都不想将事搞砸了的。三个男人坐是归坐了，可耳朵却都奓着，听里面的动静。

陈春不说话，父亲站了起来，透过窗户观察着小老头。然后说陈春："你何苦故意作对，这样让大家硬硬地碰上，于你又有什么好处？"

陈春带着情绪说："李向利是什么样的人，你们难道看不出来？为什么一定要我嫁给他呢？我说过多少次了，就算没有老赵，我也不会嫁给他的。你们看上李向利，不就是因为他的钱吗？"

母亲叹口气，说："你就气我吧。不错，李向利有钱，可以后跟他过日子的也是你，钱再多跟我们有什么关系？你不想想你自己，总得想想晓晓吧？她跟你这么几年，就没过过几天好日子。她爸没钱之前不着家，有了钱回家就跟你闹，你们娘俩得到他啥好处了？好了，婚离了，算是解脱了，可你要放着现成的好日子不过，非要跟一个穷老头走。我说句不该当妈说的话，他年龄那么大，先不说没钱的话，就你们这夫妻生活，还能和谐吗？"

陈春的父亲在黑糊糊的房间里配合着绕圈子，听了母亲的话，频频点头。

母亲继续说："他那头发是假发吧？"

"谁？"陈春一时没反应过来。

"还有谁？"母亲刻薄地说，"这个年龄了，还能那么乌黑发亮？"

陈春又气又恼："他可是我请来的客人！"

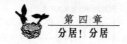

母亲也火了，铲子摔在了地上，声音陡然高了起来："李向利也是我请来的客人！"

外面院子里，老赵挂不住了，突地站了起来，将水果礼品盒放在了小圆桌上，冲陈轩说："我先走了，今天有点冒昧了。就不进去给老太太添堵了，替我抱歉啊。"说着又跟李向利点点头，陈轩和李向利，自然也没什么话好说，老赵两三步就出了院门。

李向利有点发呆，甩了手里的烟，说："人倒是个识趣的人。"

陈轩突然有点烦李向利，说："不识趣我姐能看上他？"

20

陈轩回到家，时间已经晚了。而且喝得有点多，郑佩儿在客厅里看着电视，见他进门，面无表情。陈轩心里犯堵，去倒水喝。拉开冰箱，发现冰块也没有了。

关门时就下手重了点。

郑佩儿眼看着电视，嘴里毫不客气："那冰箱还有我一半呢，你别故意使坏啊。"

陈轩愣住，但不打算饶过郑佩儿："别把遥控器捏那么死，那电视还有我一半呢。"说着气哼哼地在餐桌边坐下。郑佩儿看他一眼，才发现他脸色铁青，张张嘴，又忍住了。

其实，郑佩儿这个张张嘴又忍住的样子，陈轩是分明熟悉的。它不是这两天才出现的境况，他们之间这样的状态，有多长时间了？

陈轩捏着杯子，搓了搓下巴上的胡碴儿，他在仔细地想。

是因工作上的原因吗？

工作，似乎是个令人羞辱的过程。很多年前，刚开始上班那会儿，虽然工作并不累，可陈轩就是会这么想。它能让他在短短的一天之间，就变得疲惫不堪，沉默寡言，焦虑不安。本来以为，只要结束了工作，回到家里，他和郑佩儿，就能重新回到自己的生活里来。可是，现实并不是这样。

穿着带了汗水味道的衣服回到家，好像就将工作也带到了家里。日复一日，即便在家里，郑佩儿似乎也依然在声嘶力竭地跟人辩来辩去。他呢，似乎也依然无聊沉闷地守着电话和一成不变的红头文件。

有的时候，他努力保持自我愉快。用电视、用酒精，或者用麻将。他们一吵架，郑佩儿就要哭。他尽量不再去跟她吵，而且觉得她总是一副励志的模样也挺好，至少，可以不用老是麻烦他。

后来，她就开始张张嘴，又忍住。

21

郑佩儿张张嘴，又忍住，恰恰是陈轩最厌恶的。

陈轩刚工作那会儿，空气中到处弥漫着钱的味儿。那些八十年代最后一年在马路上振臂高呼、反贪反腐的师兄师姐们，已经让股市风云代替了热血胸怀。他们很忙，白天利用上班时间炒股，晚上在夜市摆地摊。陈轩吃过一个哥们儿的生煎包子，还穿过另一个哥们儿的尼龙袜子。还有人到处推销计算机。当时计算机还不普及，卖给单位一台，个人就能拿好几百元的回扣呢。

陈轩的身边，总有若干这样的师兄师姐。他们嘴里有很多的名词，中心大意就是教陈轩怎么兼职怎么做第二职业。

陈轩没有这个经济压力，甚至在他们说得口沫横溅时，他也会腾起身子，站到窗边，俯身，用手指逗逗君子兰。他的样子，就像一个富家公子，而那些随时会砸向他的钱，或唾手可得的赚钱的门道，从来也没有挂在他的心上过。它们与他，就像萍水相逢的青楼女子。

等再过两年，郑佩儿从学校出来了。她和陈轩不同，她立刻就投入了火热的生活。都说人年轻，见识少，理想主义害死人。可郑佩儿没有这个问题，一点也没有。她唯一的问题，就是床上的表现，越来越不好了。

矜持，不主动，半天调动不起来。陈轩的动物性，和学生腔一样，迟迟不肯离开身，可郑佩儿已经成为社会的人，远离了动物性。她温文尔雅，努力工作，加班加点，为了树立光辉形象，恪守道德规范。

陈轩对这个问题想过很多次。他不敢想象，自己要过一辈子这样无趣的生活。女人，不是太俗，就是太幼稚，可是这话，他能跟郑佩儿说吗？

想都不用想，他就能猜到，郑佩儿会坐得无比端正，一言不发。看他两眼，张张嘴，又忍住。那个样子，无疑是内心波涛汹涌，外表端庄沉静。

真他妈的，烦！

22

陈春有事，不跟陈轩说，反而会跟郑佩儿说。郑佩儿要和陈轩结婚，家里一直不同意，但她态度坚决，一副捍卫爱情的样子，深深感动了陈春。陈春从此对这个弟媳刮目相看，总觉得这个时代还能有如此品质的女人着实不多。以后，陈春离婚，郑佩儿也支持她。她俩相处得还一直算是不错。

第二天，陈春就给郑佩儿打了一个电话，将头天的事情告诉了郑佩儿："我对李向利也没什么意见，但他太滑头了，我对这种男人不放心得很。你以前的姐夫，就是一个太过聪明世故的男人，我都怕了。现在只想找一个能真心疼我和晓晓的男人，岁数大点怎么了，老赵老婆生病十多年，可他一句怨言都没有啊。这样的好人，现在又有几个？"

郑佩儿点头："那倒也是。可是婚姻……"突然联想到自己的生活，不由得有点口吃，"又不全是人好不好的问题，岁数太大，也不好吧。"

陈春吃惊道："郑佩儿，你怎么也这么说呢？婚姻最重要的是什么？爱情吧？这你得承认吧？"

郑佩儿想，那也不全是，但还是说："是。"

陈春继续："那就行了，我和老赵有感情。我乐意嫁给他，不想再跟别人。这个道理你比我懂，当年你留在滨城，跟了陈轩，家里不是也很反对吗？你妈还给你准备好了一个年轻有为的人选，就等你回去定亲的，也被你拒绝了。为了什么？不就是爱情吗？"

郑佩儿点头，更口吃了："是、是……"

陈春不容置疑："我想让你和陈轩来劝劝老头老太太，你别推辞，别不拿姐姐的幸福当回事。我的事就靠你们了。"

郑佩儿看着电话，不知道说什么才好。要她和陈轩去做父母亲的工作？而且举着爱情这面红旗？这不是玩笑吧？

头天晚上，陈轩家里的家宴还是举行了，虽然气氛有点勉强，但陈春倒还算给父母面子，没有再继续闹。老赵走了，走得匆忙，正如李向利所说，倒很识趣。一时间，显得陈轩的父母有些无理取闹了。大礼盒里装着两罐茶叶，包装得煞是精美，黄绸掀开后，两个玻璃小瓶，瓷头墩脑的，看着很是考究。陈轩的母亲送走李向利，又绕到女儿的房间里，放平了声音说："明儿替我和你爸谢谢老赵啊。"

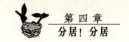

陈春说："你怎么也叫他老赵呢，他再老，好歹也比你年轻吧。"

老太太说："这不是抬举他吗?"

陈春冷笑一声："要谢你自己谢去，我不管。"

老太太挂不住面子，恼火了，斩钉截铁地说："不管怎么着，你不许跟他往来了。"

陈春回嘴："你再逼我我就搬出去。"

女儿大了，不能像小时候抬手就能打，要是只能干生气，还不如大哭一顿来得实惠。老太太一抹眼泪，陈春的心就又软了，走过去拉着母亲坐下来，搂着她的肩膀劝慰道："妈，你就甭操心我的事了，我自己的女儿都快齐头高了，还会不知好歹吗？"

老太太说："就怕你犯糊涂啊，你要是灵性，还会离婚？"

陈春觉得妈妈这话又说得不公平了："离婚又不是我的错，是他在外面先有了人，我灵性又能怎么着？"

陈春离婚这事，让她的父母在亲戚朋友间很是抬不起头来，而且好多年，其前夫虽然在外面拈花惹草，却闭口不提离婚的事。离婚是陈春主动闹出来的，老头老太太一直觉得她对婚姻太过随意，因为再忍十年八年的，等人老了，自然就会回家的。这是他们的理论，陈春对此很是生气，今天见母亲又旧事重提，火便又上来了："我怎么怎么做都不对啊？干吗老是要叫我忍？没感情要忍，有感情也得忍，妈，你是不是看我好欺负啊？"

母女俩再次不欢而散，老太太对女儿万分的不理解——岁数不小了，又吃过婚姻的亏，为什么还不肯多为自己的利益想想。老赵儿女多，家里穷，岁数又大，还克妻。李向利呢，虽然油滑了点，但知根知底的，钱多，年岁也相当。在老太太看来，陈春和老赵迟早是要掰的，跟一个穷鬼分手，总比不上跟李向利散伙要实惠点吧？当初陈春离婚，不就是因为没有钱，要落草到娘家来吗？不仅拖累老人，孩子也跟着受罪。就这么个浅显的道理，她居然吃一堑不长一智，完了还跟老太太吵，说自个儿的妈太势利庸俗。

老太太也挺伤心，没等陈春再找陈轩，自己就上门去了。

结果陈轩还不在家，郑佩儿自个儿下了碗面条，正边吃边看报纸呢。老太太眼尖，一眼就看见开着门的小书房地上又是褥子又是枕头的，问郑佩儿："陈轩呢？"

郑佩儿哪里知道啊，下班时间过了，也许他在外面吃了吧。自从她不给他做饭后，他就常在外面吃。可跟老太太不能这么说啊，郑佩儿也想让她快点走，于是说："加班呢，最近工作特忙，等回来要过十二点了。"

老太太对这个钱比儿子赚得多，又比自己闺女漂亮的儿媳妇难免有些意见，尽管当初有下嫁陈家的意味，但这么多年一直不肯生育，已经功罪相抵。她可不愿意把家丑抖搂给她，何况书房里的地铺含义很是不明。她直截了当地问："家里来了什么人吗？"

郑佩儿没老太太脑子转得快，茫然地："没有啊。"

老太太一把推开书房门："那床怎么搬到这里了？"

郑佩儿赶紧应付："哦，这个是天热，陈轩说睡地上凉快点。"

话音未落，陈轩却已经开门进来了。手里提着一个盒饭，白晃晃的，煞是耀眼。

老太太看看郑佩儿放在茶几上的一碗面条，又看看手里的铺盖，再看看陈轩提着的盒饭，顿时明白了一切。陈轩见母亲脸色呆滞，以为郑佩儿把什么都告诉了老太太，怕她着急，赶忙主动上前："妈，我们闹着玩呢，不是真的。"

老太太也不想再多待了，急急地要走，声音里却是真的伤心了："我不管你们是真是假，反正都没一个好东西。"

陈轩立刻冲郑佩儿发火："你跟妈都说什么了？"

郑佩儿的眼泪夺眶而出："我什么也没说！"

老太太站在了门口："她是什么也没说，她不说我也能看得出来，你妈我还没老糊涂到那个地步。夫妻夫妻，吃饭睡觉，这都不在一起了，还能叫夫妻？"

说着，走了。

郑佩儿给陈春打电话，也是让陈轩听听："姐，我和陈轩周末来，你先安稳住老太太。我们挺好的，真没事。"

陈轩闷着头吃饭，挺感动郑佩儿的话的，可刚说了句谢谢，就被郑佩儿冷冷地堵了回去："甭谢，我们合同里有这条——正式离婚前，不能让对方家人知晓。"

23

陈轩的处长老黄这两天上班时露个脸，然后就不在了。不知道他去了哪里，虽然群众不能主动打听领导的去向，但现在不是关键时期吗？这领导老是不照面，无疑是加重了群众的恐慌心理。

小美分析，老黄一定是去跑官了。像他们这样无事可做的部门还有几个，听说都要规划到一个部门里去。但又听说无论怎么精简，工会是不能精简掉的。这样一来，不少像老黄这样的就瞄上了工会主席这个职务。

陈轩道："他要当了工会主席，那还不当工贼？瞧瞧还没怎么着呢，已经将群众抛诸脑后了。"

老黄却踏着陈轩的话就进来了，正好听见陈轩的话，神情严肃一点也不玩笑地说道："夫妻本是同林鸟，大难临头各自飞。夫妻尚且如此，何况同事乎？"

陈轩问："看来形势很严峻？"

老黄点头："行政这一块，至少要精简掉一半。"

小美愤愤然："这太不公平了，那当初为什么又要叫我们安心工作呢，这不是卸磨杀驴吗？"

陈轩不说话，翻着手边的一本书，老黄的样子，说明事情是有点紧急。他当年进来是舅舅帮的忙，可舅舅没两年就去深圳了，而且现在的情形，看来是不做大动作也不会有效果的。如此一想，便很有些意兴阑珊，问老黄："算下岗还是待岗？"

老黄说："算合同岗位吧，一年时间内有工资，一年后就不管了。"

"靠。"陈轩说，"敢情现在是无论什么都时髦考察啊？"

小美奇怪："还考察什么了？"

陈轩气头上，张口就来："考察婚姻啊。郑佩儿现在就考察我呢。"

小美哈哈大笑："真的假的？"

陈轩对小美这种没心没肺的笑声很是生气，就一股脑儿地倒出了缘由："老黄说夫妻本是同林鸟，大难临头各自飞。现在是没难没灾都得飞，要是我再下岗，她非飞了不可。"

小美听了，立马打抱不平："凭什么啊，郑佩儿她有什么好的？

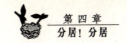

陈轩，我可告诉你，你不能太老实了，再说这考察吧，好歹也得是领导对职员，上级对下级。夫妻平等，男女平权，她凭什么考察你？难道合同里你就没提点别的要求？”

陈轩眼睛瞪圆：“是啊，我这么聪明的人，怎么就把这个忽略了呢？”

小美说：“光是一年后看你的表现，就没有你看她的表现？”

陈轩抓头：“我看她什么呢？”

小美干脆地：“比方生个孩子什么的？”

“那不是鸡蛋碰石头吗？”

小美点头，若有所思：“话也说的是啊。不过你心里一定是很想报复报复她的吧。女人吗，最容易难过的事是什么呢？”

陈轩说：“合同里写了，我可以带姑娘回家，但一时也没合适的人选。”

小美贼笑：“你不傻啊，陈轩。得，为了挽救你们的幸福，我这就拔刀相助。看着吧，郑佩儿一见我主动上门，肯定立马就后悔了。她搞个合同制出来，意思非常明显，根本就不想跟你闹翻嘛。等我刺激一下她去。”

陈轩听小美这么说，也很动心。也许郑佩儿就是需要这么被刺激一下吧。

两个人顿时凑到一起商量起计策来。

到了周五的晚上，小美就跟陈轩回家了。陈轩还买了菜和熟肉，两人到家的时候，郑佩儿还没回来。塞车了，她正在路上，头靠着窗户看着外面的街道。小美并不动手，却戴了围裙，隔一会儿就跑到猫眼儿处看看外面，“还没来，还没来。”她冲陈轩说。陈轩在厨房切辣椒，掏出里面的籽，辣得流了眼泪，埋怨小美：“干吗要买辣椒。”

小美很得意：“这你就不懂了吧，辣椒是最能营造气氛的。一般男女，关系平淡时，才不吃辣椒呢，鼻涕眼泪一大把的。吃辣椒，说明至少关系已经比较深了。”

陈轩点头：“那洋葱呢？”

小美：“同理。最主要的是，这玩意儿还壮阳！”

陈轩继续点头：“我好，你也好？”

小美跷着二郎腿：“大家好才是真的好嘛！”

陈轩嚯嚯笑，现在的女孩子，真是大胆。

菜切好了，就等郑佩儿进门的那一刻了，小美还不忘叮咛：“我喊盐，你就递罐，我喊酱油，你可别拿成醋。”

“没问题。”陈轩打开了音响，蹲在地上翻着音碟：“再找一个抒情的曲子来放放，暧昧一下。”

“成。”小美拳头一捏：“俺随你。”

所以郑佩儿进门时，看见的自然就是一幕男唱女和的亲热场景：即使开了抽烟机，辣椒味还是让她打了一个大喷嚏；小美系着她平时用的卡通图案的围裙，从不进厨房的陈轩正一脸讨好的幸福表情站在小美的边上。一手举盐罐，一手拿酱油瓶，嘴里还念叨着：“味道不错嘛。”

小美呢，还不忘抽空拿胯骨去碰碰陈轩。

郑佩儿那个气啊。最初的念头就是转身就走。可这两个密切注视动静的，怎么会放她走，小美甜腻腻地脱口而出：“佩儿姐你回来了？一起来吃饭吧！”

24

菜不好吃。端上桌，不用下筷子，郑佩儿就能看出那味道来。辣椒炒得太生，肉炒得太老，鸡蛋太黑，洋葱太烂，青菜都黄了，汤又太清了。可想而知这个小美并不像她表现出的熟悉性事那么熟练厨事。

但郑佩儿决定要保持风度，他们不是想让她生气吗，可她就不气，不仅不气，她还要边吃边评论呢。想想自己，从做姑娘到现在，也是从不会到会，从陌生到熟悉，何况厨房一直是她的领地，凭什么陈轩就带个人进来，还用她的围裙？

米饭就没焖好！不够软！显然是水放少了，还带了锅巴！陈轩平时最怕吃这样的米饭，说一点煳焦，整锅饭的味道都串了，看他今天怎么说！

居然就着汤就吃了！

小美话还挺多："佩儿姐，我做得不好，请多指教。"

郑佩儿说："是做得不怎么样，肉都炒成木渣了。"

"我不怕，我比你年轻，牙口好着呢。"

小美使劲气郑佩儿，边气边跟陈轩挤眼睛。陈轩听着也挺乐，他想郑佩儿要是真忌妒，可不就是好事情？郑佩儿是气，但面子上还得装作满不在乎，接着小美的话问回去："那你是几岁口的啊？"

"不嫌麻烦你掰开看看？"

"不用，让陈轩帮你看吧。"

小美嚯嚯贼笑起来："陈轩啊，他还用掰开看？舌头一舔，就知道怎么回事了，对吧，陈轩？"

这话可太露骨了，连陈轩都觉得过分了。这个死孩子，平时看不出，小小年纪居然这么疯狂。心想完蛋了，郑佩儿还不气个半死?

郑佩儿没气，她居然不知不觉已吃完了一碗饭，正起身盛第二碗呢。回头还对陈轩说："这吃现成饭的滋味就是好啊，虽然味道不怎么样，可省多少事啊。你们以后常来吧，放心，AA制，我的那份我掏钱。"

郑佩儿这么无所谓，小美也在意料之外，她不回嘴，气氛就有些停滞。陈轩举着汤勺，问两人要不要加汤，郑佩儿这个回合赢了，心情不由大好，态度良好地回答道："不用，你们喝吧，精华都在汤里。"

小美总算逮着可以继续刺激的话题了："就是，你怎么知道我们消耗大啊？"

陈轩再一次觉得小美过分了，这是来帮人家夫妻和解吗？简直就是恶意滋事吗。他赶紧圆场："这汤也忒咸了，没人喝我倒了去。"

郑佩儿吃完，碗一推就到沙发上躺着了，两条腿还搭在茶几上。陈轩已经感觉到小美今天事情做得不够漂亮，手脚麻利地收拾碗筷。进了厨房，压低了嗓子对小美说："洗碗吧，洗完我送你回家。"

小美努鼻子歪嘴，问陈轩："嫌我没做好是吧？"

陈轩说："可不是，你有点过分了啊。"

小美说："怎么过分了？我觉得一点都不过分。我们的目的是什么，不就是要做成亲密无间的情侣，让她看一看吗？"

陈轩说："可你不跟我含情脉脉，却光顾着大耍流氓腔调，这怎么行。"

小美做若有所思状："含情脉脉？"

没等陈轩叫住她，她已一个猛子蹿进了客厅，挨着郑佩儿坐了下来。“佩儿姐。”她说，“陈轩总腰疼，怎么办？”

郑佩儿在吃苹果，自从她和陈轩伙食费分开算后，她就恢复了饭后吃水果的好习惯。她咬苹果的声音又脆又猛，听上去完全羊入虎口的感觉。小美的问题既愚蠢又恶毒，郑佩儿当然要自卫反击，于是说道：“你们是体位有问题，要是你上他下，腰就不疼了。”

这下，小美也红了脸。她本来是想让郑佩儿腾开沙发，给陈轩做做按摩呢，没想到郑佩儿一句话就给堵了回去，而且显然比她还要流氓。这些陈轩可已经全听见了，拱着手劝小美：“姑奶奶，得了，求求你费尔巴哈请远行吧。”

又对郑佩儿说：“小美是我同事啊，来开玩笑的。”

郑佩儿就站起来，跟小美握手：“原来是特意来开玩笑的，这么说以后不来做饭了？”

小美在门口换鞋，说：“不做了，也就帮着陈轩气气你。”

陈轩送小美下了楼，小美对陈轩说：“回去学学《论持久战》吧。”

陈轩有些垂头丧气：“这人没看出来，心理素质好啊。”

待再上楼，门却反锁了，陈轩喊几嗓子，也没声气，又擂，还是这里的黄昏静悄悄。突然就冒了一个念头：“气得上吊了？”

这么说她是真生气了，有戏！赶紧撞门吧，一二三，三二一，陈轩往门上扑，嘴里还凄厉地喊：“郑佩儿，郑佩儿。”

郑佩儿开了门，头发湿着：“怎么了？”

“干吗反锁门？”

“洗澡。”

“洗澡反锁大门干吗？”

“以后就这规矩。”郑佩儿说，“双保险。”

说着她又进洗手间了，声音里没有一点感情色彩。陈轩气得站在客厅里哆嗦腿：“你放心，没人会动你。”

郑佩儿说：“是吗？所以你才如此嚣张，带个小姑娘回来？看来你还真以为男人都跟你一样，对我没一点兴趣了？行，算你厉害，你能带我也就能带，没什么大不了的。过几天，也欢迎你来品尝我的男友做的饭。”

陈轩想辩解，却见郑佩儿一脸严峻，终懒得再说：“随便你。反正小美是我同事，我跟她什么也没有。”

郑佩儿站在镜子前，梳子梳着头发，边冷笑道：“什么都没有，就会把这事儿都告诉她？瞧瞧你们那样，多么默契啊。在我的记忆中，你可是从不帮我做饭的啊。”

陈轩凛然道：“无聊。”

郑佩儿说：“到底谁无聊？搞这么一出戏来？小美年轻不懂事，可你几岁？”

口气极其鄙视，陈轩不由缩缩脖子。今天这做法确实是有点幼稚了，尤其让郑佩儿这样的口气说出来，简直就幼稚得不堪回首。他不由得恼羞成怒，指着郑佩儿：“就算我和小美有什么，那也是合同里允许的！”

郑佩儿讪笑：“我说不行了吗，你急赤白脸什么？”

陈轩突然意识到自己这个样子很是失态，于是也放稳了音调，做出毫不在乎状：“行，我不急，我酒吧一条街喝酒去。你去不？”

郑佩儿说：“谢了，我一会儿还得出去。”

郑佩儿话是随口说的，她可没想出去，但这么说了，却觉得这个主意着实不赖。干吗一人待在家里看电视，干吗不出去玩玩？陈轩可以去，她就不可以？

陈轩酸酸道："哦，先洗个澡？"

郑佩儿进了卧室，换了衣服，还是吊带裙，夹了小包出来，问陈轩："走不？"

"你先走。"

"你后走？不是跟踪我吧？"

"没那精力，你尽情玩去吧。是人，就总是要发泄，别憋出病了。"

"这话该我对你说——别饥不择食，弄出病来。如果去风险高的地方呢，就戴两个套，别舍不得钱啊。"

"你什么时候变得这么厚颜无耻？"

"这不是近朱者赤吗。"

陈轩指指她的小包："你那里装了几个？要不给我匀一个？"

郑佩儿摇头，晃晃手指："NO，这可是有大号小号之分的，怕你不合适。"

终于出了门。

郑佩儿下了楼，站在院子里的花园处，气得咬牙切齿，妈的，恨恨道："他是不气死我不罢休啊。"

天还没黑透，她也不知道去哪里。酒吧一条街，她不是不敢去，而是觉得还没到落到一个人去的那一步。正东张西望呢，正好一个穿着汗衫的男人出来扔垃圾。扔就扔吧，垃圾筒也就四五米开外，他却非要远投，胳膊抡着，估计还在暗暗用力，结果是还没扔落地呢，袋子就破了，西瓜皮、腌萝卜条、剩菜叶子轰然在郑佩儿的脚边炸开。郑佩儿刚洗干净的腿上立马星星点点，还及时地趴了几只匆忙赶来的绿头苍蝇。

正愁找不到人出气呢，这个男人简直就是送上门来。郑佩儿脏话张口就来："滚你妈的瞎了眼啊你！"

男人义愤填膺："文明点儿。对不起还不成？"

郑佩儿指着自己被弄脏的腿："对不起管个屁！你给我舔喽！"

有吃完饭正散步的老太太已经围了过来，男人面子上挂不住："你也就看看你那萝卜腿，倒给我钱，我还不乐意呢。"

这也太人身攻击了，郑佩儿抡起包就朝男人头上砸过去："你个臭流氓，我看你再嘴脏！"

女人骂男人流氓了，男人就不太想恋战了，何况他还穿着一件脏兮兮的汗衫，眼见人要多起来了，索性扭身就撤，嘴里嚷着："好男不跟女斗，疯子！"

说着，向地上啐了一口。

一扭身，陈轩在前面堵住了那男人。两人的拳头凌厉而快速，突地就纠缠到了一起，然后又快速分开。那男人眼镜掉了，撒腿就跑，陈轩追了两步，又站住，反过身来看她。郑佩儿有点眼泪汪汪的，径直回家了。这次没反锁大门，直接去洗澡了。

陈轩推门进了屋。

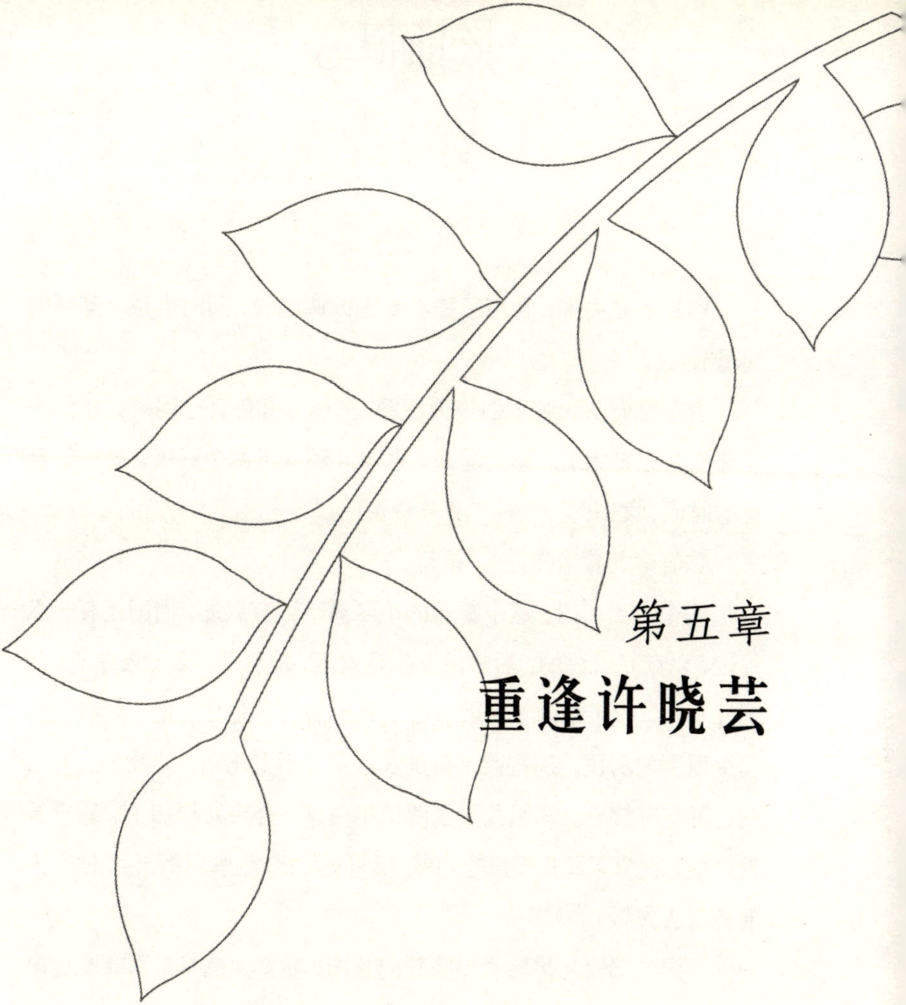

第五章

重逢许晓芸

25

第二天是周末，答应了陈春要去做调停的。同时也是让陈轩的父母放心。

有了陈轩头天晚上的拔刀相助，郑佩儿和陈轩之间的关系似乎没那么剑拔弩张了。早上起来，郑佩儿还煮了两个鸡蛋，虽然陈轩吃的时候，她说了一句：“劳务费暂记。”

陈轩嘟囔着回嘴道：“德行。”

两个人出了门。这个新盖的小区离市区有点远，周围还有一点荒地，以前是农民的，后来说要搞开发区，地圈了，又没钱弄了，一撂好几年。没了地的农民就在旁边种点青菜豆角什么的，做贼似的卖给周围的居民。那些菜，真是农家菜，不上化肥，菜叶小，有虫洞，可吃着放心。郑佩儿买了两把小白菜，外带几根茄子。陈轩看着这些，就想起好几天没吃郑佩儿炒的菜了，竟脱口而出：“你今天准备过去做饭？”

“不。”郑佩儿仿佛看穿陈轩的意图，她知道陈轩最喜欢吃她做的红烧茄子，“我就负责说陈春的事儿，还得打着爱情的招牌。”

陈轩说：“明白。”

他突然特别烦郑佩儿，觉得这个女人有点欠揍。真想不通，以前怎么会那么喜欢郑佩儿跟他斗嘴儿，还以为那是她的聪明劲，现在看，分明是不依不饶的刻薄样。

陈春果真在家，穿件绿色的小褂子，正坐在院里的小桌前，看晓晓写作业呢。母女俩快一般高了，而且晓晓进入青春期，有理由我行我素，见了郑佩儿和陈轩也不叫。陈春要是敢多说她两句，她立马就能哭着离家出走。陈春说，如今的孩子个个都很强悍，只能他们骂大人骂社会，大人和社会但凡一回嘴，就是压制青少年。

陈春问郑佩儿：“妈那天回来说你和陈轩闹别扭，是真的？”

郑佩儿坚决摇头：“闹别扭怎么还一起来这儿？”

陈春说：“闹也是正常的，哪有夫妻不吵架的。”

说着又把老赵的照片拿出来给郑佩儿看，说别看人岁数大了点，但挺珍惜她的。“离婚三年多了，我又不是没和别的男人接触过，说不了十句话，就往下三路上走。好不容易等到一句夸你的话，不是屁股就是胸脯，妈的……”

郑佩儿看手里老赵的照片，黑蒙蒙的，倒还干净，但确实看起来清寒。

“他快退休了？”她问陈春，“有一官半职没？”

“没。”陈春说，“就是一个工程师。老婆卧床了十六年，他拖累大呢，哪里有时间升官发财。”

郑佩儿扬眉毛：“果真就一穷老头？”

陈春点头：“觉得不合适？”

郑佩儿想了想，也干脆地点头：“我觉得不值，要不别结婚，要不就找点实惠。他能带给你什么？过几年，就成你的拖累了，生病啦，没钱啦，阳痿啦，儿女成家立业啦，够你受的。”

陈春不高兴了：“你怎么也说这话，叫你来做什么的？”

郑佩儿叹口气：“好吧，那我不说了，不过我说的是实话啊。”

陈春脸色难看：“陈轩也这么想？”

郑佩儿见陈春真不高兴了，忙缓解道：“真心为你好的人才会这么想。当然，最后还是要尊重你的意见，你说老赵心疼你、珍惜你，这就是最大的理由啊。放心，等吃饭的时候，我保证帮你说。”

吃饭时，陈春借话要往自己身上扯，可陈轩妈却不想说。她似乎看出来郑佩儿和陈轩是来帮陈春的，陈春一说老赵，她就用萝卜两毛五等话题掐住。到了中饭后，陈春给郑佩儿使眼色，郑佩儿便跟进了厨房。

老太太在洗锅洗碗擦灶台。郑佩儿说："妈，今天萝卜两毛五吧？"

她想这回老太太得接她的话了吧。果真，陈轩妈是接话了，嗯了一声，还挺警惕。

郑佩儿就接着说了："改日我跟着我姐一起去会会老赵去。"

陈轩在客厅里听见郑佩儿上阵了，也就站在了后面："就是，我们先帮你们考察一下。"

老太太"啪"地摔了一个碗："谁都不许再跟我说这事！我自己的闺女我会不心疼？这门婚事就是混蛋都能看出会是什么结局，你们能看不出？"

这话无疑是在骂他们混蛋不如。郑佩儿抢白道："可李向利也不是好东西。"

"那也不能嫁给一老头！"老太太斩钉截铁，"她猪油蒙了眼，到底为什么？"

"两人有感情。"郑佩儿说，知道陈春在后面听着，尽管也说得不理直气壮，但声音还是放大了，"感情不比什么都重要？"

老太太冷笑，陈轩的父亲也凑了过来，一同冷笑："如果真有感情，这世上哪里还会有这么多离婚吵架的事儿？"

郑佩儿这才发现老太太不仅口才好，而且很哲学。心里简直要暗暗佩服了，不过依然顶一句："你和爸爸就没离婚吵架。"

老太太继续冷笑："因为他养着我，我得靠他！"

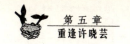

老头也跟一句："她生儿育女，做饭洗衣。我也得靠着她！"

郑佩儿说："原来是交换。"

老太太说："对，婚姻可不就是交换，女人凭什么嫁给这个男人，又给他生儿育女，做饭洗衣？因为他能让你吃好穿好，在外人眼里，活着不丢人。"

这话太深刻了，郑佩儿忍不住愣在了那里。心里想，他们既然懂这么多，可为什么就没好好教育教育陈轩呢？"让老婆吃好穿好，在外人眼里，活着不丢人。"瞧瞧这话，要是她可以，早就大黑字体写了标语，贴在陈轩的脑门上了。

她看了陈轩一眼，陈轩似乎根本没听见，或者听见了也不知道这和自己有什么关系。郑佩儿想，看来自己以前小视婆婆是极其错误的，她老人家今天说的话，简直句句都是真理，颠扑不灭嘛。

倒是陈春，一口一个有感情，听起来不仅可笑，而且迂腐。估计当年自己对母亲振振有辞说这些的时候，也是这么滑稽吧。

郑佩儿有点愣神，思想从陈春那儿早跑到自己这儿了。什么时候开始觉得"嫁人嫁人，穿衣吃饭"是理直气壮的了？记得以前听女同学们这么说，简直要将那人鄙视到下水道里去才心甘，而且好长一段时间，对千叶嫁给宋继平这种有钱男人，也无端充满了同情，断定人家就是有钱无情又无性的主儿，可现在呢？如果真有钱，她问自己，就算无性的话，干还是不干？

似乎也干哦。

劝亲大会的后果是不了了之，但陈春还在和老赵继续交往，原因很简单，李向利自己退出了。他跟陈轩说，不给他家添麻烦了。不过陈轩知道，十有八九他是看上新的女人了。他就是陈春说的那些离婚男人，和女人交往，只关心胸脯和屁股。他连她们的脸都不太在乎，因为他曾经也说过，只要不是龅牙就可以。他不喜欢龅牙，觉得长那样就太庸俗了，而且说句老实话，就对陈春的态度来说，他已经拿出了近年来少有的追求女人的热乎劲，他甚至都为自己依稀尚存的感情感动了。

但他想了想，还是算了。都这把年纪了，还为一个女人折腾点动静出来，会被人笑话的。

他跟陈轩说："有空我们做生意吧，我现在就想投资干点什么，但又不想去好好打点。"

又给陈春一个电话："老赵也挺好的，你就跟着他混着好了。就是注意点安全，打胎对身体不好，尤其你也不小了。"

这事，就这么暂时算过去了。

26

李红跃和伟哥一和好，上班就开始迟到了，眼圈也黑着，一副纵欲无度的样子。郑佩儿跟萧子君发牢骚："朱门酒肉臭，路有冻死骨。"

萧子君也有同感，她自嘲半年多没闻过男人味了，荷尔蒙又没下降的趋势。问郑佩儿陈轩的近况，郑佩儿叹气曰："一言难尽啊，不是短期就能见效的。但目前看，他还没见有什么起色。"

萧子君凑到郑佩儿的桌前，一脸坏笑："你就准备这么干耗着？"

郑佩儿立刻反击："你干耗的时间比我长，有经验要介绍吗？"

"人家是关心你。"

郑佩儿有点没精打采："突然觉得试离婚也没什么意思，生活嘛，无论怎么样轰轰烈烈地开始，最后都逃不掉一个定律：青春会老，感情会旧，爱情会死。”

萧子君点头：“得，女人一失恋，就能当导师。”

郑佩儿一副颓颓废废的小样儿：“可是这样又有什么意思呢？心里一点希望都没有了，还不如当初糊里糊涂混日子强呢。”

萧子君说：“要不，我介绍你认识认识我的几个姐们儿？”

郑佩儿说：“在一起干吗？骂男人？那还不越骂越没希望？”

正做怨妇状，伟哥进来了，一脸的喜庆。李红跃正巧去银行办点事，不在。郑佩儿倒杯茶给他，顺便开玩笑：“今天气色不错吗，吃了伟哥？”

伟哥笑：“小瞧人，没吃也总这么好。”

公司里，大家都知道伟哥是李红跃的男朋友，唯独萧子君不然。郑佩儿在洗手间给他洗个烟灰缸出来，萧子君冲外面努努嘴：“老板的面首来了？”

郑佩儿低声喝道：“别胡说。”

萧子君嗤笑：“事实嘛，他也就是个祛斑霜，不结婚，又能享受，不是面首是什么？”又说：“顾八奶奶和胡四，记得不？”

郑佩儿让她小声：“胡四人家是小白脸，又年轻。红姐怎么着，总比顾八奶奶要强点吧，伟哥呢，怎么着也比胡四有点出息吧。你别瞎比喻。”

郑佩儿对伟哥的印象其实还是蛮好的。想起上次李红跃说伟哥希望她投资搞个什么软件，就问他事情怎么样了。

伟哥说几个朋友凑了点钱，现在在联合搞。这个软件的未来市场应该还是不错的，但因为是在飞机上做，安全要求太严格，所以还需要一次次验证改进。郑佩儿听伟哥话里的意思，李红跃似乎还真没拿出钱来，又试探地问："前景不错的话，我们李姐投资没？"

伟哥断然道："没有。我们之间不谈钱的事。"

郑佩儿心想，不是不谈，而是谈了碰了钉子。看来伟哥还挺有志气的，难道真的像萧子君所说，男人也是瓶祛斑霜？可就算祛斑霜也需要钱啊。

心里正好奇伟哥和李红跃最后是怎么和好的，伟哥自己说了起来："你们女人啊，吃点男人的亏，就觉得天下的男人都是坏蛋，那男人吃了女人的亏呢？"

"女人也就都是大坏蛋啊。"

"可女人最后总到男人这里找依靠啊，就算是大坏蛋女人也会将男人当做依靠，这对男人公平不公平啊？她可以继续坏，男人却不能坏，还得当大英雄，大靠山！否则，除了大坏蛋，还是大笨蛋。"

"你和李姐谁靠谁？"

"当然是她靠我——精神的，精神的啊。"

"敢说没有肉体的？"

"我说精神，就不是物质的。你怎么就想到肉体了？"

"你敢说肉体不重要？"

说了这话，就又想起祛斑霜，忍不住笑了，还精神精神的呢，李红跃肯定在乎的是肉体的，否则真有感情，她还会对伟哥那么警惕？女人嘛，到了她这个年龄，没有男人，就得提前绝经。倒是伟哥，对李红跃还挺痴情，钱都不谈了，还瞎混个什么劲啊，还真精神呢？

伟哥在说李红跃："她这人其实挺孩子气的，人也简单，你看她说起来也算有点钱的人了，可一点也没有有钱人的矫情劲。还爱吃零食，买点生瓜子自己煮煮，五香的，味道还挺好；打印纸这边用完了，存起来放在桌边，翻过来做草稿纸用。她这些小细节挺感动人的，我觉得很朴实，跟我一样。”

郑佩儿笑：“哦，跟你一样，优点都跟你一样。”

“是跟我一样啊。我最怕女人虚夸，我前老婆就那样，宁肯汗衫破几个洞，外面吃饭剩大盘的菜都不肯打包。朴素就是做人的素质，李红跃的素质就高，人实在。”

郑佩儿心想，真是情人眼里出西施。她不给你钱，又不跟你结婚，还实在了？还素质高了？那我这样的算什么？赚钱比老公多，离婚的理由那么充足还都不离，还不成活雷锋了？不看不知道，世界真奇妙，男人和男人居然差别这么大，有伟哥这么知足的，就有陈轩这么不知好歹的。

手扶着腮帮子，拿出谈心的诚恳劲，问伟哥：“你和李姐，都是进出过婚姻的人，说句实话，出来好，还是进去好？”

伟哥吃惊状：“难道你动了出的念头？”

“没有。只是觉得没意思，没当初想象的那么美妙，也没书本上看的那么伟大。”

伟哥若有所思：“关于这个问题，我觉得马克思说得对，婚姻既然有其社会性，就有一定的政治性在里面。政治多庸俗多势利多黑暗啊，婚姻能逃得了？其实婚姻就是婚姻，是一个让人盛放爱情的容器。否则你光是捧着爱情，多累啊，找个容器存起来，你就可以比较从容地去睡觉啊，吃饭啊什么的。”

郑佩儿笑：“存放爱情是什么意思？放起来不用再管了吗？”

“反正它总得存在罐子里吧，老捧着不累啊。”

“都存到罐子里了，还爱个屁啊。”

刚进门只听了两句的萧子君却弄懂了，精辟地总结道：“你中午吃了一顿西餐，却无法代替晚上的榨菜肉沫面，这就是爱情和婚姻，又有什么好纠缠的？”

李红跃进来了，伟哥殷勤地迎了上去。萧子君和郑佩儿两个女人，互视一笑。郑佩儿拍拍自己的头：“得，中午我请你，西餐太贵，就榨菜肉沫面！”

27

清晨，闹钟响了。

郑佩儿迷糊中压住了。十分钟后，脚边的闹钟再次响起。原来她怕自己起不来，从床头到门口，每隔十分钟，一口气上了三个闹钟。

踉跄着爬起来，穿着睡袍进了洗手间。路过书房，门没关严，看见陈轩还躺在地上，头蒙得紧紧的。她有点奇怪，看看时间不早了，再不起不就迟到了？

也许今天不上班？

管他呢。她收拾完进厨房做饭，切两片面包，涂了果酱，又拿牛奶出来喝。探头看，陈轩依然不动。病了？

她咳嗽，大动静地走路，看看时间终不早了，顾不上再管，走了。关门关得山响。

听见关了门，陈轩掀了被子，坐了起来，头又碰到抽屉了，摸了摸，火冒三丈，一股脑儿爬起来，抽出抽屉，重重地跺到了桌面上。

他下岗了，不，不是下岗，是待岗了。事情来得太突然了，连给大家在走廊上议论的时间都没留出来，而且不仅小美，连老黄都一锅端了。工资保留一年，一年后自谋生路，当然，如果能拿到一些比较高级的证书，比方注册会计师，英语八级证书，甚至保险业才需要的精算师什么的，都可以优先考虑安排进业务部门。按老总的话说，这些人常年不学习了，考证书，只是为了证明他们还有继续学习的能力。后勤倒是不用证书，岗位计有食堂车队若干名，可人家放出话来，就算用民工，也不用这些机关老爷们。陈轩跺脚道：老子才不乐意受你那鸟气呢，回家睡觉去。

本来以为怎么着也能睡到大中午，可闹钟还没响，他就醒来了。郑佩儿的动静他听得可清楚着呢，心想烦不烦啊，跟大脚老太太似的，吵什么吵。他想好了，明天如果她再这么着，就冲她大喊一声：我要睡觉。

他待岗了，让她也知道知道。俗话说祸不单行，都是她胡折腾什么试离婚给闹的，连带着工作也成了试验制。总之一句话，迟早都是散伙的事。

早散晚散，他也不怕了。正所谓死猪不怕开水烫，说起来也该感谢郑佩儿啊，幸好待岗前被她已经烫了一把，接到通知，才没有像老黄之流，吓得屁滚尿流。

小美真去了电视台，也是打工。最糟糕的是，晚上还常加班，暂时没时间泡葛格了。

陈轩抱着被子，坐在地上，不哼不哈半个多小时。一会儿肚子终于饿了，爬起来出门去吃油条豆浆。

他终于习惯吃这个了。

郑佩儿进了办公室，心里到底记挂着陈轩，拿起电话真想打回家去，看看他上班去没，可又怕陈轩万一真在家，听出她声音不好。只好给千叶打一个电话，让她打过去找找陈轩。

千叶刚起来一会儿，声音还迷糊呢："怎么了？你昨晚上没回家？出什么事了？”

郑佩儿不高兴：“你才没回家呢。我走的时候他还在睡，别是发烧了。”

千叶调侃：“还是无限关心嘛，让他知道没什么不好的，自己问去。”

郑佩儿烦了，要挂电话：“行行行，爱问不问，我也不管了。”

过了一会儿，千叶电话来了：“在家呢，没事，生龙活虎的，说一会儿就去上班。今天是打卡机坏了，大家都偷偷懒。”

这边郑佩儿放心了，陈轩却烦起来。千叶是郑佩儿派来的，他怎么会不知道，可说自己下岗了，却怎么也说不出口来。反正这一年也有工资，原则上讲，应该根本就不算下岗，可整天待在家里又是怎么回事啊。

索性一大早就出门，去公园和老头们学学太极拳？

他还真就去了。

两站路远，平时上班坐公交车，一闪而过时，总能看见里面山上的树木。陈轩还是十来岁的少年时，常到这里来玩儿。那时公园人比现在更少，有次在半山还发现了一条女人的短裤，男孩子们挑在竹竿上，一路欢歌。上大学后，来的就少了，谈恋爱时，就算和郑佩儿进来，也是在山下面的椅子上打嘣，没时间爬山什么的。公交车上看见长高了很多的树木，心里总和外面的一闪而过的风景一样，也能掠过一点点的想法：一口气到山顶，看看这个熟悉的城市。

才发现公园不卖门票了，真是好事。难怪从里到外，挤满了老头老太太，捶树的、吊嗓的、蹲裆的、溜鸟的。他径直去爬山，才三分之一，居然就汗流浃背，胃都痉挛起来。有鸡皮鹤发者，仿佛洪七公，胜似闲庭信步，转眼就超过了他。

他颇有点扫兴，灰溜溜地下了山。靠在一树阴下的椅子背上，看着四周。

这地方，跟后勤的食堂车队一样，和他没有一点关系。

公园靠郊区，从陈轩家出来这段路，还能跑蹦蹦车，司机多是被占了地的农民。到了公园这站，再前就进城了，就不能走了。陈轩一出门，一个跨在蹦蹦车上的男人就喊他：“坐车啊坐车。”

陈轩平时很少仔细看周边乱七八糟的小铺子。每次路过，只知道它们都有名有姓有牌子，可具体都在卖些什么，他还真没留意过。现在坐了蹦蹦车，又没事，他就让男人开慢点，看看都有些干啥的。这一眼就看见了不少网吧，个个都东扭西斜的样子，他终于知道自己该干点啥了。

28

郑佩儿这几天工作特忙，老往外跑，除了找加工厂家，还要带客户去芦荟园。客人的要求是越来越高了，想想几年前，弄点芦荟糕就有人买，现在已经做到芦荟茶了，既然做茶，对芦荟的质量要求就不太一样。开始有鲜芦荟叶和上等芽茶等原料一起配制，后来成分又加了大冬青叶、野山楂。这次接待的客户是浙江的，需要一批加工烘干后能看得见的芦荟丝。按说这个工序应该不难，可难在合适的烘干设备上。芦荟和茶叶不同，茶厂的烘干炉做出的效果总不满意，色泽发乌，不知道问题出在什么地方。

客户的订单挺大，公司不想放弃。郑佩儿一方面到处联系生产厂家，一方面找技术人员帮着分析，得空还要上网查查。其实公司曾经买过一个芦荟茶方子，是和蜂蜜柠檬一起调配的芦荟，无论从营养、色泽、口味等方面来说，都很不错。郑佩儿一直想找机会，将这个方子推广给客户。这个应该比用干芦荟丝泡茶的效果要好，可浙江人认为，香港、韩国的客人，对大陆的东西多不放心，可能看见实物，更能接受一些。

这天一早，郑佩儿就出门了，车已经到了楼下。她要陪客人去见滨大一个搞茶艺的教授，教授三四节有课，几个人约好就在离学校不远的早茶馆碰头。她走的时候，陈轩才刚起，睡眼惺忪的，两人也不说话。从时间看，明显他是有点来不及了，除非脸都不洗就走。可陈轩脸上却没有焦躁的样子，郑佩儿不仅有些奇怪，却又不能问他。只好关门时，加点力气，仿佛严厉的指责。

可车开了一千来米，郑佩儿突然想起一页资料还放在枕头边，晚上临睡前她抽出来翻了翻，早晨就忘记再塞进去了。忙叫司机掉头，重新回家。车过巷子口，就看见陈轩坐在卖油条小摊的矮方桌前，边吃边跟炸油条的老头说着什么。

郑佩儿看看表，确定无疑他已经迟到了。车一闪而过，她忍不住回头瞄了一眼，轮子掀起了尘土，陈轩摇着手挡着灰尘。取了东西重新返回，陈轩还在。这次远远的，郑佩儿就看见了他的腿脚，居然光脚穿着皮鞋！

他没穿袜子！

郑佩儿闭上了眼，心里翻江倒海，一方面有对陈轩的怜悯，一方面又充满了厌恶。在心里，她反复挣扎的几句话就是：

他不是孩子了，自己完全可以照顾好自己的！

班也不好好上了，都说他们所里最近人事变动很大，他居然还敢这么不当一回事儿！

对这个时间坐在小吃摊上，扮闲人状，他怎么一点也不觉得羞耻？

到底他现在在做些什么？

看看那个样子吧，就不像对未来有什么打算的。

教授看了郑佩儿的资料，工厂提供的所有生产程序的报告，对客人提出烘干时不加任何成分的要求很不以为然。“没有这么做茶的，”他断然说：“否则就是芦荟丝，最好别叫芦荟茶。茶必须要有茶的成分。”

教授的意思很明显：天然的，就是地里的。只要加工，就已有破坏的成分在里面。口味色泽，是食客们最重视的东西。至于营养，在于厂家的宣传。

“烘干后必须再加工。”教授是在课堂上教育人习惯了，说话的口气确实很能唬住人，郑佩儿趁机提了提那个新的芦荟茶的配方，教授点头道：“这个倒是可行。”

一时间，郑佩儿觉得自己和教授仿佛在出演双簧，一起在说服客户接受他们的意图。

中午，陪客人在工厂的食堂吃饭。几个男人喝起了酒，大呼小叫的。她有些累，注意力也就不能集中起来，脑子又转到了陈轩身上：他一定出了什么事，瞒着她。

找个借口去洗手间，想来想去，先试探着给家里拨了一个电话，没人。这么说，还是上班去了？

郑佩儿这边糊里糊涂，疑云丛生，陈轩那边却是指东杀西，乐不思蜀。

网吧二十四小时营业，半夜都不关门。陈轩算是找对了地方，反正都是打游戏，和上班的区别也不很大。他不着急，因为知道机会总是要找的。人才市场，他已经报了名，至于劳务市场，他还没落到那个地步吧？等消息、看启事的机会，与其躺在家里让郑佩儿看着发愁，还不如坐在网吧里将食人蛇再上一个台阶。

以前光知道网吧是小屁孩儿玩的地方，进去才发现也有不少成年人。

匆忙进来，发个邮件就跑的，是街头精英；踩着拖鞋，一脸乌黑，没黑没夜视频的，是被赶出家门的老光棍；更有如他一样早九晚五的，不用问，肯定是瞒了家人佯装上班的。

中午他会出门买个盒饭吃，自从进了游戏厅，他对这条以前很少上心的路有了进一步的认识。旁边是卖杂货的，斜对过是一小饭铺，中午有大群孩子在这里包小饭桌吃。吃完饭，这些孩子就直奔游戏厅，陈轩觉得自己挺仁义，他中午不跟他们抢，就跟老板聊天儿。老板也是卖了地的农民，整天到晚啥也不干，就坐在门口打哈欠。陈轩看着挺羡慕的，老板也自觉不错，自我表扬道："这么打着哈欠，钱就赚来了。"

一晃半个多月，陈轩天天就在这里混，老板当然知道他是干什么的了。劝他也开个小铺子好了，说自个儿的老姑家正好有个门面要出租。说着指给陈轩看，就在五十米开外，一个黑糊糊的小破房子。陈轩心想，你当我也是卖地农民呢？

到了下午，他玩两个小时的游戏，就上网聊会天。网吧的电脑都有摄像头，他专去那些视频聊天室去看，还看到过无上装的艳舞。不过他很快就出来了，自己看着就心虚了。再这样下去，离被赶出门的老光棍，也就不远了。

但也有意外的发现。

有一天，他和一个叫四川女人的说了几句。是女人先点的他，开始还打字，可速度太慢，就语音，一听声音，女人就露馅了：明明有东北口音，却说自己是四川女人，太不地道了。陈轩和所有敢在聊天室混的男女一样，隔着屏幕很自然地就厚颜无耻起来，他说女人：“为什么要叫四川女人，这不是恶意欺骗吗？东北女人其实也漂亮啊，何苦要披四川女人的外衣呢？”

女人也不生气，哈哈笑起来，声音有点嘶哑。陈轩听着耳熟，但又觉得不会这么巧合，硬要她打开摄像头。她不肯，说在上班，办公室电脑没这玩意儿。

陈轩才不信呢，上班还敢语音？

两个人倒是无话不谈，这个假冒川女挺豪放的，啥也不放在眼里的样子。陈轩把自己和郑佩儿的试离婚也告诉她了，她无所谓地就说一句话：“甭委屈着自己就成。”

陈轩觉得她是许晓芸。

两三年没见了，她以前就像坏女人，现在听上去，似乎更像了。“甭委屈着自己”，她倒是真不会委屈自己。有次两人正说话，来个男的跟她打招呼，陈轩问她是否认识他，她丝毫不隐晦地说：“岂止认识，他给过我三千块钱呢。”

“借的？”

“给的。”川女说：“这聊天室里的好多男的都给过我钱。”

陈轩明白了，这女人就是靠这个玩的。“我可没钱给你。”他赶紧说。

“我也没问你要。”她说，“别人给我的，也不是我要的，人家硬要给。”

陈轩越觉得像许晓芸，就越是要隐藏自己。他确定她已经不记得他了，给她钱的男人都那么多，何况不给钱的？她凭什么记得他啊？

不过聊聊这些个破烂事，到还是很有趣的。

到了下班时间，太阳的热度就明显减弱了，玻璃离地面都很高，照射进来，会落在电脑的机壳上。带着点反射的感觉，刺得眼睛生疼，陈轩站起来，伸个懒腰，就准备回家了。

四川女人打出最后一行字来："再见，小样。"

陈轩想了想，没回。

29

郑佩儿见到小美，才知道陈轩已经离开原单位两个多月了。

小美在电视台做一个生活栏目，这一集讲的是芦荟美容。摄制组选了好几个芦荟园，结果看上李红跃公司的地方了。因为后面有海，远景看起来颇为美丽。本来那天没郑佩儿什么事，这样的活儿萧子君去调度调度就可以了。可她突然想到这倒是个做广告的好机会，紧急做了几块大牌子，上面写了鲜艳的"红景芦荟园"的字样，一早赶到芦荟园去插在地头田间。

就看见了小美。正愁眉苦脸，皱着个眉头，手搭凉棚，脖子上挂着个什么助理的牌子，站在一边。

郑佩儿奇怪，陈轩不说她是他的同事吗？怎么跟电视台的在一起？

她走过去，"嗨"了一声。

小美如梦初醒一般，等看见是郑佩儿，居然挺高兴的，好像沉闷的工作中终于有了点新鲜事。"哎呀，这里原来是你的地盘啊。"

郑佩儿说："我们老板的。"

小美挥挥手："你能管事，就算你的。我想上厕所，有地方没？"

郑佩儿带她去农场工人的厕所，不分男女，小美大不咧咧地：

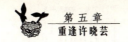

"那你站外面帮我看着啊，我怕狗，听说狗爱吃屎？"

郑佩儿玩笑道："那才环保呢。"

摄像的记者是个实习生，地位比小美还差一个档次。小美就官僚主义，和郑佩儿坐在树阴下喝茶。郑佩儿问她，为什么去了电视台。小美嘴张得大大地打了一个哈欠，说："本来以为会很有趣，可现在才知道真不是人干的活。天天晚上十二点多才能回家，栏目又没意思。"

郑佩儿断定陈轩最近的状态，和小美的换工作有联系，索性直接问："那就再回去好了。"

小美又是一个哈欠："看来你和陈轩真闹别扭呢？我们都下岗两个多月了。"

郑佩儿的头轰地一下就大了。问小美："陈轩呢，他去了哪里？"

"待业呗。"小美看着郑佩儿，"你真不知道？反正我们半个月前联系过一次，他说他还闲着呢，工作不好找。"

"待业？"郑佩儿也顾不上面子了，自己老公的情况，还要问别的女人，按理说她不该这么着的。

"嗯。"小美神情淡淡的，远没有郑佩儿那么不安，更没有觉得郑佩儿的问题有什么不妥。这一代人就是这个样子，对别人的隐私，再不合情理，也不会觉得有什么好奇，"我们部门都撤了。"

"他说他在干吗？"

"谁？陈轩？"

"是啊，你们不是半个月前联系过吗？他的事，一直瞒着我呢。"

"哦。"小美明白了，责备地看了郑佩儿一眼，"你们还试离婚着呢？这个现状我不赞成，陈轩现在等于是落难期间，我觉得你应该多关心他一点才对，再别搞什么试验了。"

“他就没跟我说过。”郑佩儿说，“何况他还每天早出晚归，装大尾巴狼。”

小美鄙视道：“男人都这臭德行，装什么装啊。”

郑佩儿再问：“你跟他联系时，他说过在干什么了吗？”

小美摇头：“没说，他就问我工作怎么样。我当时在上班，不方便，就说还行。他说他常去人才市场转转，当然也没什么音讯。”

郑佩儿问：“他在人才市场给你打的？”

小美说：“他没说在哪里，不过我可知道。”

郑佩儿奇怪：“哪里？”

小美一脸肯定的表情：“网吧啊，乱七八糟的键盘声，他肯定在那里打游戏呢。”

郑佩儿的脸色刷地就变了。

这么长时间，物是人非，她却成了一口钟，还在一个固定的点上，梦想着什么。

陈轩并不知道这些。第二天上午，他吃过早餐，一如既往地再去网吧。他根本没想到郑佩儿并没有去上班，而是在马路对面远远地看着他。待他走进去，她便跟在了后面。里面光线不好，空气更是乌烟瘴气，不少一夜未归的年轻小孩儿，两眼发红，身子僵硬，完全机械地操持着键盘。陈轩驾轻就熟，和老板点点头，径直就坐到了墙边的一台电脑前。郑佩儿从没到这样的地方来过，先见那老板头大颈短，一脸横肉，就有些害怕。老板见她这个文明样子，比她其实更为紧张。作为孩子们的父母，明显太过年轻；如果是谁的妻子，那倒有点新鲜；如果是工商公安的，她又太嫩。几个眼神回合下来，他看出她不是电视台卧底的，肯定和陈轩有关。还在门口呢，郑佩儿的眼睛已经盯住陈轩了。

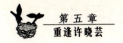

郑佩儿是万万没有想到，陈轩竟然会堕落到这个地步！她呆立在了门口，挡住了本来就不够亮的光线。有人已经不耐烦了，转过头来看着她。可陈轩还有些迟钝，他转过脸，也许因为郑佩儿背着光，更也许因为他根本就没想到这个女人会是郑佩儿，他又转过了头。可是很快，他又反应过来了，猛地站了起来，动作大了点，椅子翻在了地上，哐当一声，干硬脆裂。

第六章

婚外恋？谁不会呀

30

年过三十后，夸许晓芸漂亮的男人还不少，而且似乎比她离婚前更多了。听得多了，她就觉得大家都在虚与委蛇，就好像一个包装得花花绿绿的糖果盒放在面前，人们根本还没来得及仔细看呢，随口就说："不错，蛮漂亮的嘛。"那话里的意思仿佛是：不过是个糖果盒，只要搞花哨就是漂亮嘛。

这个漂亮二字就来得有些廉价。因为他们忽略了其中有用心的成分。他们的赞美甚至让许晓芸感到粗鲁和草率，许晓芸想：难道我很庸俗吗？

她觉得她全身最漂亮的地方，并不是五官，也不是四肢，而是一把纤腰，生了孩子后还是符合《天方夜谭》里诗歌描绘的美人形象："身围瘦，后部重，站立的时候沉得腰肢酸痛。"许晓芸打小就读书不好，可关于美女的东西还是记得很牢的。她十八岁中专毕业就结了婚。丈夫是哥哥的朋友，第一次上门就给她和母亲各送了一个金戒指。那人有点粗，但有点钱。许晓芸一家，从爷爷的爷爷开始，就住在一条叫做五水巷的地方，见过最气派的人家就是巷口楼下有铺面的霍秃子。所以她很满足，戴着戒指，坐在男朋友的摩托车上嗖地一声，就从巷口蹿了出去。

她知道这个有点钱的杂货铺小老板为何要找她，因为她比其他女孩子都要漂亮那么一点点：大大的眼睛，长长的睫毛，鼻子虽然有点扁平，但上翘的圆圆的嘴，却让这鼻子看起来分外调皮。可是这小老板和很多东北男人一样，太猛了，尤其喝了酒，立马六亲不认。许晓芸二十五岁时，被小老板拿正热着饭的电饭煲砸在了头上，缝了四针，同时去做了医疗鉴定，离婚了。

小老板当时已大钱没有一个，还不如她工厂里每月能有两百来元的补助金。她把孩子放在了母亲那里，跑到滨城来了。

她很快就发现女人赚钱要比男人容易得多，不，不做鸡也能赚钱。这里有点钱的男人比在东北多多了，尤其本地男人，还挺稀罕这些北方女人的。薪水高的工作她找不到，做保险、推销小电器，她也挺乐意的。因为干这个能认识不少人，个别男的，不买她东西，也不听她推销，只要她陪着去吃吃饭、跳跳舞，完了一样给她塞个两三百的。

她觉得活得特滋润，常常后悔地想，早几年干吗去了？

和男人认识得越多，她也就越瞧不起男人。她才不要嫁给他们呢，她谁也不嫁。个别有自作多情的，还心怀叵测地一回家就把手机掐掉。许晓芸啐道："丫的操性。"

愿意给她钱的男人不是很多，但她手里却总是有钱。早几年还卖卖保险，这些年干脆什么事也不做了。她有个老乡，剩了几套房子在这里，人跑回东北了，就让她帮着看房子。一月给她一千来块钱，算是给她开的工资。然后，她自已住一套装修得最漂亮的。

她对面住着个四川女人，开着个小发廊，养了几个小姐。白天没事，不是睡觉就是打麻将，饭钱赌光了，就直接上网。网名叫"四川女人"，在一个叫"滨城树下"的聊天室里，打情骂俏，好不风光好不得意。许晓芸这才发现，大白天的，也有这么多人不上班，而且这里也有不少闲得发慌、又有点小钱的男人。

她没事就用四川女人的名字去那里玩儿。四川女人对她的假冒行为无所谓得很，指点给她几个名字看，说谁谁、谁谁，又谁谁，都做过她的马子。又带她去过一个成人聊天室，她一进去，一群男人就狼一样围堵过来，要她给大家叫一个。许晓芸平时和四川女人也玩麻将，这个女人人在江湖，又是职业老鸨，说话自然牛叉得很。尤其玩麻将，掀牌翻牌时，常常全楼震动，许晓芸就叫她“小叫天”。她可没想到，在聊天室，她的声音完全就是街头广告上说的情色电话，午夜真情什么的。

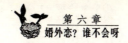

两人笑得挤做一团，“小叫天”说：“没钱赌的时候，问他们要，还是肯给一点的。”

“小叫天”给许晓芸开了窍，许晓芸渐渐麻将也不跟她打了，没事自己房间里也给电脑装了宽带，早晨起来早点都不吃，就去玩了。

有时月收入竟比租房子要强。

多的是去跟几个人吃吃饭什么的，也有上床的。但她挑人比较仔细，三四十岁的男人，一来这个年龄的男人性冲动渐低，二来也怕得病。她给他们总结为三多：离婚人士多，单身男人多，寂寞胆小的多。

聊天室里遇见陈轩的时候，她早就将他忘记了。

甚至连李向利，她都记不太清楚了。

陈轩的故事让她觉得特别好玩，这两口子是所谓读书人，就是上过大学的家伙。而且他不仅下了岗，还堂而皇之地到网吧打游戏，完了这还不算，又和她起腻。这样的男人，简直无聊得和她自己有的一拼！

许晓芸生活网络上都喜欢找那些比较自恃清高，常将成功二字挂于嘴边的男人。他们让她有点骄傲，更主要的是，搞钱的可能性大点。不像陈轩，她可一开始就知道从这个男人身上是弄不到什么好处的。但他上来就说自己糗事的精神，倒是让她开心得很。而且陈轩幽默、无赖，既不高高在上，也不刻意讨好。有趣！

她的这些想法，陈轩自然不晓得。自从郑佩儿在网吧逮住他后，两个人简直到了水火不容的地步。陈轩恨上了郑佩儿，因为他从没发现她竟如此势利恶俗，竟然会跟踪他，更竟然会当着网吧老板和里面闲人的面，对他破口大骂。他现在很少出门了，想到要走过那条街，就抬不起头来。要不是姐姐陈春的事正烦着父母亲，他早搬回家去住了。

不去网吧了，他索性在家里上网。反正郑佩儿不理他，完全当他癞皮狗。他就取个网名："癞皮狗"，然后去找"四川女人"。

他把对郑佩儿的怒气也讲给她听，许晓芸自然替陈轩抱打不平："你现在还有工资，她就这样。等你没了钱，她一定会将你扫地出门。"

陈轩叹气："工作实在不好找。现在大学毕业生多如牛毛。"

许晓芸说："你去做保安吧。"按她的眼光，保安是几多体面的工作啊，有制服，能管人，还不用出大力。

陈轩从内心嗤笑这个女人的天真，大学毕业去做保安？笑话，更何况，他手无缚鸡之力，就算做保安，谁要？

"那你就去做经理。"许晓芸想不明白陈轩大学毕业，又在大单位工作过那么多年，怎么会找不到一个工作？经理总是很简单就可以做的吧，上次请她出去喝茶的一个姓任的男人，长得又丑，人又笨，书才读到初中，还是经理呢。

陈轩不由哈哈大笑，说许晓芸道："你可真够可爱的。"

许晓芸说："等见了我，你才知道我不仅可爱，还很漂亮呢。"

陈轩就让她先露个面看一看，许晓芸这才说了老实话。她自己电脑没有摄像头，也不会装。她突然来了兴致："要不，我去买一个，你来帮我装上吧？"

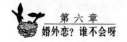

说老实话，陈轩这个时候，对许晓芸还真是一点想法也没有。可能跟他一开始就知道许晓芸喜欢在聊天室胡玩有关系。陈轩自己有点无赖，可喜欢的女人却是那种冰激凌作风的——又冷又艳，不好上手。许晓芸倒没主动勾引过他，可到处勾引别的男人，却也当战绩一样津津乐道与他。

而且她讲这些个艳遇，从来都不会有什么极度的失望呀，欺骗的情欲呀，或损伤的骄傲迸出来。她就是那种古往今来所有文学作品里最鲜活最令人难忘的一种女人：既天真又无耻。

陈轩觉得她很有趣，也知这女人是自己沉沦中的麻醉品，却正好迎合他目前的混乱状态，有些难以摆脱。

于是就决定去许晓芸那里。

两人约好第二天的下午，因为上午都要睡懒觉。通过几次电话后，陈轩已经要确定这个女人就是许晓芸了。中间还试探着又问过一次李向利，李向利说确实好久没见过她了。和她交往，也是刚离婚那阵儿，买了几件首饰给她，吃了一段时间的饭，就散伙了。李向利对陈轩打听许晓芸，很是不怀好意地笑了，他说："那娘们儿，够骚的。"

一连好几天都是阴天，可一出门，太阳就冒了出来。本来还在头顶的云，仿佛化掉又蒸发了，突然就无影无踪了。说是秋天，太阳这么猛照着，还是有些冒汗。陈轩出了门，懒得再往前走了，就给许晓芸电话："天这么热，要不改天吧。"

许晓芸问他："那你在家干什么呀？"

陈轩说："我先打会儿游戏得了。"

许晓芸说："别啊。老这么着不出门，你就不怕大腿肌肉萎缩啊？既然出来了，就出来吧，我也出来得了，我们找个地方喝点什么去好了。”

陈轩说话直截了当：“喝点什么我当然同意，如果矿泉水、鲜橙多、可乐，我就请你。但你别要太贵的，比方哈根达斯什么的，我就不管啊。”

他可太知道这种女人了，判断男人是好是坏的标准就是肯不肯花钱呢。

许晓芸说：“得得得，我请你，请两杯，一杯喝，一杯倒，成了吧？”

陈轩笑嘻嘻地：“那多浪费啊。剩一杯吧，你要看我不顺眼，就泼脸好了。”

两人终于约好，就在中间地段先见见，要是喝痛快了，再去许晓芸家。陈轩又严肃道：“先说好，喝多少，都不上床啊。”

许晓芸骂道：“操性，老娘这儿就没有床！”

如此这般打情骂俏，酷暑顿时解了不少。陈轩摸出一墨镜戴上，出了小区的门，就招手叫一蹦蹦车来，送他到公园下面的车站。他想这样就直接穿过门口的那条街了，那帮卖了地的农民也就不能笑话他了。

可才上车，开车的司机就说了：“你老婆最近还骂你不？”

陈轩刷地就摘了墨镜。“你还知道啥？”他问：“我全告诉你。”

31

郑佩儿的浙江客人走了。

关于芦荟茶，他们最后接受配制其他配方的条件。苏丹红花，工艺正在试制阶段。

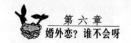

郑佩儿和技术部的老张就经常一起去工厂看生产情况。

中午在食堂吃饭，和李红跃坐在了一起。李红跃最近爱情顺利，表情明显欢快，身段明显轻盈，口齿明显伶俐，笑容明显增加。看来爱情的力量就是大啊，上上下下，最少能让人感觉有十年的相差距离。郑佩儿跟李红跃语重心长："李姐，可再不敢失恋了，否则看起来好像知天命了啊。"

李红跃拿勺子敲着自己的饭盆，呵呵笑着："这么说伟哥果真是青春宝？"

郑佩儿点头："你也是他的青春宝啊，没看他最近这乐的。"

身处幸福中的人，往往容易忽视别人的不幸，李红跃可没想起问郑佩儿和陈轩的一句话。她开始讲和伟哥的过年计划，要去欧洲玩一趟，主要是法国，体会一下浪漫的感觉。

"这玩意儿，"她仿佛在告诉郑佩儿一个秘密："还真得在婚前体验。等结了婚，别说香舍里榭，就是家属院门口的马路牙子，他都没那个心境了。"

郑佩儿说："哇塞，红姐是想要结婚了？"

李红跃忙摆手，仿佛回避政治问题，连声说："不不不，现在可没这么想呢，至少一两年不能这么想。他没赚钱之前，无法考虑这个问题。"

"那去欧洲怎么算？"

李红跃说："不多的钱，我可以替他出。可这和结婚是两码事啊，除非婚前财产公证，又怕他自尊心受不了。"

郑佩儿点点头："那是受不了。不过，我觉得红姐你也是太警惕了，也许人家伟哥就不是冲你的钱去的呢。我倒觉得，他是真的挺喜欢你的。"

李红跃说:“不管真的还是假的,我的钱,总还是我的。这个事实是抹杀不了的。”

郑佩儿看看表,和老张约的时间快到了,只好敷衍地点头:“当然是你的,那就做公证好了。我得出门了,去厂里看看。”

车是公司的,司机和郑佩儿他们都挺熟悉。三个人出了城,就往工厂赶。工厂离芦荟园不远,经过一条繁华路线,就出市区了。郑佩儿上了车,突然感到下身一阵温热。不敢相信,算算日子,离来例假应该还有一周多。她平时日子是很准的,看来最近一忙,加上让陈轩的破事一闹,内分泌有点失调了。眼睛就东张西望,希望找个商店门口停一停,去买两包卫生巾去,还得是大点的超市,里面才能有厕所。因为再跑就出城了,终于看见了第一百货,赶紧叫司机停住。

冲进商场,超市在一楼,可洗手间却在二楼。上二楼的楼梯时,无意一瞥,就看见裙楼处的冷饮摊上有一对男女,男人颇像陈轩,正凑着头,和一妖艳女子唧唧歪歪。当时顾不上细看,从洗手间出来,再看,不由站住了,可不就是陈轩吗?

和那女人,不仅头靠着头,还怪亲密的。郑佩儿使劲眯了大近视眼,居然两人用各自的吸管喝着同一罐可乐!郑佩儿顿时手脚都凉了,后背冒了一层冷汗,两只脚走不动,可脑子里意识还清醒着:“快下楼去,坐到车里去,快、快、快!”

待回到车里,老张和司机像见了鬼:“怎么了,怎么了,身体不舒服?去医院不?”

郑佩儿虚弱地摇头,还强装镇静呢:“没事,开什么玩笑啊。”

“还没事呢。”老张让司机给车转头,“你先回公司得了,看看那张脸,吓人啊,白纸了。”

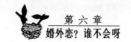

司机接一句："就是，还不是那种特白的白纸，不太高级的宣纸，带着灰呢，灰白！"

郑佩儿连司机在开玩笑都没反应过来，机械地跟一句："哦，宣纸。"

真的就给拉回公司了。

坐到办公室里，萧子君给了她一瓶饮料，带甜味的，说是能快速补充体能，安定情绪。这小丫头，眼够毒的，看见郑佩儿这么面如死灰地进来，已然断定，就创伤面而言，心理大过了生理，而且肯定和陈轩有关，立马猜了个八九不离十。安顿好郑佩儿，说了一句："好自为之。"就代替郑佩儿，跟老张去厂里了。

郑佩儿喝了饮料，果真感觉体力恢复不少，一拳砸在办公桌上，声音里有了哭音："妈的，就那个女人，一副鸡样！"

那天许晓芸确实有点过分，天都凉了，还穿一件低胸衣服，乳沟几乎一半露在外面。陈轩都纳闷，两年没见，她的乳房不仅还在发育，而且还发育得挺猛。D罩不敢说，C是肯定有的了。皮肤倒是比以前白了点，但没那么水灵了，只是神态更为招摇，裤子还是低腰的，两个屁股蛋，紧紧地绷着。

那样儿，那年龄，那东张西望的招摇劲，确实太不像良家妇女了。

难怪郑佩儿要说："等着瞧吧。"

牙齿咬得咯吱吱的，眼神又恨又毒，很是吓人。

"婚外恋？小菜一碟，真以为谁不会？"

前面章节里，曾经说到过一个人：周明，当年曾和陈轩一起猛追过郑佩儿的，资料如下：高个儿，排球队员，有腿毛，帅，话不多，现在赚了不少钱。

他可离郑佩儿不远，工作的地方，统共就离郑佩儿公司半条街。

此时此刻，郑佩儿不想起他来，真是天理不容啊。

32

经过多年的未婚，周明已经熬成了王老五。钻石太夸张，玉石总能勉强擦个边。对女人，他的要求依然挺高，而且随着收入看涨，要求似乎更高了。对好久没见，又主动找上门来的郑佩儿，絮叨的第一件事，竟是想在当地的晚报上登一个整版广告：寻美女。

“二十二岁以下。”在转椅上扭着屁股，周明的口才明显比以前强了很多，“会不会都太让人可疑了。我可听说，现在的女大学生百分之四十到六十都不是处女了。”

郑佩儿心烦：“难道你还是处男吗？别恶心我啊。”

周明说：“这个女人和男人是不一样的，女人感情上有过爱情后，对后面的男友就很难再投入了。我想找一张白纸，可画最美最好的图画。”

他可能觉得自己这话说得很有文采，形象又生动。问郑佩儿：“你说再加点什么条件好？”

郑佩儿给他出主意：“一定要注明不是恶意炒作，语言越朴实越好，对女方的要求越少越好，就写善良温柔，知书达理。你这么整版广告，不用多说，人家也就知道你是要干什么。一般的女孩子可没勇气飞蛾扑火。你越低调，越显得你的真诚。”

周明眼睛一亮：“说得有理啊。你听啊，关于我自己，是这么写的：年过三十，自办公司，有一定的经济实力，儒雅大度，富男子气概。”咬着铅笔头看看，又添一句：“性格豪爽。怎么样？”

郑佩儿说：“不错。”

郑佩儿可没想到自己下定决心跑过来，周明却正在忙这事。她有些不耐烦了，站起身，想走。周明见郑佩儿起立，这才意识到自己有些唐突了，赶紧招呼她重新坐下，换了亲切的表情，问道："陈轩最近可好？"

郑佩儿口气淡淡地："一般好。"

周明见郑佩儿的神情，便不再问陈轩的情况。赶紧夸郑佩儿漂亮依旧，风采更甚。"这就是人们常说的风韵吧。"他说。郑佩儿笑笑："周明，你真的比以前进步很大。"

郑佩儿来找周明，实在有些想一抒胸中块垒之气的因素。虽然她觉得和萧子君或千叶一起去大喝一顿，也很爽快，可更觉得，如果身边能坐一个男人，才会就陈轩那事产生一些平衡。可见男人虽然用处不大，但在特殊的时候却也能产生以毒攻毒的疗效。

周明看出了郑佩儿的苦恼。像很多男人一样，为女人能在最心烦的时候来找自己而感动，而骄傲。他终于把手边的广告词放在了一边，决定跟郑佩儿一起共进晚餐。然后看情况而行，如果她的苦恼比较多，就上点葡萄酒。如果她只是一般性地用用他，后面发展的可能性不大的话，那就喝啤酒好了。

男人嘛，总要长大不是？他可不再是以前校园里的愣头儿青小伙了，各种各样的女人也见过不少了。郑佩儿上学时怎么样，说老实话，他也说不清楚。但现在，他想他还是能了解一二的，女人到了这个年龄，和男人交往，多是带着目的的。而且，往往比男人还要猴急呢。

他不仅就有点儿暗暗高兴。

艳遇这玩意儿，有时候像财运，挡都挡不住哇。

33

郑佩儿和周明怎么样了，陈轩一点也不知道。更不知道，这跟他和许晓芸那天喝饮料的事儿又有什么关系。

自从和许晓芸见面后，两个人的关系顿时有点日行千里的感觉。许晓芸也想起陈轩来了，一再说："世事难料，世事难料。"好像颇为再度相见而欣喜。

陈轩呢，立刻也就痴迷进了这种关系里。只为补偿他和郑佩儿的关系，补偿这一段时间他无处发泄的混乱和矛盾。

他已经两个晚上连家都没回了。

可郑佩儿，却在周明送她到门口，最意乱情迷的时刻清醒了过来。可清醒又能怎样？整晚睁着眼睛，只为了听见门响的那一刹那。

两点了，三点了，四点了，就算门响，又有何意义？

她终于哭了。捏了拳头，放在胸口。

一周的时间，他们几乎没有照面。只是有个晚上，十一点多了，陈轩回家拿套换洗衣服，看见郑佩儿在电脑前，戴着眼镜，背微微驼着，似在工作。他顿时有些内疚，心里突然闪过一个念头，许晓芸那种粗俗女人，哪点能比得上郑佩儿？

郑佩儿当他做幽灵，原先偶然还有的冷冷的话语，也彻底没有了。她倒水喝，从他身边经过，眉头都没皱一下，然后擦过他，去关窗户。

外面突然就下雨了。

陈轩睡觉，安静的，真拿自己当做幽灵。

可是第二天，他还在睡觉，郑佩儿就来了电话。他不敢相信自已的耳朵，找谁？他问，真找我？是你？是郑佩儿找陈轩？

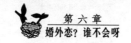

“是的。”郑佩儿声音冷静强硬，“是我找你。”

“干吗？”陈轩打着哈欠，“办手续吗？”

“我妈过两天要来。”郑佩儿说，“我不想让她说什么。”

“哦。”陈轩揉揉眼睛，彻底清醒了，“可赶得真巧，这个时候来。你不会找个借口堵回去？”

“没借口。”郑佩儿说。郑佩儿是堵不回去，她母亲可是跟父亲吵了架跑她这儿来的，那是带着委屈啊，她怎么敢不接收？

这个丈母娘一开始就不喜欢自己，陈轩可太知道了。就是新婚后，跟郑佩儿回她家看老人家，也没给多少好脸色。老太太当年是看上她们医院院长的儿子了，英国留学，文质彬彬，家世也好，和郑佩儿更是青梅竹马。可陈轩呢，一没才，二没相，就凭三寸不烂之舌，硬是将郑佩儿拐到了南国滨城。她怎么能对他有好印象，没有咬牙切齿，已经无比客气了。

“你什么意思吧？”他问郑佩儿，心里知道，这可有热闹看了。

“她就住十天，我跟她说了，十天后我要出差。你配合配合。”

“要不，我出差去？”陈轩问，心想躲到许晓芸那里去，倒是个好办法。

“哼。”郑佩儿冷笑，“你现在有地方好住了？椰林路？你就不怕我将那狐狸窝给端了？”

郑佩儿是忍无可忍了，见过不要脸的，可真没见过陈轩这么不要脸的。看来这人啊，要一堕落，真是全方位的。他是越来越管不住自己了。

“你要是想离，再等不及，也等这十天过了吧。”她说。

陈轩有点吃惊，也突然特别惭愧，妈的，郑佩儿又跟踪他了？

而且许晓芸，看着实在风尘，她总不会以为他在找鸡吧？

他说："你误会了。"

刚说完，又扇自己一耳光："我这是解释个什么劲啊，爱怎么着就怎么着吧。"

郑佩儿说："行了，你的事，我不管。只是跟你说清楚，我妈来的这十天，我们演戏也要演得让她老人家放心。"

陈轩吁了口气，回郑佩儿道："行啊。我就配合你一回。"

又想起来："我们住也住一起？"

郑佩儿都要挂电话了，听了此话，顿时口气里无比厌恶："我睡地上。"

仿佛电话烫手，立刻挂了。陈轩愣愣的，抱着被子坐在地上，良久，轻轻地放了电话。

他可没想到郑佩儿会用那样厌弃的口气跟他说话。怎么着，这么说难道有什么不对吗？他再也忍不住，一层薄薄的眼泪浮了出来。

这一天，他没有去许晓芸那里。也没有上网，他买了菜，自己在厨房下面条吃。水扑了上来，他把青菜按下去。这个动作，以前见郑佩儿做过，他的动作非常轻缓而沉重。然后，一个下午，他都在收拾着房间。

晚上郑佩儿下班了。从马路对面的公交车下来，她就看见了自家阳台上晒的拆洗的被子、桌布、窗帘什么的。

推开门，陈轩戴着围裙，桌上是稀饭，买的馒头。除了咸菜，还有醋溜土豆丝。

陈轩说："你先吃吧，我有点累，看会儿报纸。"

说着走到客厅的沙发上去。

郑佩儿知道，他这是害怕和自己对面吃。她想了想，尽量不让自己觉得有什么感动，进洗手间洗着手，还对着镜子说：“有什么啊，结婚这么多年，他还是第一次做饭吧？难道不该？难道这么多年我都白做？”

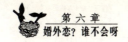

说服了自己，便理直气壮地坐回了饭桌，草草吃了起来。

吃到中间，还恶毒地问了一句陈轩：“你没给我下毒药吧？”

34

对自己的感情生活，宋继平喜欢做这样的总结：“混浊江湖酒，英雄一世情，最后还是要小龙女的冰雪心来安慰。”又到半夜了，突然会在酒店的床榻上醒来，不是因为噩梦，也不是因为睡不习惯酒店的床。事实倒是，结婚这么多年，他最无法习惯的却是自己家里的床铺。他不愿意让半夜醒来的千叶看见他口水横流、四仰八叉的样子，也不愿意看见即使是在他的身边，自己的床上，千叶仍要小心地蜷着身子，只占着床边的一点点地方。

她对他，总是小心靠近，大胆崇拜。而且他发现，随着回国时间的增加，财富的增多，身边如此态度的女人越来越多了。一方面他喜欢大胆崇拜，另一方面对小心靠近又很不满意。即使在半夜，突然在一个柔软干净的躯体边醒来，他也常常会想起在美国的那些日子。一个墨西哥女人的房东，单身，分别有两个硕大的乳房和孩子，穿牛仔长裤。需要他的时候，她会提半瓶红酒前来。有次他在发烧，她都不放过。大部分时候，宋继平很厌烦她，觉得自己被强奸了。但一想到她洁白的、油脂一样的、暖烘烘的皮肤，又觉得送上门来的慰藉，味道也还不错。

回国后，时间长了，他竟会非常怀念那种被强奸的感觉。这种怀念让他又高兴又悲哀。高兴的是，这最少能证明他的性冲动和性能力都还未减退，悲哀的是，连愿意做点大胆动作的女人都实在太少了。

在宋继平看来，女人就分两种：性欲强的，性欲弱的。性欲强的女人比较大胆豪爽，直截了当；性欲弱的，则拿腔拿调，一本正经。

郑佩儿呢？

她是怎样的女人？

他坐在窗边，铅笔头挑开了百叶窗，看着站在马路对面的她。外面刚下过雨，地还湿着，马路又宽，车多，人杂。她抱着胳膊站在永和豆浆店的门口，旁边的小花坛里还开着几丛扶桑花。那个样子，似在等人。

宋继平看她好久了，开始他并没有认出那是她来。她的样子有些憔悴，精力也不太集中，虽然站在大马路上，却明显脑子里只有自己一个人，她在想事情。深咖啡色的长袖，袖口带着蕾丝花边，方领口，正好露出尖俏的锁骨，牛仔小喇叭长裤，裤型很好，看起来两腿修长。头发比起他们上次见面，长了很多，烫了卷，别在脑后。猛地一看，容易让人错过，可仔细再看，熙熙攘攘的人群中，她却如一朵水下暗藏的花。等你发现后，就能感觉到那种光艳照人的魅力。

他不知道她在那里做什么，并不是等着过马路，也许是在等车？他想了想，还是匆忙跑了出去。秘书在外面问他，半个小时后的会是否如期开始，他说，到时候我再通知你。他边走边披挂起西服，将喉结处的领带整理得更为饱满一些。

车开上了马路，但到马路对面，还要往前开八百来米，才能转弯。能看见郑佩儿了，她还站在那里，竟低下了头。宋继平戛然停在了她的面前。

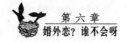

“嗨，”他像熟人一样地招呼她，带着最为不经意的笑容：“这么巧啊，你在这里干什么？”

郑佩儿如梦方醒，看看四周，才发现自己果真一直站在这里。她出来办事，正准备打车回去的，可刚下过雨，出租车很难打。拦了几辆后，她就准备耐心等等，可竟然发起呆来。她为自己的举动又吃惊又可笑，更兼被宋继平看到，不由解嘲地笑起来：“我还从没有这样过呢，也许不是发呆，只是瞌睡了的缘故吧。”

宋继平很自然地打开车门，头一歪：“上来吧。”

细心地帮她整理好安全带，又问：“你们公司的车呢，就这么独自出来啊？”

郑佩儿笑道：“公司车有事出去了。独自出来怎么了，难道我这么可怕，会吓到别人？”

宋继平哈哈大笑起来，郑佩儿伶俐的反应，让他很是开心。他说：“你知道我什么意思的，不是你吓人，而是人吓你。”

郑佩儿知道这是宋继平在讨好她，男人突然将身边女人的地位缩小，心里应该是有了一些温柔的情愫的。不管这是刻意讨好，还是违心地奉承，郑佩儿都很感动。尤其和陈轩僵持的这些日子，心被磨得简直能看见粗糙的茧子，她顿时也就有了一些柔软：“谢谢你这么高抬我。”

宋继平看她一眼，笑了。这个女人，敏锐聪明，说话真是一点也不费事。

郑佩儿则在想，要不要找个机会，跟他谈谈千叶？

可是很快，她就打消了这个念头。宋继平这个人，不管和千叶怎么说，在郑佩儿的心里，依然还是一个很重要的角色。他带给她的感受，总是能深深触动她多年前刻意埋藏掉的知识分子的桀骜与对中产生活渴望的柔软领地。他理性、文明，正好像一首乐曲，温暖流畅，人情味儿又足。

宋继平的身上有好闻的男式香水味儿，他到处都干干净净，神态自若，笑起来，非常安详。如果不是特别善于隐藏，就可能是心地单纯，郑佩儿想，三十好几的男人，还能长得如此脱凡超俗，一定是有原因的。

她没想到，宋继平也正以同样的想法想着她，除了这个“他”换了偏旁，连标点几乎都是一样。

宋继平向她公司的方向开去，郑佩儿奇怪地问：“你也正巧去那里？”

“不，”宋继平说：“我就送送你。”

他想了想，说了实话：“我坐在办公室里看你很久了。”他向她示意对面的那幢高楼：“然后我就下来了，想问问你站在这里干什么。你的样子有点出神，可又很吸引人，我会推迟一个会，只因为能这样送送你，我觉得心里很舒服。”

郑佩儿从没有听过这么纯真又坦荡的表白。她再一次想到，和宋继平在一起，是一点点也不愿意想他是千叶的丈夫的，也一点不觉得千叶平日说的那个男人就是眼前的宋继平。

宋继平打开了CD，纳金高的爵士乐，又为她摇下窗户，体贴到家地说了一句：“这样是不是感觉能放松很多？”

郑佩儿点点头，简直说不出话来。空气那么清新，而纳金高，永远给人猝不及防的温柔。郑佩儿感动，胳膊扶住头，脱口而出：“你太煽情了。”

“爱情让人卑微。”这就是宋继平的回答。

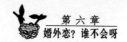

短暂的沉默后，两个人不由一起笑了起来。郑佩儿甚至笑出了眼泪，很久没有过这样的笑意，很久没有过这样聪明而不烦人的谈话了。

半个小时后，宋继平自己返回在公司的路上。

他的脸上，挂着温柔而古怪的笑容，人陷入冥想中。路很笔直，太阳出来了。

他终于按捺不住，突然将车停在了路边。

抽出笔，摸出一张纸来，写了几句话："请求你和我做一次神的事情吧，只要你愿意，我们就将会有一次闪电。"

写完，他在车里摸出了一本书，不厚的小册子，将纸条夹在了书里。

然后，开车继续前进，在自己公司楼下的小邮局里，将书寄给了郑佩儿。

第七章
说不清 理还乱

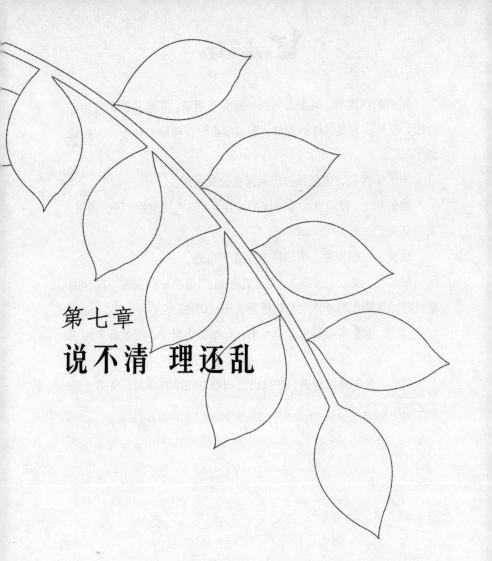

35

郑佩儿的母亲来了。

晚上六点多的飞机，郑佩儿在机场接她。老太太退休几年了，又自己开了诊所，赚钱赚得不亦乐乎，中午都很少回家，不知不觉就放松了内部管理。郑佩儿的父亲一人待在家里没事做，吃饭也是一个人，无聊得厉害，上了一个老年大学，就认识了一个女同学。

母女俩坐在出租车上，老太太还在抱怨：“我不回去了，就跟你在这里。诊所一样能开，或者找个医院去挂名也行，看谁能怕谁。”

郑佩儿一看这阵势，母亲似乎还来真的了，她可不想让她长住在她这里。自己和陈轩还一团糟呢，怎么能照顾到母亲？

搂住老太太的肩膀：“妈妈，你看着吧，马上我爸的电话就会到了。既然上了学，谁没几个女同学啊，你怎么这么想不开啊。那你能保证自己天天在外面开诊所，不看几个男病人的？”

母亲虎着脸：“你少跟我胡搅蛮缠。我们性质完全不同。你知道他跟这个女同学干吗了吗？”

郑佩儿笑：“吃饭，看电影，手拉手？就我爸那胆子，你鼓励他，他也不敢哦。”

母亲叹气：“我根本就没鼓励他，可他就真的干了！”

郑佩儿这么一听，似乎问题还真是有点严重。又问母亲：“那那个女同学是干什么的？有家吗？多大了？人长得好看吗？”

母亲摇头：“一个胖老太婆，好看什么！又没文化，就是跳舞跳得好。”

郑佩儿点点头：“哦，我明白了，是那种市民女人。”

说到这里，心里却咯噔一下，突然想到了许晓芸。嘴里不由喃喃道：“这样的女人可能更有魅力吧。”

“为什么？”母亲累了，但她又实在不想放弃这个话题。

“简单，直接，火热，暴露。”郑佩儿若有所思地说，“我现在是弄明白了，这男人吧，过了一定的年龄，一是智商会下降，不想再做费事的事情；二是情商会下降，懒得再琢磨女人的心思。”

母亲听着郑佩儿说得复杂，挥手道：“我靠着椅背休息一会儿，等到家了叫我。”

郑佩儿点头。

母亲闭上了眼睛，郑佩儿将头转过，看着外面。

下班的人还很多，车流人流，饮食店大门大开，光看那门面，似乎就能闻见哪种食物夸张的香味。郑佩儿也觉得身心分外的累，生活突然变得严峻而不敢让人相信。无论是陈轩、宋继平、周明、千叶、李红跃，还是母亲和父亲，都让她感觉到说不清、理还乱的感觉。她摸摸背包，悄悄将宋继平寄给她的那本书拿了出来。书是本英文的小册子，介绍一个大教堂的，有着线条简单的封面设计。她摩挲了两下，又将纸条拿了出来。

母亲在睡，外面的光线已经朦胧，黑暗中，并不能看清纸条上的诗句。可这不会影响郑佩儿，她早已背了下来，将纸条平铺在书页上，发起呆来。

这个傍晚，陈轩坐在家里，等着郑佩儿的电话，然后叫他一起去市里的菜根香吃饭。

电话已经来了，郑佩儿惜字如发电报：“二十分钟后我们到饭店。”

那意思是说，他该出门了，可是他突然不想去了。

郑佩儿不让他陪她一起去接老太太，意思很明显，她不想跟他在一起哪怕多待半个小时。她会向母亲撒谎，说他在加班云云，然后呢，吃饭的时候再赶过来。吃饭，尤其是饭店里吃，原则上讲，早已是一个公共活动了。杯盏交替中，自然能免去很多的尴尬，远离不快的话题。

陈轩痛恨郑佩儿。她让他简直没有了任何尊严和试图和好的可能。

他的生活，难道从此真的就要和过去诀别，从此只能跟许晓芸这样的女人混吗？

郑佩儿走的时候，叫都没有叫他，可他一直伸着耳朵在等那一刻。也许他会拿一下架子，也许会趁机说几句缓和的话，比方我要不要打领带啊什么的。甚至他连皮鞋都擦好了。可是郑佩儿走了，低着头到处找钥匙。从他身边经过多次，除了继续将他当幽灵，还很嫌他多事。她的钥匙，被坐在沙发上的他给压到屁股下面了。

然后，郑佩儿在将钥匙装进背包前，竟拿到水管下冲洗了一下！

陈轩已经喝了两瓶啤酒了，郑佩儿走以后，他就又接着喝酒。坐在沙发上，两条腿伸得很长。他什么也做不了，就想瘫下去。无论是沙发上，还是地上，只要有个地方，能让他万事不知，瘫下去就可以。

瘫和躺是不同的，心情不同——瘫无知无觉，躺却意义丰富。

他开始喝了。

喝得极猛，可是就这样，两瓶下去，依然没瘫。

再看冰箱，没酒了。

而脑海里，不想去跟郑佩儿母女吃饭的念头却无比的坚强、清晰了起来。郑佩儿的电话不仅语速快，而且说完了就挂断，完全将他定位在小厮的地位。他怎么能不火，凭什么要我听你的？妈的，他站起了身，还好，一点也没醉，但很舒服。

他要找许晓芸去！

就为了这个从没喜欢过他的丈母娘，这个胖大威严的势利婆娘，他已经两三天没有去看许晓芸了。他收拾房间，洗衣缝被，换来什么了？

菜根香？

去他妈的菜根香吧。

他给许晓芸打电话："吃了吗，我们去吃饭吧。不不不，我请客。没出门啊，就睡觉了，没意思啊。去哪里，你想去哪里？西餐？少来这套，又难吃又吃不饱，你什么时候也捏起褶子了？还吃西餐呢，拉倒吧你。我们去吃，吃菜根香吧！"

这个念头，突然让陈轩特别的高兴："去菜根香！就去菜根香！不改了。二十分钟后，我们门口碰头。"

他重新高兴了起来，心里不难过了。充满了能让郑佩儿和她母亲难堪的快乐劲儿。他开始穿衣服，还对着穿衣镜检查衣摆等细小的地方。

他自言自语道："我要和许晓芸一起，给老太太敬酒！"

说着哈哈大笑起来，确实有了微醉的感觉，对着镜子，举起"杯子"，比画了起来："母亲大人，这是许晓芸许小姐，她漂亮吗？性感吗？比起你那可爱端庄的女儿，怎么样呢？"

菜根香是家湘菜馆，正在市中心处。上下三层，门口挂着大大的红灯笼，小姐们都身穿红旗袍，倒是很能营造喜庆的气氛。郑佩儿的母亲从中午就去机场，到现在才算是坐踏实了。一边拿着热毛巾抹脸，一边喝着茶水。两人已经等了好一会儿了，却还不见陈轩的影子。郑佩儿坚持要点菜，让母亲先吃，老太太摆手：“再等会儿吧，我也很久没见他了，这样不礼貌。”

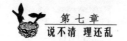

母亲有低血糖，见她坚持得紧，郑佩儿索性跑出去，在旁边的超市里买了一盒绿豆糕回来，硬是撕开了包装，让母亲先吃两块。

这个时候，陈轩到了。

许晓芸还没来，他暗暗骂了一句：“臭娘儿们，还学会迟到了。”门口张望了两眼，他就向里面看去。

从门口的侧面，正好看见郑佩儿和母亲坐在一起，服务小姐又抱着菜单过来问是否点菜，老太太摇着手，同时阻止郑佩儿点菜。陈轩已经六七年没见过丈母娘了，不由突然有些震动。在他的心目中，她是自制严厉的，甚至可以用剽悍这个词来形容。最少很有首长风度，这也是让陈轩非常不喜欢的一面。可是今天，他突然发现她苍老了许多。岁月真能磨人，一绺白发，更是因为路途的劳顿，在鬓角边长而蓬乱地垂了下来。

老太太不点菜，一定是在等他。这个陈轩知道，什么时候，她都要做出一副知识女性的样子来，一方面不肯失去礼貌，但另一方面，却坚持看人下菜，将人分成三六九等。

她在吃绿豆糕，这么说低血糖犯了——何苦来着，狗屁面子，陈轩心想。可紧接着又看见了另一个动作，糕沫咬动的时候脱落了，她竟立刻伸出另一只手去，接在了嘴下。

这是个老年人才会有的动作，更因为年老而做，显得有些可怜。陈轩突然不知道说什么才好了，更为自己无缘无故伤害这个老太太，感到有些过意不去。他长长吁了一口气，就看见许晓芸正朝这边扭着腰走过来。

他走过去，将她劫在了半道上，拉到了石柱的后面：“你回去吧，”他冲她说：“里面有个朋友，看见了不好。”

许晓芸不干，她化妆都化了半个小时呢。你以为黑眼圈好抹的吗，既不能太重，又不能让人看不出来。她可不是那个乔丹，仗着胸大，就有专门的化妆师。她说，“那就换个地方好了，好不容易出来了呢。”

“不。”陈轩只想快点让她回去，“算我对不起你，我得进去，事情重要。你回去吧。”

许晓芸发脾气了，声音陡然大了起来：“你他妈的当我三陪呢？呼之即来，挥之即去的，老娘我就不走。”

陈轩也发火了：“好好说话不听是不是？你滚不滚？”

许晓芸就喜欢陈轩来这一套。陈轩也发现，她就喜欢男人对她粗鲁野蛮，最好时时拿出黑老大的样子来：“你要见哪个妞去？”她温柔了，拿胸蹭着陈轩的胳膊。

陈轩却急火火地打开了许晓芸：“实话说吧，我老婆在里面呢。”

“哦。”许晓芸说，“操性。你早说不就完了。”

两个人纠缠着，却没想到被着急跑出来看的郑佩儿给发现了。她只瞄了一眼，就觉得受不了了，赶紧重新进了酒店。她匆匆对母亲说：“咱们走吧，换一家，也许陈轩不来了。”

母亲不肯：“我们喝了人家的茶了。这样不好吧，再说，你们不是说好了吗？他说不来了吗？”

“没有，妈妈，我来了。”

陈轩进来了，虽然喝了点啤酒，但这会儿，他已经很清醒了。脸上带着最为殷勤的笑容，一只手还放在了郑佩儿立刻变得僵硬的肩头，压她坐下：“路上一直塞车，没办法。”

郑佩儿的母亲看见了陈轩，心情变得好了一些，同时招呼他坐下来。陈轩对送菜单过来的小姐说："交给我吧，你们这里最有味道的特色菜是什么？"

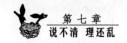

36

对郑佩儿来说，这个晚上不敢说是她婚后最难忘的夜晚，也无疑是最渴望快点天亮的夜晚。

老太太回来就嚷着瞌睡了。匆匆洗了澡，就在客厅里特意放开的沙发床上睡着了。陈轩不能再去客厅里看电视了，又不能回到卧室去和郑佩儿四目相对。只好钻进书房，在电脑前打游戏。

期间许晓芸来过一次电话，被他掐掉了。这个女人可爱但粗鄙，她实在有些不懂所谓读书人的人情世故。虽然陈轩现在也常常不想懂，但今天情况特殊，第一天，他装也要装得像一点吧。

母亲睡了，郑佩儿也就去洗澡，拖地。她没想到父亲居然一个电话都没有打过来。收拾完一切，她进了卧室，盘腿坐在床上，拨通了家里的电话。

幸好父亲在家，并不想给郑佩儿寒暄的机会，张口就来："让你妈快点回来，别让她去你那里丢人现眼了。"

郑佩儿也就直话直说，埋怨道："爸爸，要说你直接告诉妈妈吧？她来我这里可好几个小时了，你连电话都不来一个。"

老头子还在火气上，中气十足："她不仅无事生非，还离家出走，必须她先给我道歉！"

郑佩儿听着这话，无异于俩小孩儿吵架。她苦笑道："妈妈的脾气，你又不是不知道。你就说两句好话吧，我再做做工作，肯定好。今天她还说呢，要跟我长住滨城，你不怕啊。"

父亲嘴硬道：“那就别回来好了。你告诉她，她要真不回来了，我明天就接女同学家里来住！”

郑佩儿终于笑了：“爸爸，别闹了，好不好啊。我这里工作很忙的，顾不上你们的事啊，你快点劝妈妈回去吧。”

像很多父女一样，郑佩儿和父亲的关系一直不错。老头儿从小就很宠爱郑佩儿，一听女儿诉苦，也不说自己的事了，而且敏锐度显然要高过母亲好几个百分点，赶紧体贴地问郑佩儿：“你还好吧，是工作辛苦，还是和陈轩的关系出了问题？”

郑佩儿顿时委屈无比，哽咽了，眼泪在眼圈里打转，却说不出话来。父亲追着问：“佩儿，说话。”

郑佩儿挂了电话。

抹了一把眼泪，稳定了情绪，又重新拨过去，这回声音正常了，甚至公事公办：“刚才电话出了点问题。爸爸，我跟你通牒啊，明天一早就打电话过来，跟妈妈说话，恳请她快点回家。我也会劝她，不要再去什么诊所了，好好在家陪你，行不？”

父亲连忙答应。

十一点多了，郑佩儿关了灯，她睡在了地上。陈轩走了进来。她睁着眼，两只手不由自主地拉紧了被头。就着月光，陈轩站在她的旁边，看看床，又看看她，终于蹲在了一边。

“上床去，”他声音低低的：“地上潮湿，要得病的。”

郑佩儿闭着眼睛，不理他。

陈轩却知道她在装睡。“上床，”他再一次说，“否则我大声喊了。”

郑佩儿感觉他没开玩笑，眼睛陡然睁大了，眉头皱起。她现在就是恶心陈轩，没法跟他好好说话。

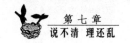

陈轩要拉她的被子，她立刻被电了一般狠狠躲开了，声音尖利紧张："不，别动我。"

陈轩抽回了手，两个人都被这激烈的反应吓着了。甚至郑佩儿，也没想到自己会如此不想接触到陈轩。陈轩的手则缩在半空中。郑佩儿卷起了被子，即使穿着长袖睡衣睡裤。她还是将被子围到了自己的脖子处，趔趄着爬上了床。

陈轩坐在了地铺上，又颓然倒下。郑佩儿将一床被子给他扔了下去。

陈轩头埋在枕头上。他最近也很厌恶自己，像个孩子似的，变得特别容易绝望和伤心。尤其是枕头依稀还有郑佩儿的气味，一根长发落在了枕边，他悄悄地将头发含在了自己的嘴里，在舌头上缠绕着，似乎品味着洗发水的芬芳，眼泪又冒了出来。

房间里安静极了。郑佩儿的两只手放在胸口。她闭上了眼睛，脑海里浮现的，是宋继平写给她的，像诗一样的句子："请求你和我做一次神的事情吧。只要你愿意，我们就将会有一次闪电。"

突如其来的对宋继平的思念，让她捏紧了拳头，指甲甚至要嵌入手里去。一个冲动，如果可以，她会奔跑在马路上，向他的怀抱跑去。他呢，则会站在街口，等着她。

一个颤抖，她意识到自己只是做了一个短暂的梦。

让她痛哭起来的梦。她哭出了声音，声音仿佛孩子，抽泣，压抑，真诚。陈轩安静地听着，一动也不能动。

这个沉闷的晚上，反反复复，不知道什么时候开始，又什么时候才能结束。

37

他们结婚第二年的夏天，郑佩儿怀孕了。

半夜三点突然就嚷，要吃麻辣烫。陈轩说，我这会儿到哪儿去给你弄啊？郑佩儿哭兮兮地说："不管，我就要吃。"她挠他、掐他，陈轩好好地哄她："别这么愤世嫉俗成不？我也是一肉身啊。要不，咱们化食欲为肉欲如何？"

"我不，我就吃麻辣烫，我吃不着我就要死哦。"

她真的喊，就跟母狼似的，听着还有点瘆人。陈轩不敢怠慢，赶紧跳下床，要去那二十四小时的便利店，找点酸辣粉什么的。走到门口，郑佩儿又不干了："你不能把我一人放家里，我难受。"

"那你跟我一起去？"

"不行，我难受得站不起来。"

她反应特别大，没见过这么反应的。一起身就吐。

陈轩说："那咋办，我总不能一直背着你去商店吧。"

"为什么不能？"郑佩儿撒起娇来，夸张得能让褒姒都无地自容。陈轩捏捏她的脸蛋："媳妇，你说你咋就不想吃个燕窝呢？不觉得害口害的有点贱啊？"

"麻辣烫好吃嘛。"她仰着小脸，噘着嘴儿，淌着满脸的哈喇子。陈轩亲她一下，嗨哟一声，就将她放在了自己背上。

等出了门，才发现这家伙连鞋子都没穿。陈轩说，你丫的就不怕我背不动你啊。

郑佩儿说："你还没开始就琢磨将我放下呢。"

那时的他们，多好啊。

陈轩总记得那个晚上，街上四处无人，两个人疯子似的，在马路上又笑又骂。风吹得很舒服，陈轩真想一辈子就把郑佩儿这么背在身上。她趴在他的背上，口里呼出热气，吹着他的耳朵，好像她的整个世界，就在陈轩的背上。陈轩想，这个世界上，还能有另一个女人，会跟我这么贴心贴肺，肝胆相照吗？

他这么想，郑佩儿也在这么想。他们那天没有吃什么麻辣烫，郑佩儿瞌睡了，趴在陈轩的背上含含糊糊地哼哼。

那会儿的陈轩，多么爱她。

可孩子，两个月后流产了。郑佩儿那段时间总加班，没有任何预兆的就流产了。她就是从那以后，变成了一个女强人的吧？她没有再在他的面前提过一句孩子的事情。陈轩眼睁睁看着她变了样子，不再跟他无休止地撒娇了。她开始为了生存或者更好地生存而奋斗，而他呢，连为生存而奋斗的意义也不想去探究。他觉得他挺幸福的，守着一份不用费心的工作，拿着一份够过日子的工资，有几个玩得来的哥们儿，忙也是单调重复，不忙也是单调重复，不如不忙。

他有什么错的吗？

这个世上，不是谁都必须跟保尔·柯察金似的，都要把自己炼成钢铁。我想说，我不当钢铁行吗？

回首往事，即便虚度年华也没什么悔恨的，庸俗平静点又有什么好羞愧？临终之际，陈轩也能够说：“我的整个生命和全部精力，都献给了世界上最壮丽的事业——简单地活着。”当然，那时他没有想到有一天郑佩儿会不想这么过了，也没有想到，他工作会出问题。

但这能怪他吗？这是什么社会啊？翻手为云，覆手为雨的。人的价值、地位、资产、行为方式，都被一股又一股莫名其妙的洪流裹卷着，被裹挟进去的，就符合了道德标准或成功标准。可是，凭什么别人认为有价值的，我也就得这么认为？有人追求理想，可我愿意否定怀疑啊，这有什么不好？功成名就是一种，一无所有不也一样是一种生活方式吗？而且何况，我不过只是对功成名就有点不大上心而已。

你郑佩儿，至于吗？

这话，跟郑佩儿不是没说过。郑佩儿冷冷地看着陈轩，说："你山顶洞人啊你？"

现在她如果再怀孕，害口不会再害麻辣烫了吧，最少也得燕窝了。

38

陈轩突然就醒了，看见了灰白的天。

他想了一想，爬起床来。将地上的褥子叠整齐，放进了衣柜里，被子则放在了床上。下一步不知道该干点什么，索性出门跑步吧。

郑佩儿的母亲倒是已起来了，正坐在沙发上梳头，见陈轩穿运动鞋，带着表扬的口气："天天都晨练啊。不错啊，年轻人，就该有点朝气。"

陈轩点点头，准备出门，老太太殷切地叮咛："时间不能长啊，一会还得回来吃早点，要上班呢。"

上班？这倒是陈轩忘了设计的一个内容。小半年了，他已经习惯了不上班，也习惯了别人对他不上班的习惯。他的手停在了门把手上，一时间有点糊涂。如果真的要上班，那他最多在门口溜一圈就得回来了。

算了，先出去再说吧。

这个早上，郑佩儿起迟了。

来不及吃早饭了，赶紧出门。老太太下了点汤面，还冒着热气，她肯定吃不了。手脚慌乱地抓着背包，提着鞋子，找钥匙，抹口红，划拉头发，摸着伞，出门了。

“面条我晚上回来吃吧。”她边下楼边喊。

老太太倒很乐观：“不用，陈轩胃口好，让他吃两碗好了！”

陈轩回家了，两碗面已经倒进了一个大碗里，在等着他的光临。陈轩昨夜根本没睡好，而且这么长时间早已习惯了早上睡懒觉，根本就没胃口吃这么大一碗面。他看着桌子，眉头就皱了起来，像吃毒药一般，一根一根挑着面条在吃。郑佩儿的母亲见状，很是有点不太愉快，她觉得这小两口都很不知好歹。她昨天才到，今天还没恢复过来，一早起来就给他们做饭，却一个不吃，一个只勉强做着吞咽动作。大半天时间了，面条没见少几根，不耐烦的神情却一点比一点多了起来。

更奇怪的是，八点都过了，陈轩丝毫也没有要去上班的迹象。

她不想多说话了，准备去买菜。老头子的电话却来了：“别给孩子添麻烦了，”他倒直截了当，“你赶紧回来吧。”

郑佩儿妈根本不想听他的声音，她二话不说就挂了电话。对陈轩说了一句：“我去买菜。”

就出门了。

面条？当然很快就被陈轩从马桶里冲了下去。而且，他实在太瞌睡了，三步并做两步，就奔到床上睡觉去了。

而且，这一觉，就睡到了中午。

郑佩儿妈可没想到他会在家，正举着报纸一边看，一边吃着简单的饭菜时，陈轩哈欠连天地从卧室里走了出来。

两个人，顿时都呆住了。

39

陈轩也没想到，老太太才来第一天，就让她知道了自己待业、不，失业，不，是待岗的事情。

她可比郑佩儿厉害多了。并不要陈轩多做解释，直接就将电话打到了陈轩的原单位去。

“好啊，”知道了这个真相后，她的目光和语气都立刻变得犀利尖刻起来：“这么说，你现在是无业游民，社会闲散人员？”

“不，”陈轩当然不能承认，何况这也不是事实：“我还有工资，劳保。”

“别啰嗦，”老太太果断地下定论：“但是你没有单位，就是无业游民。”

“工作并不好找。”陈轩辩解，自己也觉得无力，因为他就根本没好好找过。他不是怕找工作，而是怕被哪怕特别不起眼儿的单位一次次拒绝后对自己的极度失望。

“那么，现在是我女儿养着你，”郑佩儿妈特意强调出“我女儿”几个字，目光冷峻，一眼看到陈轩骨子里的神情：“房子还在供吗？”

陈轩点头：“在供。现在卖掉，吃亏太大了。”

“吃亏！”老太太冷笑，她已经完全像是换了一个人一样，口气里对陈轩说不出的鄙视和心寒：“你这个样子，郑佩儿要受多大的罪！我早说的没错，跟了你，她早晚会吃亏的！”

这话让陈轩有点难以忍受了。他想，这个老女人，这么多年了，怎么连起码的尊重人都还没学会，竟然就可以在我家里，这么跟我说话？他愤怒了，看着郑佩儿的母亲，口气冰冷：“你说的不错，但我没兴趣再听了，抱歉，我要出门。”

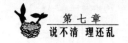

他砰地关上门，让这声巨响代替他想要说的话。

哼，走在路上，他这么想，如果她知道我不仅丢了工作，还有了别的女人，还不知道会怎么样呢。

人是复杂的两栖动物，可以生活在不同的世界里。

他站在街口，并不因为想到女人，就想去找许晓芸。对许晓芸，他有点说不上来的感觉，这个女人完全成了他自己堕落的一个借口。他不想考虑郑佩儿和前途的时候，就会想到她。可是每每从她那里出来，就有着说不出的对自己的厌恶。

“男人啊男人，”他又原谅了自己：“谁又能让自己真正地做一个纯粹的人，一个脱离了低级趣味的人呢？”

中午阳光挺好，他就这么叉着手上了公交车。他无事可做，索性去金贸区写字楼间的咖啡间坐坐。那里的气氛，是白领的气氛，他已很久没去这样的地方了。以前和郑佩儿的朋友们去那里，他很不以为然，觉得没有为私人老板打工的自己，比起这些故做小资的白领应该更为潇洒，在这里他曾有过很好的心态。可今天，他才发现，他推门的时候，竟突然有些胆怯。

他要了一份牛排，六成熟。以前他从来只吃八成的，因为郑佩儿们喜欢六成的，他觉得那实在有些矫情，茹毛饮血，他这么说他们。今天他想也没想，就要了六成的，他在努力表现什么？认同这里坐着的人们，还是想让服务小姐不要对他好奇或冷眼？哪怕一点点？

和很多的西餐厅一样，光线是暧昧的，回廊是隐蔽的，桌与桌之间总是能恰到好处地隔开距离。有轻微的后朋克的音乐，仿佛是对这个空间的诠释：简洁的声音，扩展了一个不妥协、不合作、不会为自己的思想感到羞耻的空间。

陈轩突然就感动了。

他发现他竟如此喜欢这样的情调，非常的喜欢，简直想要沉迷。以前从未有过，这算是什么？愤青回归生活？认领正统的生活立场？来时捏在手里的一则招聘启示，进西餐厅前，还想扔掉，但现在，他一边吃着，一边仔细地展开看了起来："金利公司保健产品，现代营销方式，不需坐班，多销多得，网络发展下线，财富唾手可得。坐在家中，一月两千美元……"

他看看公司地址，不远，简直可以说很近。

"保健产品，在家办公，两千美元。"

他吃完了，进洗手间，洗手时仔细看看自己。整理了两下衣服，向那家公司的大楼走去。他们说得很清楚："中午不休息，有专人接待。"

"我只要求做地区代理，"他对接待他的一个三十多岁的女人说："这种营销方式我在网络上见到过，你们敢这么大张旗鼓地在报纸上做广告，勇气可嘉，但危险太大。难道你们不知道吗，这在网络上都是非法广告。按你们的营销方式，完全可以做地区代理。"

"我们东南地区有代理，"女人的口气非常的公事公办："可是做的效果不好。发布这样的广告，我们也是没有办法。"

哦，陈轩拿女人桌前的宣传单在看："我来做一部分好了。可以用你们网络发展下线的方式，但是我要求提成高五个百分点。"

女人想了想，表情依然冷漠："答应你。但你拿走产品前，必须先交预付款的百分之五十。"

陈轩心里在算，这个生意不算赔本。他只负责推销产品，客户给他百分之百，他取货时只给公司百分之五十，等结算时，他就有百分之五十的回扣。在家办公，不用上税。

就这么办。

先干什么？对，当然，我要看产品。难道你们一直没有进入市场？为什么？是传销吗？不是？呵呵，我看还是有点像是，只不过这是单个人干，没有大规模聚集而已。

陈轩看着产品，包装得很漂亮。价格也还算好，一盒一百一十元钱，补充体力，尤其益脑，适合白领、学生、老人。里面的一个重要科技指标竟然是芦荟里提炼出的什么基因，和其他的一些防衰老基因做了组合。

“芦荟？”陈轩想到郑佩儿的公司，不会这么巧合吧？看来这芦荟可真能造势，“你们也有芦荟园？”

“是的。”冷漠女人摇着铅笔。

“在滨城？”陈轩歪着头问。

“外地也有。”女人不想直接回答，可能她觉得这个问题不在陈轩了解的范畴内。

“百分之五十的提成？”

“是的。”女人说，“不管你在网络上做，还是现实里做，这个利润对你来说是很高了。你发展的下线，可以给到百分之三十。”

陈轩点头。

女人继续鼓励他：“你要知道，你几乎是第一批推销我们产品的营销人员。如果做得好，你的利益，将是非常可观的。这与做××等老牌传销产品已经没法相比了。他们虽然产品的名气大，但营销员的赢利空间已很小了。”

陈轩笑了：“你还是承认这是传销了。”

女人摇头："现代营销方式，主要通过网络。不是传销。"

陈轩鸡贼地点头："明白。"

女人送他出门："明天来公司办手续。你口才好，又有亲和力，做这个职业，是最好的选择。"

陈轩心中有了很久没有过的激情，从电梯出来，他不由得望了望天空。他相信那个女人的最后的两句话：有口才，有亲和力。

可这乍现的快乐，很快就被惊讶所替代了。一辆车从他身边一闪而过，车里坐着郑佩儿，开车的他也认识，周明。他们停在了咖啡间的门前。

两个人下来了，没错，是他们！

上台阶的时候，周明的手，依稀还放在了郑佩儿的腰上。

陈轩无语，一直看他们推开门，走进去，门又退回来，摆动了两下。周遭的声音，在消失，又时隐时现。爱情并非魔鬼，它带着乡土的气息，走来走去。一个有着瘦长尖削面孔的女人，肩膀擦了他一下。他这才发现，自己已经坐上了回返的公交车。他看着窗外，从没有如此刻骨地感觉到，这短短的几个月，他几乎经历了从未经历的那么多的伤痛和悲喜。

一张脸，似乎就在这个短暂的中午，突然成熟了。

40

郑佩儿的母亲，决定挽救陈轩。

她想，要让陈轩明白对自己和对他人的责任，要做到以理服人，谆谆教导，最起码的一点，要掌握他内心的结。这就好像给病人看病一样，找到病灶，才能针对病因，做一番彻底治疗。

陈轩的病灶在哪里呢?

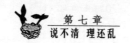

贫嘴?不,这肯定不是病因,而且郑佩儿的母亲奇怪地发现,这次来,陈轩除了不贫嘴,而且简直可以用沉默寡言来形容了。懒觉呢,自从那天两人相碰后,倒是不再睡了。可他整天就坐在电脑前,一动也不动。

母女俩好不容易有了一点单独相处的时间,晚饭后郑佩儿可以陪母亲散步。母亲说女儿,"你不能这么放任陈轩,得给他压力,压力,压力,男人需要压力!"母亲说着话,做着手势,向下砍菜一般,凸显果断与勇气。

郑佩儿说母亲:"回去不要再工作了,多陪陪爸爸,关怀,关怀,男人需要关怀!"郑佩儿搂着母亲的肩膀,一脸的语重心长。

两人主题明确,谁都只觉得自己说得对,对方的话都听不进去。夜风吹来,走到了郊区围墙围起来的那片地边,郑佩儿望着天空,长吁一口气,心想:谁来关心女人又需要什么呢?

她决定自己好好爱爱自己。这个世界上,还是自己爱自己是最现实最广阔的一条路。管他们呢,所谓男人们:陈轩的茫然,周明的自以为是,宋继平的诱惑……郑佩儿甩甩头,对母亲,对自己,也是对这个晚上的谈话做个总结。

她说:"走自己的路,让别人去恨吧。"

母亲没明白,她只是厌倦了纠缠在生活里的这些破事中。郑佩儿的话里,包含着渴望对烦乱现实的脱离:不奢望震撼,至少要突破规矩。

母亲看着她,月光下脸似乎有些浮肿。她不明白郑佩儿突然如此激动是为了什么,但也许又有些理解,正像她拖着行李箱突然就离开家一样,那个瞬间,也是要让别人去恨的。她抓住了郑佩儿的胳膊，说道："虽然陈轩我一直不喜欢，可是如果你离婚，我则更不赞同。"

郑佩儿懒得多说，心想母亲知其一，不知其二，她只能大事化小，小事化了："我们没事，他只是暂时工作调整，在准备考证书呢。"

母亲意味深长地说："这样最好。可我总感觉事情并不这么简单。"

郑佩儿不知道，母亲为了找到病因，这几天不仅密切关注陈轩，甚至还动用了一些特务手法。

她监听过一次陈轩的电话，"是个网友的"。老太太想想这个词就觉得挺害怕，还是个女的。陈轩在给她介绍一种产品，说可以养颜，只要帮着他在网上发发广告，就可以打钱给她。女人不相信，再三问他，难道不要自己给他钱？陈轩说，等她发到一定程度后，拿出钱的百分之五十给他，就可以了。

老太太没听明白，因为这里的产品在哪个环节才出现，两个人并没有谈论到。但这种生意的做法却是她实在不能理解的。电话是串线，听陈轩要结束了，她赶紧放了。

陈轩下午跑出去了。她进卧室去地毯式搜索，这样做有点卑鄙，可她控制不住。她敏锐地感到郑佩儿和陈轩之间出了问题。她看见一个抽屉里有塑料袋，放着陈轩的脏衣服和袜子，这说明衣柜很久没收拾了；一盒避孕套，掉在床头柜的后面，布满蛛网，这说明他们很久没做爱了；书桌左手抽屉里，结婚证书豁然放在面上，这说明最近才翻出来看过，而这个东西，感情正常的夫妻谁会用它呢？到最后，她终于翻出了郑佩儿的日记本，最后一页是一个月前郑佩儿发现许晓芸和陈轩在一起的那天写的，很简单，只有几个字："那样的女人，他也，"然后是感叹号。

老太太大概掌握了郑佩儿和陈轩矛盾开始的缘由，她觉得郑佩儿觉醒得实在太迟了。对陈轩的压力从一结婚开始甚至结婚前就应该给了，这跟郑佩儿迟迟不生孩子也大有关系。陈轩长时间不懂做父亲的责任，加上郑佩儿的放任自流，使他自由散漫、不求上进的坏习惯愈演愈烈，终于矛盾突发，难以面对，以至全面崩溃，不可收拾。

“那样的女人？”郑佩儿的母亲眼睛停留在这几个字上。这么说，第三者都有了？这可是婚姻的大敌，会比金钱更甚，而且郑佩儿知道？

事情到底到了何种地步？也许只是郑佩儿的胡乱猜测？

郑佩儿的母亲一方面不动声色，一方面积极寻找机会观察陈轩。晚上，她早早就歇息，关了电视，为了是让郑佩儿和陈轩在一起的时间能多一点。她自己的烦恼，因为郑佩儿的事情，早已经烟消云散了。郑佩儿的父亲听了老伴的汇报，火急火燎地也想着要赶过来，被老太太劝住了。她也怕给陈轩一个错觉，他们是被郑佩儿叫来帮忙的，形势无法明确的时候，还是静观为好。

晚上，卧室熄灯后，她甚至蹑手蹑脚地爬起来，趴在门上听听。里面比外面更安静，她甚至害怕自己的呼吸声会被他们听到。她奇怪地摇头：“难道连翻身都没有了？”

早上，她注意到郑佩儿出来时，穿着几乎连脖子都围起来的睡衣。她含沙射影地说她：“穿这么多睡觉不难受吗？”

一家人难得一起出去吃饭了，隔壁饭桌有个女孩子，被年轻的父母打扮得花枝招展。老太太哈哈笑着，对郑佩儿和陈轩说：“什么时候，你们也给我一个这么可爱的外孙女啊。”

郑佩儿点着头，可是却面无表情：“会的，妈妈。”

陈轩也笑，还伸出手去逗那孩子，又摸脸蛋又做鬼脸的。老太太心里骂道："我看你们装。"

周日，郑佩儿带母亲去海边玩，老太太让郑佩儿和陈轩站在一起："靠近点，我给你们照张相，"她说，"拿回去给你爸爸看看呢。"

郑佩儿勉强带着笑容，不肯靠近。

陈轩低声道："过来，我搂着你。"

"不，"郑佩儿："你妄想。"

陈轩冷笑："那行，你照单人的吧。"

郑佩儿的母亲举着相机，迟迟不肯落照。她有足够的耐心，要等他们做出最亲密的姿势来。

终于陈轩抓住了郑佩儿，正好一个浪掀过来，她一个趔趄，他则就势紧紧抱住了她。

这个拥抱，让他们不自然好久。郑佩儿红了脸，陈轩则有点难过。他最近常常这样，莫名其妙的缠绵，揉了揉鼻子，没有话说。郑佩儿的母亲给他们看图片，郑佩儿赶紧别过了脸。

可是第二天，良好的格局就被打破了。佩儿妈终于抓到了陈轩的把柄。

其实陈轩去许晓芸那里，是为了推销产品的事情。他不仅想拉许晓芸一起做，也想叫她对面那个真的四川女人和手下的小姐们一起做。他仔细分析过，这样的闲事，她们做是最合适的。她们有钱有客人，而且格外爱横财。陈轩跟许晓芸这么说，许晓芸不客气地回了他一句："你倒挺会以己推人啊。"

陈轩不由愣住："妈的，算你精辟。"

许晓芸住的这个小区，靠近滨城的红灯区，进进出出黄头发的发型师和搔首弄姿的小姐很多。郑佩儿的母亲跟踪到此，还在五十米开外，就嗅到了不正经的味道。大白天的，保安和几个女人坐在一起打麻将，尖锐的笑声能穿透空气，令人肌肤发痒。陈轩刚走过去，一个丰满的、年龄不小、全身都挤在豹皮花纹紧身衣里的女人就站了起来。其他几个女人倒也见怪不怪，两人嬉笑了几句，就进了前面一幢五层楼里。佩儿妈见状，头昏得已经无力自持，在马路对面的冷饮店里找个座位坐下，心里一边说着造孽造孽，这把年纪还要受如此刺激。

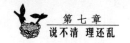

看着表，这一坐就到了下午快五点，陈轩才从里面走出来。老太太要爆炸了，简直迫不及待要冲上去。给老伴一个电话，郑佩儿爸爸一个劲地安抚："千万不要啊，千万不要。去告诉佩儿吧，你直接去找佩儿好了。"

陈轩和许晓芸再见，许晓芸勾了陈轩的手。佩儿妈看得一清二楚，还勾手了！她真恨自己没拿出相机来。

可怜的郑佩儿，佩儿妈想，如果是个好点的女人也罢了，可是这个，胖大俗艳，恶俗低级，叫她妈咪都便宜了她！

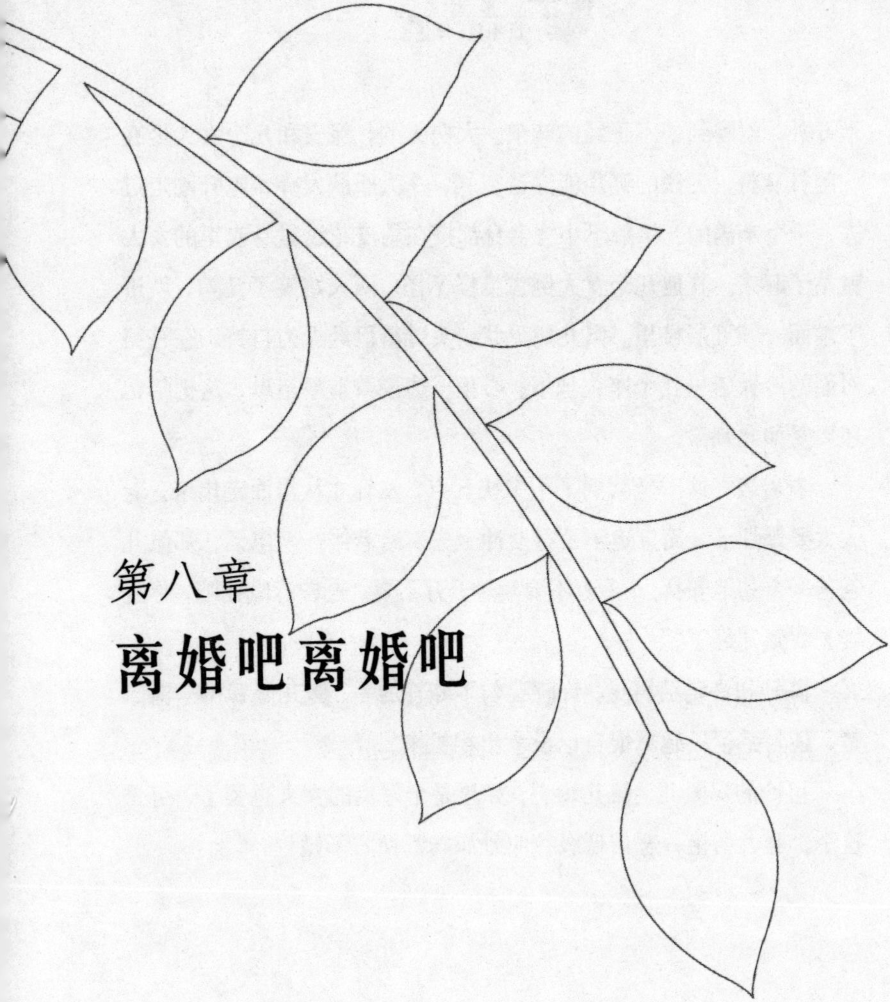

第八章

离婚吧离婚吧

41

佩儿妈决定不跟陈轩说话了。

一句话、一个字都不说！她要用最深的沉默来表示对他最大的轻蔑和鄙视。

不仅下岗，还玩烂女人。三十多岁的男人，有妻有家，还有文化，就这么放弃了自己。她不仅不会再理他，而且，还要坚决支持郑佩儿跟他离婚。

看不到他们离婚的那天，她不走了！

现在，她唯一感到棘手的，是郑佩儿对她的应付。陈轩的事她一定全都知道，可当着她的面，她却坚持要装出万事如意的样子来。

她明白女儿的苦衷。她一是不想让自己担心，二是因为当初自己对这门婚事的反对，让郑佩儿不愿意在母亲的面前轻易认输。

佩儿妈那天跟踪陈轩后，就没直接回家。她心事重重地在街上转了好久，带着气，索性也关了手机。郑佩儿这几日都不加班，正像陈轩快到晚饭时就知道要从许晓芸那里回家一样，他们的目的都是回家陪老太太吃那顿晚饭。结果是冰锅冷灶，倒在意料之外。

郑佩儿匆忙下楼去买了菜，赶紧先做，想想又觉得不妥，打母亲的手机，又没人接。她不晓得老太太是手机没电了还是上街迷路了，想想又不可能。母亲去过日本、去过美国，可是见过大世面的，怎么可能连路都找不回？又一趟趟往阳台上跑，陈轩看着也有点着急了，跟着一起来看。路灯都亮了起来，外面的马路上并没见到老太太的影子，陈轩主动说："你做饭，我下楼去街口等。"

郑佩儿点点头，算是同意。

结果就真让陈轩等来了。佩儿妈车也没坐，垂头丧气地低着头向这边踯躅而来，那身影，那走姿，那心灰意冷的拖沓劲，让陈轩看着又觉得有些不忍。他赶紧跑上前去，殷勤地叫了一声："妈。"

佩儿妈熟视无睹，仿佛眼前根本没这个人，径直向前走。

陈轩有点吃惊，老太太痴呆了？不会吧，下午自己走之前还好好的。她正烧水，还问了他两句，要不要泡茶。怎么短短几小时，就变化这么大？发生了什么事，难道她听不见他声音，还是不认识他了？

"妈，你去哪里了，我和佩儿都急死了。"陈轩继续说。

依然没有反应。

"妈。"陈轩干脆拉了一下她。

老太太依然不抬头，继续向前。陈轩的那一下拉扯，让她有点停顿，但他一松手，她立刻又向前走了。

陈轩没话了。只能跟着。

两人进了屋，郑佩儿忙迎出来："妈，你急死我们了，去哪里了？赶快吃饭吧，都饿了吧。"

陈轩以为她还是会一句话不说呢，心想可别吓坏了郑佩儿，老太太却发话了："我在外面吃过了。我要洗个澡，睡觉！"

她一路上想好了，在家里，没法跟郑佩儿谈离婚的事。等明天晚上，郑佩儿下了班，她去她公司找她。母女俩在外面找个僻静的地方，好好说道说道。

郑佩儿见母亲脸色阴沉，也不敢多说话。只是直觉告诉她，应该跟自己的事有关的。

于是和陈轩进了卧室，她问他："我妈怎么了？"

"我怎么知道？"陈轩还心想，自己多冤啊，老太太这动作，明显的就是在打击他嘛，“我还奇怪呢。”

“白天不就你跟她在家吗？你没注意到她怎么了？”

“没有啊，我们平时话也不多。我能怎么惹她啊，你别瞎猜啊。”陈轩见郑佩儿脸色沉重，也有点恼火，赶紧郑重声明。

“你跟她没说什么吧，我们的事？”郑佩儿的口气倒是贯穿头尾，一直冷冰冰的。

“你当我什么人，”陈轩说，“再说，我们之间又有什么事好说的？很光彩吗？”

郑佩儿没有回应他这话，她坐在床边，闷闷不乐地掰着自己的手指甲：“她什么时候出去的，你知道吗？”

陈轩摇头：“下午我出门了，走之前她正在烧水。还跟我说，等一下，水就开了，可以泡茶。”

郑佩儿哦了一声，不由猜测道：“也许，她是想让你带他一起出去转转？”

陈轩也猜：“我没理解她的意思，自己走了？她就生气了？”

“结果她自个儿出门去了，也许路上碰到了什么受气的事，心情就不好了。”

郑佩儿终于觉得自己的这个猜测是完全正确的了：“一定是这样的，要不，她会那么生你的气啊。也许啊，你走了，她还跟你后面呢，看你自己玩儿，没带她，就更气了。”

郑佩儿说者无心，陈轩的心里却大大地咯噔了一下。他可觉得郑佩儿这个猜测太有可能了。难道佩儿妈真的跟踪了他吗？还看见了他和许晓芸？否则突然的不理不睬，到底又是为了什么？

可是老天做证，这个下午，他真的没有和许晓芸怎么样呢。在她那里，他给她和连带四川女人还有几个小姐可是上了一下午的课啊。而且收获很大，发展了四个下线呢。

他去看了他的账号，公司给他的第一笔款居然已经到了，五百元。虽然不多，而且他很快就要散发给下线，但一个月后，他就将从这些下线及下线的线人那里再收回可观的钱。百分之五十兑现给公司后，剩下的百分之五十，就是他自已的了。

这是网络直销，和传销截然不同。望着一双双小姐们难得真诚的眼睛，他信誓旦旦地告诉她们，他是查过相关知识的。他一遍遍这么说，连自已都很相信了。不错，他是查过，虽然这种销售方式没有直接被禁止的说法，但凭他学经济和正常的常识，他还是能意识到这里面有销售的漏洞的。可是历史上，哪次赚钱的浪潮，又不是因为漏洞才能制造出一批先富起来的人呢？这可也是他学经济这么多年最清楚的啊。

他把类似的信息和信心也告诉了她们，女孩子们懒散地、快乐地、盲目地决定跟陈轩做一把，反正一开始又不要投资，相反还是公司给他们钱。等拿产品的时候，她们所交给陈轩的，又不过是下线的钱，发展五个以上，就完全可以免费使用产品了。产品呢？又不贵，这个赚钱的方式听上去确实并没有什么吃亏的地方，五个？发展几个客人就可以了。她们想到了客人，又嘻嘻哈哈起来，你推我一把，我搡你一下的。客人，哎呀，那个姓黄的客人不错嘛，钱多得都不爱花嘛，口气要比脚气大，就把任务都给他好了。我们一起去缠住他，他没理由不答应啊……

陈轩默默地看着她们。妓女常被人叫做人鬼不分，确实有点道理。虽然晚上出门时，她们个个如仙女下凡，可白天脸都不洗，衣服更是胡穿一气，皮肤发黄，甚至一早起来牙都不刷，更因为多有妇科方面的病，身体散发着难闻的气味。陈轩这辈子可都没想过自己有一天竟会和这些人混在一起。但另一方面，他又颇有点豪气地想到孟尝君，人家什么身份？尚且结交鸡鸣狗盗之徒呢！

当然，这个道理却不能跟郑佩儿，更不能对佩儿妈说。

难道，老太太真的跟踪他了？否则她怎么会态度如此大变，视他连瘪三都不如。陈轩一方面有点不做贼也心虚，另一方面却实在更为恨恨然，不由捏了拳头，暗暗发誓："就算做给你们看，也不赚一把，决不收兵！"

42

看见郑佩儿从马路对面走了过来，周明不由笑了。

他站起身，绅士地为她扶扶椅子。这是海边一个高级会员的俱乐部，名字就起得很高级："贵族游艇"。有高尔夫球场，有游艇，沙滩排球，有游泳池，有咖啡园。周明可是金卡会员，想带郑佩儿长长见识。

哦，郑佩儿明白了。她不是不知道这大钎子是巴西烧烤，她只是没想到这里果真贵族："海浪、长桌、白椅，沙滩、瓷盘、刀叉，夕阳西下，狗男女在天涯。"

果真与平日去的海边大不相同。

周明得意的样子，让她有点厌烦。为什么同为有钱人，差距就这么大。宋继平多令她轻松啊，现在她总算明白了，多年前她为什么就会拒绝周明，而周明，又为什么虽然条件这么好，可却一直没有结婚。除了他的挑剔，他自己的性格一定也有让人不舒服的地方！

男人最怕自以为是。不知道别人怎么样，反正郑佩儿这样的女人是难以容忍的。而小鸟依人的，周明恐怕又觉得无趣吧。

莫非他还真的以为她是送货上门不成？

当然不！

她找他，实在是因为陈轩。这话说起来有点丢人，但郑佩儿想来想去，似乎不这样做又没有办法了。他们认识的有钱人屈指可数，能帮上忙的有钱人就更是凤毛麟角。陈轩尽管混蛋透顶，但郑佩儿也不愿意有一天他在扫黄打非的专项斗争中，被看电视的观众指着说：“瞧，这人是郑佩儿的前夫哪！”

但周明是不念旧情的，否则他也不会赚钱赚到这个地步吧。肯用心做什么事，能提前走在别人前面的人，一定首先要抛弃掉别人身上共有的一些特质——他们会叫那些东西为“人性的垃圾”。何况，陈轩的旧情，还是以伤害过他为代价的。看着郑佩儿不再年轻光洁的额头，周明感慨：没有岁月可回头哇！

因为严重叹息没有岁月可回头，他就更有理由要将失去的青春补回来。郑佩儿还没好意思张口谈陈轩的工作问题，周明已经二话不说地频频约会郑佩儿。约会的目的是他要她做他的婚姻指导。他的征婚启事已经在本地的晚报打出来了。律师聪明，帮他申请了一个个人主页，前面三个大不溜，后面一个点抗木。周明非常扬扬得意，网站看的人又特别的多。众多姑娘将自己的个人简介发在上面。胆子小点的附带几篇作文，算是才艺表演。胆大的索性就将照片贴了上去，还是三点地！

周明对此幻觉严重：原来三宫六妾这么容易。

郑佩儿也天天去看。因为这个广告影响大，网站点击也特别高。一些准款爷们也来此看靓女。渐渐地女孩子们也发现这里不仅是周明一个人的天下，各行各业，真真假假的王老五，也越来越多。郑佩儿对周明说：“你可以就此建个网站，就叫‘钓金龟’，拉拉广告，也是不小的一笔生意呢。”

周明豁然开朗，心想真是商机无限啊。他殷勤地给郑佩儿倒上红酒，仗着高兴，索性直截了当地要求道：“晚上别回去了，跟我开游艇去看海吧。”

和郑佩儿在一起，周明很少问陈轩的事情。郑佩儿知道陈轩和许晓芸的事后，第一次找周明，内心是有一点找寻平衡的意味，言谈中说了几句情绪的话。周明才没兴趣也没时间多问细节呢，他知道他们闹别扭了就行了，陈轩终于让郑佩儿失望了！这事不仅让周明有点幸灾乐祸于陈轩，还很有点看笑话于郑佩儿呢。

他甚至想，到了自己这个年龄，对女人还不能驾轻就熟，很大程度上要怪当年郑佩儿对他的打击，那可是他的初恋啊。女人选丈夫，也能看出一个人的智商，郑佩儿冰雪聪明，可这事上明显大失水准。从这个意义上讲，周明跟郑佩儿的约会，有点“猫和老鼠”。吃掉老鼠之前，他很希望看到郑佩儿彻底倾心于他。

他要在郑佩儿那里将当年丢掉的东西拾回来。

所以他才殷勤，炫耀，喋喋不休。两人吃完，天色已晚，郑佩儿当然不会跟周明去游艇干什么，她直接问起周明公司最近在上海建立的分公司是否还需要人手。伶俐的周明立刻就明白了郑佩儿是在为陈轩说辞，难道她想将他外派？只为与他享受鱼水之欢？而且比较长久的？

他老奸巨滑地摇头，含着笑：“经理不缺了。”

“还缺什么？”

“业务人员当地去招。”周明要了一根雪茄放在嘴边。他不着急说什么，既然郑佩儿有求于他，他就会拿出最大的耐心来。

郑佩儿果真还不够老道，自己就卡壳了。事实是，她有些起火，看出了周明的意思，但想到同学的份儿上，她又觉得他不会做得如此绝情。“陈轩下岗了，”她不直接说不行了：“我们最近关系也不太好，但我可不想看到他天天鬼混的样子。你看你，能不能帮他找个事做？”

周明许文强一样地咬着雪茄：“想去上海？”

郑佩儿说：“哪里都行，只是找个事做。”

周明取下了雪茄，也不客气了：“你跟我去游艇的话，上海那个职位，我会考虑给他。”

郑佩儿慢慢地瞪大了眼睛。她不敢相信这话会在生活里活生生地就听到的。这一定是周明的玩笑，即便不是玩笑，她，也得将这句话变成玩笑——太恐怖了，当然，也实在是太可笑了。去游艇，呵呵，哈哈，她拿叉子狠狠叉了一块肉放进嘴里：“周明啊，你现在可以保持沉默，但你所说的一切，都将作为呈堂供词。”

周明笑了起来。他甚至有点感谢郑佩儿，没让他出更大的丑。他索性严肃下来，两手手指绞在一起，认真地问起郑佩儿陈轩的情况：“拿一份简历给我，一定要有特长和以前做过的比较熟悉的项目内容。我先看看，这里不行，会推荐给其他公司。”

郑佩儿点点头，知道周明的这一次发疯算是过去了。他们也许还能做好朋友，但也许从此就不会再联系了。

她爽快、知趣地说道：“我会将资料发传真给你。不过，不能让陈轩知道。”

“明白。”周明说，一抬头看见了一个走过来的熟人，主动伸出胳膊打招呼，“老王，过来坐坐。”

郑佩儿明白，他这是在告诉她，他们今天不仅没戏了，而且该结束了。她站起来，拿起包和短风衣，坚决地和周明告辞了。

出来，是一段荒凉黑暗的路，没有出租车经过，她便慢慢走着。夜黑得有些不讲道理，心里更是痛楚难耐。

低洼的光，总是在最亮处断裂。

她不想回家，不想面对母亲和陈轩。她掏出手机，拨出去的，竟是宋继平的电话。

43

一面椭圆形的大镜子斜挂在墙上，猛地一看，似乎要掉下来了。可仔细瞧，却原来是刻意的装饰。

郑佩儿站在镜子前看自己：双肩裸着，胸部开始围着蓝底白条的浴巾。这玩意儿是酒店的，不过颜色很男性化，又端庄。她的胳肢窝处还有水珠。她慢慢地举了举胳膊，不亮的光线下，镜子里还是能看见那里：毛丛中的闪光。她没有带香水，可是在浴室里看见了宋继平的香水。她打开嗅了嗅，没有用。

宋继平接她一路过来的时候，车子散发出的味道让她很是放心：橡皮，尘土，甚至还有油漆过的金属味。在月光下，这辆车仿佛是他的盔甲。他并不问她为什么这个时候竟站在偏僻的海边。他只是快速地开车穿过这座城市。黑夜中，渐渐能看见别墅区一排排模糊的砖墙、宁静的防风椰林。绕了一个大圈后，看见了高架桥斜坡上绿草。再向前开，天空和更远的树木构成了一条黑色的地平线。郑佩儿一脸严肃地坐在宋继平的旁边，感觉眼前什么都消失了。又好像谁说什么，都不重要，因为她不会相信。

进了房间，她一把将宋继平扯到自己的身上。“要了我吧。”她这么说，“要了我吧。”她的眼泪终于跌了下来。她坚持不住冷漠，不管他说什么，她都会累。宋继平让她感动的正是这点。他确实也从不说什么，他只是揽住她，拿下巴贴住她的头发。

这个房间，是金利酒店五层最边的一间。因为边棱是个三角形，所以这一间多做了杂物间。宋继平给自己特意留下这个位置，一是因为他经常不回家，二是因为住这个地方很不显眼。房间不够方正，角落处的洗澡间便做了修改，三角形的。地板白色，一张薄薄的浴帘，居然是卡通图案，明亮而幼稚。

两个人都不说话。解开这条已经发旧的浴巾，郑佩儿的胸脯在微微起伏。宋继平很吃惊地发现，原来女人的乳房竟然也会蠕动。郑佩儿的乳头颜色发暗，仿佛紫色的深陷的花蕾。他只开着镜子前的壁灯，灯光下，她的皮肤仿佛闪着光的泡沫。他的手向下摸去，摸到了她后背下面那块凹陷的地方，微凉，细腻。这让她有点激动，低了脖颈，长长的头发伏了下来。宋继平腾出另一只手，轻轻握住了她的乳房。能感到那份重量，他拿嘴唇去亲她的眼皮，郑佩儿看着他。她在含情脉脉，这让他高兴。突然，她向后面的床铺倒去，这个属于他的浑身柔软的女人。他能感觉到自己的心突突跳着。他跪在了床边，从她那散发着香味的森林，渐渐进入难以让人相信的大陆。

高潮来临的那个瞬间，郑佩儿嘴里发出了一声被压抑住的哭声。这声音让宋继平有点吃惊。他仔细探下脸去，想看看她的样子。她却伸出了胳膊，一把将他紧紧拉到自己身上。她让他的脸，贴着她的乳房。这个样子，仿佛让他在听着她的心跳。宋继平拿舌头舔舔她。她终于高兴了，吁了一口气。她在等他起伏的海洋，平息在她平静的水道里。

他终于说话了："好吗？"

“你真好。”郑佩儿说。她已经将背转了过去，胸口抱着薄薄的被子。宋继平拿指头划了划她细腻的皮肤，他想看看她。她的声音，带着阴影。他想在阴影里找到原谅自己的表情。可是郑佩儿不肯，她甚至将脸埋在了胳膊里。

“我要走了。”她声音憋在了枕头上，“你不要拦着我。”

“不。”宋继平不肯。郑佩儿的话让他突然觉得自己又有感觉了。他去掰她的肩膀，温柔地咬着她的耳朵，“宝贝儿，不许你走。”

“你别管我。”郑佩儿身子没动，语气却强硬了起来，“你不要送我。”

宋继平的手放在她的腰处，那里软软的。上了床，他却反而感觉不熟悉她了。按他的经验和经历，他一直有本事，能将下过水的女人，变做自己最好的朋友。啊，这些过程多么的有意思，明天要给她电话，温柔地问候她，还要开几句玩笑。这样的事情需要男人来做，引导和调节气氛，让她对过去的事情保持柔情。她的腹沟部，刚散发过他的热量。他慢慢清醒了，口渴唇燥，他问她：“要喝水吗？”

郑佩儿转过身了，两只手，环在了他的脖子上。她眼睛看着他，仿佛探究着从未见过的东西。她的模样，一个瞬间，非常的纯净。可是很快，她抬起了脖子，想坐起来，敷衍了事地在他的额头亲了一下，脸上恢复了来时路上的面无表情：“我走了。”

宋继平几乎来不及说话，已经吃惊地看到她三下两下就将衣服套在了身上。薄薄的长袖套头衫，头部一个纽扣没有解开，她头进不去了，站在他的面前挣扎着。他跳下去，压住她的胳膊。“别动。”他凑近对她说。他真想搂着这个躯体不放开，很久没有的温柔了。他对她，甚至充满了不放心的担忧，她的未来，她的情绪，她背后那些他不了解的生活。她不动，好像一个孩子等着他来帮她。他慢慢地解开纽扣，他将嘴唇放在她柔软带着毛发的脖颈上，他说："我想跟你谈谈，我的妻子……"

郑佩儿突地转过了身，她将手指压在了他的嘴唇上。这一刻，她才真的感到口渴了。她不要听宋继平讲家里的故事，她永远也不要在宋继平的嘴里听到千叶的名字——她甚至害怕这个时候会突然打起雷来：上帝知道她做了这样的事情，一定会劈死她的。

"我们不谈家庭。"她终于平静点了，能感到背上突然冒出的细密汗水，"永远不要提这些。"

宋继平拿了她的一根指头，轻轻地咬了咬。然后点头，说："可以。"

回家的路，车有点慢，能清晰地听见不远处拍击沙滩的海浪声。宋继平指给她看月亮，街道上没什么人了，月亮似乎就变得格外大起来。郑佩儿温柔地将头向宋继平的肩膀靠了靠："谢谢你。"她说。

她的眼泪再一次涌了出来，可是很快，就又平息了。她的心，比当初想象的要平静得多，甚至比刚离开酒店的时候，都安静从容了很多。

月光下，那些街边修剪整齐的灌木丛被染上了一层暗淡的琥珀色。身后的天空，非常的明净开阔。宋继平打开了车窗，他们享受着这南国夜色的温暖和安静。他终于忍不住了，猛地刹了车，抱住了她，亲吻着她微微带着汗水的额头。淡淡的咸味儿令他有些苦涩，他扶起了她的面孔："你今天，到底怎么了？"

郑佩儿丝毫也不躲让。她让自己的脸放在他的手指上，尽管这样脖子有点酸痛，可是她笑了，特别真实舒畅的笑容。她就这样笑着看着他："没什么，真的，什么也没有。"

宋继平不问了。他觉得他能理解这个女人的心境，也许这个时刻，前段的不快，确实已经烟消云散了。他为自己能替她解决难题而高兴。他也笑了起来，动作有些不像四十岁的男人，轻快而且充满了天真的喜悦。“你真让我放心，”他说，“我的傻姑娘。”

以下的路段，他张开了嘴唇，好像要强迫他的心灵也张开嘴来，接受这个女人真实情况的体验。真情实意，总是人间最难解答的秘密，很多很多的时候，只有无限的空间，才能给人们最切合实际的体验。

他又口渴了。

可是他不能说，他问自己，没有爱上她吧，或者只是平时的那种爱？摸得到，看得见，却永远也说不出来的爱？爱到底是什么呢？千叶和小志，那是他生命中应该最去爱的两个人。他爱他们，他一想到如果他们会受苦，他就觉得受不了。可是他对他们没有欲望，那种时刻想拥在怀里的欲望——那么爱就是欲望吗？不，爱的含义应该广阔得多，如果谁能说，和这么一个送上门来的女人过了一夜，就体会到了爱是什么，那一定会让人笑掉大牙。

那是好莱坞的电影，关他何事？

郑佩儿到家了。一片黑糊糊的楼群，他看着她蹑手蹑脚地走进门洞。他一动也不动，熄了车灯，坐在车里。一会儿，他发了一条短信给她：“到家了吗？”

“到了。”郑佩儿很快回了短信。

这就是宋继平，郑佩儿靠在门框上想。他的好，让你永远都有说不出的温柔。在这样的男人面前，哪个女人不想展示出自己最美最好的一面呢？

而宋继平，经过一路的狂奔，快到酒店时，已经作了一个决定：

带郑佩儿走。

最迟也就是下个月了。他是尽快地告诉她这个决定呢，还是走之前再告诉她？

44

陈轩的生意，突然就好了起来。

果真像公司那个女主管说的一样：这个过程开始有些缓慢，但一旦开始进账了，立刻就成几何数翻番。

他又去看了看账号，居然已经有四千多元了。才这么短短的几天啊，虽然这里百分之五十要返还公司，但也相当可观。看来那几个小姐不错，果真是拉客人的专业人员。他乐呵呵地给许晓芸打了一个电话，让她转达一下他对她们的问候。

许晓芸一听有利可图，坚决也要求加入。

这是陈轩待岗几个月里难得的得意的日子，他感觉自己像是换了一个人似的。原来自己体内还有那么多渴望做大事的成分，这就是状态吧？

原来他的状态，是在这样的情境下才有的东西。

他的转变快得让自己都大吃一惊。走在街上，看着四处匆忙的人，他突然理解了郑佩儿这么多年的辛苦和挣扎，理解了郑佩儿对他的不满。那应该不是他钱赚少了的缘故，而是她对他怎么都进入不了生活的一种失望。

人，一定是要经历一些什么，才会懂得一些什么的。从无到有，从穷到富，这个过程未必全是物质的过程，其实是在争取自由或独立，那是让自己强大起来的东西。也许可以不用非得做成钢铁，但至少，你不要做成烂泥。

之所以奋斗或努力什么的，是因为人们梦寐以求的，是能够拥有的一段自己的经历吧。

他盘算着，等赚到十万，就撒手。这个事，到底不是个正经职业。在网上发展下线的日子里，他可是看中了一个新行当，滨城还没有这个项目：职业经理人培训公司。这需要加盟一个国外连锁的品牌，投资是少不了，利润也很可观。

对于陈轩来说，这笔业务，不是一个普通的工作，而是一个状态，一个改变，一个机会，一个可能，一个悬念，一个心情，一根拉他一把的救命稻草。

陈轩的雄心壮志不讲给郑佩儿听，却会告诉许晓芸。他和许晓芸，热火劲一过，关系倒是一天比一天简单了起来。也许正符合了宋继平的理论，上过床的女人，最后总能成为最好的朋友。

两个人，甚至还会谈起多年前和李向利在一起时的事情。许晓芸叫那时的他为雏儿，她说她最讨厌当时他表现出的样子了：想吃腥又怕抓。当然，她经历的男人不少，男人嘛，都大同小异，到最后，也都会变成陈轩现在这个样子。

可能正是这句话，让陈轩突然不想和许晓芸交往得太过亲密了，尤其是对她的肉体，产生了一种轻微的抗拒。她让他感到不洁，不是对她的，而是对自己。

他在想，自己这个样子，算不算许晓芸生命中那些不干不净男人中的一个？

而或许，他连他们更不如。他们好歹还会给她一些钱什么的，可他，很多时候，还在她这里蹭吃蹭喝呢。

在许晓芸这里，他发现了一个有趣的事实：有不少小姐，都喜欢养个什么也不干的男人。她们给他钱，让他白天睡觉，晚上去赌。那些男人，不少有家有口，共同的特点只有一个：性格软弱多变，话少阴沉。

许晓芸瞧不起他们，外面招呼打得热火朝天，关了门就朝地上吐口水："这样的男人，还不如自己阉掉自己。"

甚至有个男人还想打她的主意，许晓芸立刻威胁他要告诉那个小姐。男人讪讪地，骂她是"母狗"。

许晓芸告诉了陈轩，在窗前指给陈轩看："你管不管？"她突然这么问陈轩。

陈轩吃了一惊，他可从没想过管这些破事，听着都够恶心。许晓芸当他做什么了？她的小白脸吗？

这个念头一出来，他立刻就羞愧得无地自容了。他没有回答，保持着长时间的沉默。从窗前看出去，那个男人并不知道有人在说他什么。他懒懒地躺在小区门口零散放的一把躺椅上，身上很瘦，腿长长地伸开。样子丑陋而委琐，他在这里干什么呢？

陈轩的沉默伤害了许晓芸，但她不会让这份不自在表现出来的。她无所谓地耸耸肩膀，给陈轩拉门送他出去时，甚至还开着玩笑："你和多年前那个时候，并没什么区别。"

陈轩确确实实地惭愧了，他对许晓芸说："走，跟我上街，送你一个首饰。"

许晓芸看着他，嘴角歪着。她是喜欢陈轩的，和喜欢任何男人都不一样。对她这样多年来坚守在男人那里只能赚不能赔的女人来说，不仅没有要过陈轩的东西，并且给他做吃做喝甚至真心动过想送他一个ZIPPO打火机的念头，这已经是非常伟大的爱情了。可是陈轩呢？他对她，从开始的需要，到渐渐的鄙视。她又不是傻瓜，怎能不尽收眼底？

那么，她为什么不要他的礼物呢？

她又不是贞洁烈妇，从来就不是。男人呢，往往都是自以为给了她首饰和钱，就可以对她为所欲为，许晓芸弹弹自己的手指甲，摸摸头发，从门背后拎起了背包。有人送她东西，她该高兴，这么一想，她就真的笑了起来。跟陈轩混这么几个月，搞得收入大减，以前的老相好，也来得不多了。这不是自掘坟墓吗？

她给了陈轩一个热烈而甜蜜的笑容。“戒指吧，”她说：“起码也得白金的吧？”

陈轩第二天去公司取货，四百多盒。他将现金全提了出来，接待他的还是那个女人，看上去好像没前一次见她那么刻板了。她笑着，还给陈轩倒了一杯水，脸上的神情甚至带着讨好：“你真行啊，我说的不错吧，你很适合做这个职业呢。”

可是数了陈轩带去的钱，却吃惊地停住了：“怎么才一半？”

陈轩也吃惊：“不是百分之五十吗？”

“没错，”女人说：“是百分之五十，可是你提货时，要给我们全部的货款。我们也是打到总公司后，才能得到还款的。”

“总公司？”这话听着奇怪，怎么上次谈，她没提过呢？

女人笑得轻松：“当然啊，我们和你一样，都是做销售的啊。”说着向四周一指：“你看看，这里哪里是生产车间呢？哪里能见到货品呢？”

听上去有理，可是合同呢？陈轩再问：“合同里我们提到这个了吗？”

他记得很清楚，当时这个女人给他指着看过一条：销售方有百分之五十的回扣。

女人不急，从抽屉里拿出了她的那一份。陈轩看到了，这一条的前面几行，确实有一行字：返款。一个月后。

“我没告诉过你吗？”女人的口气比陈轩听上去还要替他不平：“可能我是疏忽了。这是我们销售过程的正常流程，天天这么做，就有些视而不见了。真该死，我是忘了。不过放心吧，所有的销售都有一个程序的。我们也有回扣啊，一样要等一个月后才能拿到。”

她给他看了以前的回款单据，数目不小。看来这个产品的销售还算可以。女人继续说明，和网络联系起来的做法，才是最近开始做的。她又倒了一杯水递在他的手里：“按你这个势头，下一周，你就会有两万的进账。”

陈轩不信：“赚钱这么容易，怎么可能。”

女人笑：“对有些人很容易，但对更多的人，就很难。”

她从抽屉里——她的抽屉里有多少稀奇古怪的东西啊——拿出了一沓报名表，给陈轩看：“和你一起应聘的四十多个人，你是第一个来取货的，而且也是第一个做到这个金额的。这样下去，你很快就会成为宝石级会员的。”

见陈轩高兴，女人继续说：“年底公司会还请宝石会员去澳洲旅游，争取吧。”

产品看起来包装还可以，至少交给客户，不会太丢人。和时下很多的保健品差不多，针对肌体全方位的提升、营养和保健。

他拿着产品走出公司大门，心里突然冒了一个主意：他为什么不能做产品全权代理呢？比这个女人要的回扣少一点，他就完全可以代替她了。这个一点也不难，或者，如果风险大，他就只做一部分，将货直接从生产厂家拉过来，然后，自己在家里，利用网络和现成的下线，做直接销售。

对下面这些客户，就不存在返款的问题了。

毕竟，他一开始，也没有对他们说过还有一个返款的问题。这个事，可真是有点棘手。感觉不太舒服。

好在只有一个月，时间不是太长。

45

郑佩儿的母亲终于有机会找郑佩儿谈谈陈轩的事情了。

她知道郑佩儿很忙，还知道陈轩也在忙。

她依然不理陈轩，即使他凑到她的跟前叫她妈，她也不理。幸好陈轩也不叫她了，可她觉得他在做危险的生意，不仅交往的人可疑，而且电话里谈的内容也很可疑。她只等着要跟郑佩儿谈谈，除了陈轩的女人，还有离婚。离婚的原因除了那个女人，还有他不知道在做的什么事。老太太很害怕陈轩出事，郑佩儿会受拖累。

可是郑佩儿总说没时间。

晚上回到家，陈轩也在，老太太根本就没法谈。她只能在外面，和郑佩儿单独见面。“中午好不好，你总要吃饭吧，我和你一起吃？”

郑佩儿午饭多在楼下的一个快餐店里解决，那里有音乐、有报纸，还有杂七杂八的成人游戏，比方弹子棋和拳击什么的。听母亲说得恳切，她只好胡乱应承下来：“那你来我公司下面的快餐店找我吧。到了再给我电话。”

母亲同意了，可郑佩儿却没想到事情发生了变化。

是宋继平。

上午才上班，他的电话就来了，“想我了吗？”他倒是开门见山，并不要她多说什么，他像个孩子一样急切地进行着表白，甚至有点像一个自信能被她娇宠的孩子，表白中带着明显的挑逗："可我想你了，你一走我就绝望了。这根本不是我的本意，我的意思是说，我并不是这样的人，我甚至想找个地方喝一杯去。还要跟你说一句，你不要生气，应该为我的实话而高兴——我甚至想得找个婊子发泄一通才能忘了你。滨海路上还真有，半夜也在找客人的妓女，有小个子的女人。你知道吧，小个子女人往往很厉害的，男人大多都喜欢矮小的女人，我在马路对面看了一会儿她。我又想起了你，你两只胳膊环在我的脖子上的样子……"

宋继平有点哽咽了。郑佩儿也落了泪。她相信宋继平这一刻是很真实的。他平时的不苟言笑，他对她的信任，还有，上班伊始的表白……这个男人，她心目中一直当做完美男人的男人，此刻像个孩子一样对着她喋喋不休。而郑佩儿，和天下所有的女人一样，对能激发起自己母性的男人，总是无法抗拒感动得要死。

两个人的情话不能多说。李红跃中间出来了一次，看那样子是想跟郑佩儿说点什么事，可宋继平正说到关键地方，郑佩儿觉得不能让他就这么停下来。激情中的戛然，会和阳痿落得一个下场。但宋继平自己停住了，他突然就说："好吧，那就这么办吧。"

一定是他的房间来人了。

郑佩儿话筒放在空中，含情脉脉地笑。萧子君正巧进来，端详起她的模样来："哟，一定是恋爱了。"

郑佩儿说："无聊啊你。"

萧子君扬扬得意地："我当然无聊，又没恋爱。"

郑佩儿突然想起个事来，招呼萧子君到自己的电脑前，给她打开周明的征婚网站："这个人，是我的同学，大了你六岁，想不想认识认识？”

萧子君眼睛有点近视，她凑近屏幕很认真地看着：“二十二岁以下，这条明显不合适。”

郑佩儿说：“我带你认识他，根本不用看这些条件。”

萧子君撇嘴：“这个男人，一定很狂妄吧。”

郑佩儿抿着嘴，笑笑：“确实是。”

萧子君来了兴趣：“那我要认识他，我最喜欢这样的男人了。”

两个人说笑着，又一起出门。郑佩儿要去参加工商局的一个会，李红跃从后面叫住她们，说有家公司要租他们的芦荟园，两天，一天五千，好像是做产品背景的拍摄用。“他们的园地在外地，”李红跃说：“这事情应该没什么问题吧。”

郑佩儿和萧子君互望一眼：“会有什么问题呢？天天都租才好呢，什么也不干，就一天五千，不错嘛。”

李红跃走进自己的办公室：“那我就答应他们了。你们也去忙吧。”

郑佩儿的会开得很不成功，当然本身会也无关紧要，两个小时，发了点资料，工商局从副局长到一个科长，又将大小资料分门别类地给念了一遍。她的电话却响了，是《茉莉花》的曲调。她赶紧掐了，走到外面去，是宋继平，只说了两句：“你在干什么？我像一个毛头小伙子一样地想着你，一刻也不能安静下来。”

知道她在开会，他很自觉地说：“那你去开会吧，把声音调到震动。”

郑佩儿听话地重新进去了。

可十分钟后，手机就震动了。她再跑出去，宋继平不说什么，只是笑。郑佩儿知道他这是怎么了，她也笑，有点难为情了。她不想搞得好像真的恋爱似的，可又喜欢着他的缠绵。“就是想听听你的声音，”他说：“难道你不想听我的声音？”

“想，”郑佩儿说：“真的想。”

“知道你想，我很高兴，”宋继平的声音低沉温柔：“好了，好姑娘，回去吧。”

“你不再打电话了？”

“不打了。”

“保证？”

“保证。”

可是五分钟后，郑佩儿自己却跑出过道，给宋继平拨了电话。

两个人顿时笑了起来，仿佛孩子。什么也不说，末了，还是宋继平安抚道：“回去开会吧。我一会儿打给你。”

等郑佩儿坐下，两个人就开始短信。短信这个东西，比说话可直截了当多了，宋继平开门见山，直接对她说：“下了班我就要你来我这里。”

郑佩儿逗他：“干什么？”

宋继平迂回：“吃饭。”

郑佩儿：“回家吃。”

宋继平急了：“我要吃你。”

郑佩儿脸红了，偷着看看四周，这才发现有好几个人也在唧唧歪歪地发着短信。中年人的情话，离不开赤裸裸的情欲。再向下说，郑佩儿渐渐就受不了了。宋继平则干脆无比：“你中午就来，我买好吃的，在房间里等你。”

到这个时候，郑佩儿已经完全忘了跟母亲约好的事。

开完会还早。她先回到公司，放好文件，给萧子君叮咛了下午一上班要和加工厂开的会。她怕自己会迟到，“你先去招呼，”她说，“我中午有点事。”

下了楼，她直接打上了一辆车。

正和母亲过来的车交错在门口。老太太看看表，已经十二点了，慌乱地喊了郑佩儿两声，郑佩儿没有听见。于是赶紧跟司机说：“跟上那辆车，也许换地方了。”

可是到了酒店门口，佩儿妈就觉得情况不太对劲了。站在门口接郑佩儿的是一个中年男人，文文明明的样子。门口人多，他们倒没什么亲密动作，可那眼神和郑佩儿掩饰不住的欢喜劲，却让老太太不由眯了眼，沉思了起来。

饭也不吃了。她索性买了两个面包，一瓶水，就在酒店大堂下坐了下来。放椅子的这片地方有点发黑，而且她就坐在一盆高大的凤尾竹的旁边，她一定要等郑佩儿出来。

这一等竟然就是两个小时，老太太几乎要睡着了。她看看表，郑佩儿上班的时间已经到了。天天说忙，天天说忙，就忙这个呢？她愤怒了，这个世界让人越来越不明白是怎么了。她自己的女儿，都变得让她这么陌生。她感到无奈、悲哀，甚至绝望，她不敢看到真实的东西，想走，可又实在放心不下。电梯门终于开了，两个纠缠在一起的身体瞬间分开了。也许他们以为黑糊糊的大堂里没有人，即使刚分开，宋继平依然忍不住，再次拉过郑佩儿，吻得很深。郑佩儿的身体，几乎完全黏在了宋继平的身上。

老太太彻底傻眼了。她没再往下看，只是抱住了自己的头。

桌上，半瓶矿泉水，孤零零的。

下午，郑佩儿下班回家，母亲已经走了。房间收拾得很干净，陈轩也刚回来，手里拿着老太太放在桌上的纸条："你们好自为之吧，如果没有感情了，就分手。不要亵渎爱情，亵渎婚姻。"

母亲背后的意思很清晰：爱情和婚姻，终归是神圣的。

曾几何时，她和陈轩也曾信任过的东西，竟变成了这个样子？

她用了"亵渎"这两个字，只是因为他们的表现，肮脏可耻？

郑佩儿呆住了。

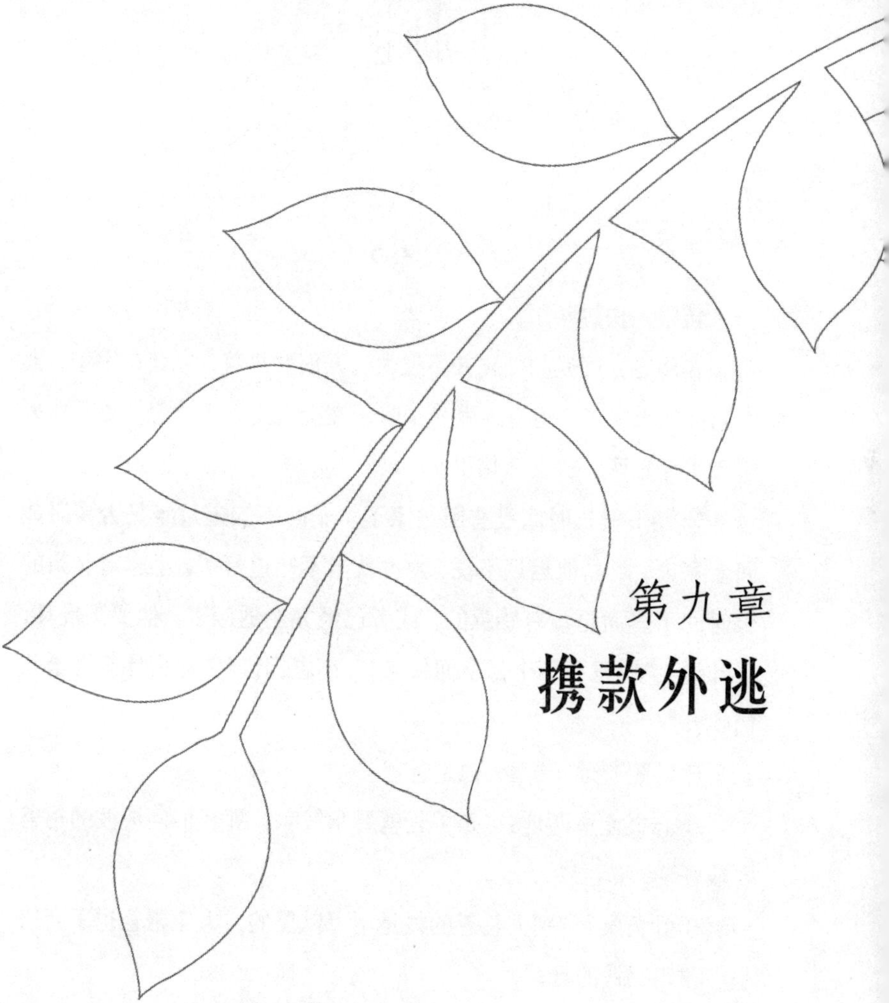

第九章

携款外逃

46

转眼，快过年了。

在南方，气候的变化并不很大。天依然热着，尤其是中午，大太阳猛然出来了，竟有人就光了膀子在街上走。千叶想，要不要去超市买点东西，放在冰箱里？

宋继平很长时间没有回过家了。千叶不知道过年是否要跟他回老家去，既然他迟迟不说，她也就当不知道好了。小志对父亲的长时间不露面是没有感觉的，或者已经完全适应了，他要买玩具，千叶说："等爸爸下个月拿回钱来。"小志却说："他为什么要给我们钱？"

千叶耐心地："因为他是爸爸。"

小志很无所谓地："是爸爸就要拿钱吗？那我们问波波的爸爸要钱好了。"

千叶苦笑："别人爸爸的钱是不可以要的，人家爸爸也不会给小志和妈妈钱的呀。"

千叶手里的卡，每个月五号，宋继平就会向里面打进去五千元钱。他并不问她都做了什么，而千叶常常花不完，所以她甚至没有注意到，两个月了，宋继平竟然没有再向里面打过钱。

也许他忘了？而千叶，难道就要这么盯着去问？毕竟，结婚这么多年，他从没有怠慢过她和儿子的生活费的呀。她可以等，等到今天，商场门口刷卡机上显示，一千六百零五角。她交了水电煤气电话宽带费，剩一千了。

她去买东西，一些冷冻食品。瓜子糖，筒装糕点，几双新拖鞋，推着车往外走。

直到晚上，她还在斗争，要不要给宋继平说钱的事。没人商量，她竟问起保姆来：“你说，我直接问叔叔要吗？”

保姆当然同意：“不要你吃什么啊，快过年了，我要回家的。到时候你还要给小志买东西呢。”

千叶嗯了一声，可就是没有勇气给宋继平打电话。她自我安慰道：“快过年了，也许，他是想等过年拿回来一笔吧。平时再忙，过年他总是要回来的吧。”

她可没想到，宋继平还没过年就回来了。

晚上她上床早，靠在灯下看杂志。不知道从什么时候开始，千叶对各种杂志的心理栏目产生了强烈的兴趣。用郑佩儿的话说，这些栏目都是专门给怨妇们做的：“套用《知音》体的题目就是：亲爱的丈夫啊，你的外遇让我宠辱不惊！”

“别这么刻薄。”千叶说郑佩儿，“这足以说明，现在的已婚妇女境况有多么的糟糕。”

“错。”郑佩儿说，“这只能说明现在的已婚男人多么可悲，大多面临着婚姻的苦恼。”

想想这样的谈话，也是两个月前了。郑佩儿最近不仅很忙，而且和千叶有着明显的疏远，她甚至连电话里都不肯多说两句。搞得千叶看杂志，除了要反思自己和丈夫的关系，还得想想是否朋友之间也出了问题。

难道我真的已很乏味？

她拿了镜子在面前端详，又吐出舌苔看，连舌苔都发黄，没错，是个倒霉的怨妇样。

电话突然响了。

十点多，会是谁？看号码，完全陌生。

没想到，却是宋继平的声音：“你下楼来，把门打开。客厅里等我，我十分钟后到。千万记住，别开灯。悄悄的。”

千叶有临危不乱的特质，她竟觉得似乎为这一个瞬间等了很久很久：繁华落近，水落石出。窗帘是湖光山色的瑞士风光，起风了，帘布像小船的帆一样鼓了起来。她看不见外面有什么，游泳池的水，远远的，只亮着中间的一小圈。下楼前，她突然想起了刚结婚时的一些美好的镜头：他为她买了一条新的仔裤，绿色磨砂的，可是太紧，他在她的后面帮她向上拉，然后他的手伸了进去。

千叶的伤感就因为这个突现的镜头，不能自已。她摸着黑，下了楼，悄悄地拉开了门栓。然后坐在客厅里，没有车开进来的声音，她不抱奢望地等着。门开了，一条细小的缝，宋继平进来了。

千叶不说话，走过去。两个人，都已经习惯了黑暗。透过月光，宋继平的脸上倒是一片平静。他放下夹着的小皮包，伸出胳膊，拥抱了一下千叶，竟还笑了笑。这让千叶感激，仅从男人讲，他有他不可多得的优点。也许她是一直爱着他的，否则，她不会为他这多少年难得的一笑而顿时乱了阵脚。

“房产证的名字我已经改了你。”宋继平不肯坐下，他要走了，“这是我唯一能留给你的东西了。我要看看小志，就走。你给我……找一张你们的照片。”

千叶听话地握着拳头，按宋继平的吩咐去做。

五分钟不到，宋继平已经离开了。他不要她送他，看着她的脸。他愧疚的没有再要求吻吻她，千叶懂事的也没有相跟到门口，门轻轻地关上了。她没有在窗前看到他出去的身影，他一定走的后面，而且是从后面的墙翻出去的。

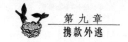

这倒出离千叶的想象："他还能翻墙。"虽然那并不高，可是她还是很激动："他能跑掉，还能翻墙啊。"

她坐在了饭厅的大桌子前，心里竟突然轻松了起来，很多年没有过的轻松了。她摸出了一根烟来抽。宋继平可能永远都不会知道他的老婆是抽烟的。她还在顶柜里摸了一瓶酒出来，倒了半杯，喝之前，她向空中举了举："愿你……"她迟钝了片刻，两片嘴唇碰到了一起，轻微地说出来："平安。"

第二天一早，果真就有人上门了。拍照，问问题，千叶不晓得。千叶什么都不知道，她的模样，是一个地地道道被蒙在鼓里的弃妇的表情。她傻傻地站在角落里，抱着胳膊，看他们翻检着房间里宋继平的东西。房产证果真改了她的名字，存款一分也没有了。只有她卡里剩下的几百块钱，他们告诉她，宋继平携款外逃了。

"去了哪里？"她平静地问。

"巴西、英国、南非、美国、黑山……"他们不负责地、甚至带着戏谑的口气报出一串名字来："谁知道呢？"

宋继平涉嫌严重的经济诈骗以及非法传销，金利公司倒闭了。这么多年，他一方面靠生产芦荟精华液起家，一方面却将三千亩的芦荟基地抵押出去做了房产，产品从前年开始成分已经严重不达标。金利酒店高额贷款，一直负债经营，又做非法网络传销并将大量传销赃款转移到了海外。

前番租李红跃的芦荟园，就是为了应付检查。

以上是宋继平目前发现的问题。一个业务部门的女经理检举了他。

"他还有生活作风问题。"检查人员对千叶说，口气一样的轻描淡写，“呵呵，你老公还挺有女人缘啊。这个女经理发现他最近和一个女人关系很密切，似乎是情仇呢。”

他甩出一张照片来给千叶看：“认识她吗？”

千叶木然地拿过相片，是郑佩儿。和宋继平站在一家会馆的外面，风吹起了郑佩儿的头发，宋继平正伸出手去，帮她抚平。

他的眼神，温柔无比。他不是一个容易在大庭广众表达情感的人，这一刻，该是情不自禁了。

千叶面无表情，将照片还给了公安：“不认识。那是他的事。”

飞机上，宋继平身边，只有临走时带的这一个小包。他取烟时，发现了一双自己的袜子和一条短裤。它们叠得紧紧的，仿佛并肩的两个小拳头，靠在包的角落里。

千叶是什么时候装进去的？他上楼看小志的时候吗？

这么说，在他进门前，她是已经知道，他是要离开她了吗？

这让他吃惊，第一次，发现千叶竟然并不是他想象中的那么木讷和不解风情。他有些痴呆地看着这袜子和短裤，仿佛双手握紧了一团微光。

47

下午，郑佩儿的电话就来了。

现在千叶知道为什么好久郑佩儿都不主动联系自己了，说老实话，宋继平外面有女人，而且不止一个。但她从没有想过郑佩儿也会在其中。从时间上分析，他们在一起的时间不会很长。最多一两个月，那么，她想要问她什么呢，是关于宋继平吗？

千叶不露声色，声音里听不出任何不安和恐慌。

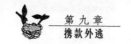

郑佩儿忍不住了，说了几句闲话后，问道："宋继平，真的走了？"

千叶说："是的。"她让自己的声音平静安详，她不能激动，因为她不知道如果自己先激动起来，后面又该怎么应付。不，她不恨郑佩儿，她早就不会恨了，尤其是郑佩儿，难道还要怪她没有告诉她吗？宋继平是大海，她能得到他一瓢已经足够。这样的男人，她怎能奢望真正地拥有他呢？

而且她也相信，没有几个女人能真正地拥有他。

郑佩儿也不行。

她不会让郑佩儿难堪的，她想，如果这一切都是真的话，郑佩儿肯定已经够伤心了，也许会比她更伤心。

确实如此，尽管宋继平走之前曾认真地问过郑佩儿，是否愿意跟他去国外做一次旅游。郑佩儿拒绝了，她工作太忙。继而宋继平干脆地问她，是否可以嫁给他，离开各自的家庭？郑佩儿顿时呆住了，她不能，也许嫁给谁都可以，但唯独宋继平不可以。他是千叶的丈夫，不是别的什么男人。宋继平确认："真的不行？没商量？"

"是的。"郑佩儿说。

宋继平神色黯然，突然萎靡。郑佩儿想做解释，嘴张几次，还是闭了口。许是两个人开始就说好，不谈各自的家庭。郑佩儿的断然拒绝让宋继平的自尊心突受伤害。他甚至怀疑起郑佩儿只是利用他做临时情人，甚至也许，她还有更多的秘密，他未曾知道？

在心里，有了认识她以来从未有过的疏远，这让宋继平绝境中又加了伤感的成分，还有恐慌，仿佛《阿飞正传》里的那只鸟，不知道怎样才能落脚。

宋继平卷款外逃的事，第二天报纸就登了。郑佩儿也在回忆两人最后的一次见面，他脸色不好，说话漫不经心。郑佩儿心里突然有点难过，再相爱的男人女人，总有一天也都会不再相爱的，是不是因为不爱了，反而可以更坦然地睡在他的旁边？郑佩儿并不知道宋继平这一夜如何的焚心裂肺，对她的不舍，对妻儿的不忍——郑佩儿现在倒是想起来了，那晚他只是简简单单地倒水喝，就失手砸了两个杯子。

以后的一周，他已处于躲藏状态，她联系不到他了。他的手机基本不用，她甚至不知道他是否还在滨城。最后一次给她电话，却是早上十点，人来人往之际，估计是在街头的电话亭里，能听见经过的车辆刹车声和轻微的喇叭声。他却并不多说，只有短短两句："想着你，就是我流浪世界的方式了。"

郑佩儿眼泪轰然迸出，她心里感觉到，这个人已然远去。

她想过他是碰到了麻烦，但没有想到他会做出这么可怕的事来——"世事难料"，她对千叶嗫嚅着："你怎么办？"

千叶正坐在桌前做规划，她真后悔昨天买了那些无谓的年货——她的现金很少了，她必须马上出去找个活儿干，不论干什么。

"我得先赶紧找份工作。"千叶说，"他没给我留下什么钱，当然他也知道，这钱留下，也落不到我的手里的。"

郑佩儿听着心酸，嘴张了张，又说不出话来。干脆放了电话，直接去找李红跃了。

"我有个朋友。"她的样子太严肃，让李红跃有点奇怪，索性放下手里的事，耐心等她说。郑佩儿说，"她家里出了事，老公破产了，又跑掉。她没钱没工作，还带着孩子。红姐你认识的人多，看能不能帮她找点事做？"

李红跃难得见郑佩儿这么认真，而且显然，她的认真带上了很大成分的紧张和激动。她觉得她必须尊重她的这种感觉，二话没说，她示意郑佩儿坐下来，想了一想，将电话打到了自己的前夫萧自强那里。

“嗯，对，年龄？”郑佩儿赶紧跳起来，拿张纸给李红跃写下来，李红跃一边回答，一边看着郑佩儿手里飞快的字迹：“三十五岁，专业？哦，经济。嗯，对，英语不错，过八级的，人很质朴，肯干，工资，最少两千五该保证吧，刚毕业的学生都拿两千呢。你项目部不是要人做报告吗，这下中英版的都有了……”

估计萧自强在那边跟人商量，李红跃对郑佩儿小声说：“他那边公司大，好安排人一点，否则，我就会安排在这里。”

郑佩儿感激地看着李红跃：“太谢谢你了，红姐。”

李红跃挥手，意思是不要她客气。一会儿萧自强回话了，让千叶明天过去一趟。李红跃放下电话，对郑佩儿说：“应该没什么问题的。这样的事，我只能赖着他。”

郑佩儿很高兴，反身就去通知千叶，她直截了当：“下了班，我要来看你。有好消息告诉你。”

可是千叶并不想见郑佩儿，她怎么见呢？照片还没有从眼前消失，宋继平的味道还在房间里，郑佩儿到底是来看她，还是看他？她握着电话，从没有感觉到自己竟然可以做到如此工于心计，不动声色。她指甲都要扎进手心了，可说出来的话却是：“今天不巧啊，晚上我一个表姐要来，我得去机场接她。改天我看你吧。什么好消息，现在告诉我好了。”

郑佩儿没有丝毫的怀疑，她想到千叶已经很久没有出门工作了，甚至好心地问道：“明天，要我陪你吗？或者一早我来找你，帮你选选衣服？”

“不用。”千叶断然拒绝。从宋继平离开家的那个晚上，她就已经不再是以前那个软弱、好性子的千叶了。她很干脆地说道，“我自己可以去。这事儿，谢谢你。”

郑佩儿不相信地看看话筒，千叶的变化一样让她想不通，她为什么不哭诉？为什么不怀疑？为什么不怨怼？她要求千叶：“你不要这么冷静好不好？哭哭也许会好。”

千叶反而笑了，轻轻地，自嘲地，无谓地：“我为什么要哭？”她说，“是他自己逃跑的，又不是我不要他。”

千叶这么一说，郑佩儿也笑了起来：“真的不难过？”

千叶说：“不难过。”

郑佩儿想说自己难过，可是她的难过，却没法跟千叶说。

“是他自己逃跑的。”她轻轻地重复了一遍千叶的话，“不是我不要他。”

夹着宋继平写给她纸条的那本书还在，她拿出来，抽出纸条。

48

两周前，陈轩一起将十一万交给了金利公司。

其中他下线的钱有七万多，其他四万，是从朋友、亲戚，甚至还有陈春那里借来的。

几个小姐打上门的时候，陈轩正趴在书房的电脑旁乱搜索。事实上，他也不知道该搜索什么。几个关键词，宋继平、网络传销，金利营养液，他已经搜了无数遍了。这件事他从没告诉过郑佩儿，本以为此次出师，最少会有三四万的赢利，却没想到连本金都输没了。

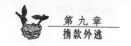

更没想到的是，许晓芸竟会轻而易举地就将他住的地方出卖给了几个小姐。为姑娘们开门的是郑佩儿，郑佩儿见如此装束的女人，想都没想，便脱口而出："你们找谁，找错门了吧？"

高个黄头发的小影一推门，就迈了进来。说老实话，敢叫小姐做杠龟的人，这世上还真不多。几个女孩子一听许晓芸说交给陈轩的钱被人放了鸽子，立刻就闹翻了天。她们不管宋继平，她们只问陈轩要。现在生意不好做，男人的口味越来越刁，自己本身又都是小铺面里的小姐，出一夜的钟最多才落个一百多元。而且，最主要的是，这些女孩子，又有几个好身家呢？如今就是一个村长的女儿也不会出来做这事的，每人家里几乎都是一堆要钱的人，兄弟姐妹，父母姨叔，一个比一个手伸得长。可这点卖命钱居然也有人敢吃掉，莫非真以为姐姐是吃素的？

一把推开郑佩儿就进门了，声色场里混过的姑娘们，丢什么都不怕丢脸面，真丢脸时可是希望所有人的脸都陪着一起丢光。她们声音尖利，话语粗鄙，一串行内黄话顿时让郑佩儿手脚无措，不仅傻了眼，还昏了头。她跳着脚，向卧室里躲藏进去，陈轩刚出来，一个姑娘抡起餐厅的椅子就扔在了他的脚下。

陈轩不敢相信这瘦弱的胳膊，竟会有如此力气。更有站在门口的小姐，即刻就挥手叫上来了几个男人。"全搬走，"她仿佛这家的女主人般颐指气使，"连瓶罐头都不许放过。"

"站住！"陈轩站到门口，螳螂挡道般："你们这是犯法的，有话好好说。"

"犯法？"高个的小影自嘴角发出冷笑："我们可不就是专门干犯法事的？"

另一个姑娘倒是心平气和："陈轩，看你和许晓芸认识的份儿上，我们今天只是搬你家东西去卖。如果钱不够，我们下一步，才会去你父母家。”

这话郑佩儿在房间里听见了，知道是陈轩惹了麻烦，放了报警的电话，跑了出来。眼睛红红的，问陈轩：“你到底做了什么？”

几个姑娘笑：“原来嫂子还不知道啊，陈轩大哥拿了我们好几万块的钱。他的钱是钱，我们的钱也是钱啊。嫂子你是不当家不知柴米贵啊，要是陈大哥还不了钱，索性你就入了我们这行，赚钱替他还吧。”

姑娘们说说笑笑，可手下一点也不留情。陈轩被一个虎背熊腰的男人死死看在角落里，转眼电视冰箱都已经搬出去了。

郑佩儿尖叫着向外扑，被一个姑娘劈手就给了一个大巴掌，顿时眼冒金星，头晕目眩，这些女孩子出手非毒即狠，郑佩儿还没倒下去，另一个已经举着腿要踩她的脸了。陈轩见状，立马两手高举：“停停停，你们的钱，我保证很快就还给你们。放了她，这跟她没有关系，我保证尽快还你们。”

“多快？”见利用郑佩儿可以威胁陈轩，小影让搬东西的男人停了下来，一把将郑佩儿的头发抓到了自己手里，狠狠地扯着，郑佩儿痛得眼泪要冒出来了，身子站不稳，扭成了麻花。

“一周。”陈轩这个时候，脑子里只能打正在分期付款的房子的主意了，他想索性尽快卖掉房子算了。小影却对这个答案非常不满，一挥手，守着他的那个男人已经走了过来，抓郑佩儿仿佛老鹰抓小鸡，抱住腰就往卧室走。郑佩儿声嘶力竭，叫声凄厉：“陈轩——”

“五天。”陈轩也急了。

小影没说话。其他几个姑娘安静地站在一边看着。

“三天，”陈轩眼泪都迸出来了：“我要卖房子，这已经最快！不可能明天就拿到钱的。”

小影让陈轩去写字据。“再加两万，”她不动声色地要求道，“还有我们该赚的。”

“外加精神损失费。”旁边一个姑娘补充道。

陈轩哆嗦着手，字写得飞快。卧室里郑佩儿的声音一声高过一声，已经很是恐怖了。陈轩大喊：“你们放了我老婆。她和这事没有关系！”

小影收了字据，看着陈轩，眼里冷冷的：“三天以后，如果钱没到手，你老婆可就没今天这么幸运了。”

她让旁边的姑娘去敲卧室的门：“行了行了，裤子提好。”

49

男人出来了，光着上身，陈轩简直要瘫软在地上。他向卧室冲去，郑佩儿上身只剩胸罩，正手忙脚乱地找上衣来穿，听见门响，吓得又是一声大叫，整个人都有点痴痴呆呆的了。

陈轩走过去，赶忙将她抱在怀里。郑佩儿没有挣扎，她是一点挣扎的力气都没有了，她像一头完全失去了知觉的猫，带着仅存的热气，伏在陈轩的怀里。

陈轩抱紧她，开始是轻微的，渐渐却用了力。大半年没有接触过的这个熟悉的躯体，在他紧张的拥抱中，似乎活了过来。

她贴住他，他们用相互的体温和压迫平息着慌乱和害怕。他摩擦她的后背，她的柔顺让他有了更多的力量。他竟有了想舔舔她的欲望，她微翘的嘴唇，正发出淡淡的热气。他知道那里是非常柔软的。他甚至可以将舌头伸进去，他多么想占有她。在大半年的陌生之后，和她靠在一起，才突然有了真正的安妥的感觉。他开始亲吻她有点冰凉的脸蛋，嘴唇抿着，干燥地亲着。他试图去解她胸罩背后的搭钩。她的安静，让他有点捉摸不定，可是他不想多去琢磨了。她温暖的乳房已经压在了他赤裸的胸膛上，一种模糊的忏悔的感觉让他非常渴望做一个老练的情人。

房间外面的事情不重要了，他为她的身体还在他的手里感到高兴，好像一首歌所唱，“收获快乐，也收获折磨。”男女的情欲就是这样，他只想把自己的爱发泄出来，即使这爱，在这个瞬间，并不是特别的深刻，可是它是真实的，非常的真实，让他甚至产生爱的长久的温暖，稳定的期盼。“让我爱你吧，”他就这么企求郑佩儿，“让我摸摸你。”

他感动得想哭。他蹲下来，轻轻脱掉郑佩儿的短裤。郑佩儿坚持站立着，面无表情，可一种奇妙的激情，却让她的心都要爆炸了。这激情让她透不过气来——那么痛苦，压迫的感觉，几乎要让她恶心了，她的手在发抖，呼吸也越来越急迫，几乎要窒息了。她情不自禁地要倒在陈轩的身上，从头到脚尖的寒战，让她不由低声呻吟起来。

这种做爱的强烈愿望，让他们两个人都感到有些不知所措，还有对自己能力的无从把握。郑佩儿害怕自己不会再接受陈轩了，她的身体，她的指尖，不知道还能不能顺着陈轩脊背那熟悉的脉络走下去。她闭上眼的瞬间，脑子里还是宋继平，可是突现的仇恨却让她有了想狠狠咬陈轩的想法。他为什么不干脆地将她一分为二，撕裂，蹂躏，复仇，仇恨呢？她这么想着，已经在手指上用力了，她掐着他的肩头那块绷紧的死肉，指甲陷入进去。两个人的纠缠，带着恨意，猝不及防，甚至，很快，又有了第二次。

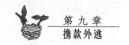

他看着她的脸，这张熟悉的、曾以为白头到老的脸。陈轩突然不相信地停住了。他们互相探究的眼神，充满了狐疑和悲伤。郑佩儿慢慢地伸出了手，摸着陈轩的两鬓，她发出了一声细弱而可疑的声音：“你，有白头发了。”

陈轩不行了，他能感觉自己在不行。可是他不想放弃，他听到的郑佩儿的声音，是如此陌生，却又太过温暖。多年前的记忆轰然在他的脑海里浮现出来。宿舍窄小的床。那是他们的青春吧，鱼一样复杂而轻巧的青春。那时她总是有些害羞，关键部位的衣服总要交给他来脱才行。她飘逸的头发，甜蜜的，颜色要比胸部深的背部……这些东西，在婚姻生活这么多年里，第一次，让他有了刻骨铭心的疼痛。他的心，像被人狠狠地扭了一下。

她有着他熟悉而且应该融入的一部分。她的身体，在他的手里有了质感，带着感情的质感，和之前的肉体似大不相同。他脉脉含情想着这些的时候，终于又强大了起来。他甚至声音很大地说了一句：“我爱你。”

陈轩如此强烈的身体的交流，郑佩儿清晰地能感觉到。他的温柔和激情令她吃惊，他们终于累了。一起躺在床上，一句话也不说，看着阳光一点点顺着窗帘的缝隙转移，变得不那么强烈起来，可是，狐疑却一点点冒了出来，终于还是替代了爱情。她终于发话了：“这些，是那个婊子教给你的吗？”

他眯起了眼，一言不发。突然起身，穿起了衣服。他要出门，只把脊背给郑佩儿看。郑佩儿去扳他，他终于狠狠地打了她一拳。她的肩膀被捣痛了，她不肯放弃，终于能遂着自己的心愿狠狠地向他的胳膊咬过去，牙印清晰，出了血痕。陈轩不能忍了，他干脆抬手给了郑佩儿一个耳光。这巴掌令郑佩儿的头发都飘了起来，她喊出了声："我可不是你婊子。"她伸手向陈轩的脸抓去，被陈轩用力抓住了手腕，陈轩的声音低沉仇恨："那么你是谁的妓女，周明的吗？"

他还记得自己看见周明和郑佩儿一起的中午，他盯着她的眼睛，热气喷在她的脸上："他给你什么，婊子？你们玩了什么？"

郑佩儿挣扎不开，她用脚发疯地踢他。她像一头失控的母狼，张着嘴，只想咬住他，无论哪块皮肉都行。两个人的仇恨注定要打到血肉模糊，她终于咬住了他的手腕，皮破了，甚至肉都被带了出来。陈轩大叫，惨烈无比，郑佩儿松口了。

他们坐在餐桌前喝酒，一人一杯。郑佩儿给陈轩加了水，可给自己没有。她喝了两大杯红酒，终于醉了。一遍遍抚摩着陈轩包扎好的手腕，她哭，她什么也不说，心里有着一个明确的旨意：爱这个男人吧，让爱来替代痛苦吧。宋继平，从开始就注定只是梦中开过的列车，美梦都会破碎，一切都将过去。

她弯下腰去，伏在陈轩的大腿上，渐渐瞌睡了。两人，就这么抚摸着，亲吻着，悄悄地，过了这一夜。

50

萧自强看见千叶进来的瞬间，就在心里嘲笑道："又是一个小僵尸。"看来李红跃进步还是不大，交往的女人都还是和她如出一辙，什么时候，她才能更能女人味儿一些呢？

同为女人，可差距就那么大。萧自强恨铁不成钢的时候，简直有心携手李红跃一起进进风月场，让她知道知道什么样的女人才能叫做女人。像她这样的，说好听点，最多也就是一植物人罢了。

她的刻板，惯性，甚至坚持早睡早起，就连想想都能让他厌烦死。

他可不想和千叶照面，对主管老石交代了一句，就兴味索然地上了楼。

完了给李红跃作汇报："你的朋友，我收下了。看起来有点雏啊，这岁数了，怎么回事，装纯情？"

李红跃保持着与他对话的一惯严肃——那永远绷得紧得不能再紧的严肃劲，似乎只是为了让他抹去跟她睡过一张床的记忆，她口气平淡地说："是朋友的朋友，最近困难，需要事做。人是好人，会用心干的。"

"知道，"萧自强坐在摇椅上冲墙上扔飞镖："就是很没意思啊。"

"我不明白你的意思是指什么，"李红跃可算是抓住了他话里的把柄："难道你希望办公室里的中年妇女也个个搔首弄姿吗？"

"你看你，"萧自强嘲笑李红跃："不要这么敏感嘛，都什么年龄了。"

李红跃不想多说了，知道他是无聊着拿她开涮，便道："这事谢谢你。没别的事了吧？"

"怎么会没有？"萧自强可不想这么快就放了电话，他当然还有事："儿子呢，最近还可以？"

他这样的口气最让李红跃生气了，儿子是什么？什么叫还可以？他的口气，就好像儿子只是桌上的凉拌生菜一样，而他，则永远可以这样问：味道怎么样，还可以吧？

李红跃决定不回答他这个问题。儿子一天比一天大了，已经开始在生活中寻找可以做榜样的男性了，可萧自强呢？还是一副老帅哥的扮相，整天用谈情说爱来追欢逐乐。他穿着米色的长裤，白皮鞋，深红的T恤衫。他的头发总是抹得油亮，可到底是用什么抹的，李红跃到现在还不知道。萧自强十天半个月的，会想起来看看儿子。李红跃对那锃亮的头发实在恶心的时候，也曾问过伟哥，男人用什么来装饰头发？“头油吧。”伟哥也不清楚。他从不抹那些东西，头发总是蓬松的。可是“头油”，这两个字多么的老土啊。李红跃不敢相信萧自强这么时髦的人，竟会用一种叫“头油”的东西收拾头发。

萧自强今天想和李红跃好好谈谈复婚的事情，他觉得从儿子入手该是一个不错的话题。上周他带儿子出去了，完了还去了娱乐城，不是特别色情比方看脱衣舞的那种地方。他怕儿子会太受刺激，但他觉得适当的东西该让儿子看看了，比方那些卖身的女人，让他有点常识是好事，男人总有一个年龄会比较傻，将女人当神一样地供起来。这样可不好，他跟儿子说，什么时候，女人都不该让你有害怕或害羞的感觉。她们很好对付，只要你去爱她们，或者只要你肯做出一副爱她们的样子就可以了。

可是儿子明显是害羞的。这让萧自强有点遗憾，他的教育有点迟了，他想，作为一个可以说阅尽女人并了解女人的男人来说，有这么一个害羞的儿子是比较失败的。“男人，”他握着拳头对儿子说：“永远是女人的主人，而她们最喜欢的，也是男人能用这样的方式对待她们。”

儿子有点闷闷不乐：“难怪我妈要离开你。”

他有他的判断了，一路上，不再跟他说话，头转过去，看着外面。萧自强不是傻瓜，他能想得出，儿子更大的可能是心里有了喜欢的女孩子。小样吧，他可能还觉得父亲亵渎了他什么神圣的感情呢。

他要求李红跃：“想跟你好好谈谈，有时间一起吃个饭吗？”

“没有。”李红跃像往常一样，回答得挺干脆。

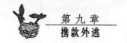

萧自强嘲笑道："你过河拆桥啊，好歹我还刚帮了你的忙呢，这么不给面子？"

李红跃没话了，说："几点？"

萧自强道："晚上。我一个人啊，就想和你谈谈，我看你那里开了一家马来馆子，就去那里吧。"

放下电话，萧自强自言自语道："还拿架子呢，要不是为了儿子和这家业，我才懒得理你。"

他前几天看见李红跃和伟哥在一起了。两人神情举止挺亲密，这年龄了，还那个样子，可不像二婚的，当然也更不像一婚的。只有一个可能，他们真的还在继续进展着，而且感情还不错。

这让萧自强有点紧张。

女人那是多神经的动物啊，搞不好，李红跃还真会跟这男人结婚呢。要真结了，萧自强忙活了这么多年，可不就一点意义都没有了？他的千万家产，以后不给李红跃，至少也都是儿子的，儿子要真有了后爹，哪还能不管他？

萧自强想，可不能再轻敌了。得跟李红跃讲清楚，他总比她见的人多吧，身边有多少女人，跟走马灯似的，他也肯给她们花钱，但却一直坚持不结婚。现在的人，到了这个岁数，还能有什么真感情呢？难道他会不比她更清楚人心难料？

这和经历过艰苦创业的夫妻感情是完全不同的。萧自强想，即使他一点也不爱李红跃了，可他还是永远相信那段感情，那是他一生中唯一真实的男女之情了。

他继续向墙上投着飞镖，同时心里想着，该怎么对李红跃说明利害关系。复婚，当然还得提出来，即使复婚后，他也不会反对她跟伟哥来往的，因为她也不能管着他跟别的女人。唉，他不由叹了口气："真是麻烦，当初不听老子的，搞什么搞，还离婚，什么年代了，居然还离婚，都让人笑掉大牙。"

晚上他先到了馆子，难得没有迟到三分钟。可别小看这三分钟，不短不长的，对李红跃这种喜欢强装镇静的女人来说，足以让她们感到愤怒了。他们离婚后的每次约会，萧自强都会故意迟到，他用这种方式让她体会怠慢、黑暗和混乱，他越来越讨厌她这样的女人了，世上正是因为有这样老是想较真儿的女人，才让男人感到累得慌。他喜欢没头脑和小甜蜜，即使只想从男人口袋里掏钱的女人，也比李红跃这种绷着的女人强。蠢货，他这么定义她，可是他还是坚持：两个人必须得复婚。

李红跃到了，恋爱使她看起来比前几年气色好了很多。坐下来，萧自强主动给她倒水。"最近在忙什么？"他问她，她的生意情况他基本都知道，自然也懒得问她。

"我还能忙什么，"李红跃说："反正不如萧总那么丰富多彩啊。"

萧自强不恼，女人嘛，得给她一点使性子的机会，否则绝经早。想到绝经，不由有点得意地笑了。这就是男人女人的差别，你李红跃再牛，再硬，行不行，脸上都能看得出。可萧自强就不同了，不脱裤子，谁知道？

他承认自己下流。他有他的生活哲学，概括起来，那就是：简单，实用。爱情？不过是性欲支使下的幻觉，奉献？这就更可笑了，不过是支个幌子可以毫不掩饰地满足自己的私欲罢了。

这么一想，他就决定长话短说。他想起了一个姑娘，有着瘦瘦的肩胛骨，黑眼圈，猛一看甚至有点丑，但细细回味，却着实有点味道。他想干脆吃完饭，去她那里玩玩。他认识不少这样的女孩子，白天兼一份听上去还算体面的工作，晚上则穿梭在各种老男人中间，和职业小姐们抢饭吃。他手机里有她的号码，他这么想着，就调了出来。那样子，似乎恨不得马上就将她约到这张桌子上来一起吃饭。

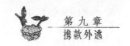

李红跃一针见血，说道："耽误你泡妞了。"

"没有。"萧自强说，带着炫耀，"倒是很年轻的一个姑娘。"

李红跃"哦"了一声，讽刺道："你的性生活一直很有趣啊。不过我一直很想知道，一个年轻姑娘和四十岁的男人上床还会有什么快感？"

"你又愤青了。"萧自强说，"而且显然对男人抱有偏见。"

李红跃摇摇头，察觉到自己是多了话。这些话还有什么好说的，跟他辩解这不是偏见，而只是可怜他？他会懂吗？同样为人，人和人的境界如此不同。有人会回答是因为爱而活着，有人则因为吃饱了放的那个屁而欣喜。李红跃想到这里，不由吓了一跳，也许自己是愤青了。为爱而活着？她肯这么说吗？

她不想再跟萧自强纠缠这些无聊的话题了。"开门见山吧。"她说。

他们的菜上来了，有点像云南菜，酸辣，颜色也如红三剁。李红跃嘴里吃着，示意萧自强快一点："说吧，说完我也有约会。"

"你们不会结婚吧？"萧自强说："我那天看见你们来着，还拉着手呢。我说，我怎么都忘了，我们俩谈恋爱的时候拉过手没？"

李红跃皱眉，她可不想谈这个："这是我的私事，你总不是想谈这个吧？"

虽然她知道很可能是因为这个，可她还得这么问。

果真，萧自强道："当然是谈这个，我们俩还有什么好谈的？理想、事业、爱情？我呢，还是那句老话，你不能跟这样的男人结婚，当然能比我有钱的除外。"

李红跃不打算接他的话，让他讲下去："我们离了婚，还有关系吗？"

萧自强说："当然有，我是儿子的父亲。你办公司的钱还是我投的资，儿子以后的学业前途还得我招呼，甚至你的养老，难道你不怕老吗？就敢肯定一直会有钱有男人？"

李红跃扔餐布："无聊。"

萧自强却笑了，得意地，他觉得自己这么着很有风度，尽管一说到这个问题，李红跃就恼火，但他也相信她不会一点也不考虑自己利益的，否则离婚三四年了，她也一直没再结婚。他的任务，就是在她热恋的时候给她提个醒。只要这么提一提，最少就能保持大半年吧。

他索性站了起来，叫服务生再送一瓶鲜榨果汁来："给这位女士。"

他要走了，对李红跃说："你看你，每次都弄得不欢而散。看来那个男人也没让你进步一点点，他不行，至少跟我一样不行。"

李红跃脸红了，他看出她要生气了，这让他不由高兴起来。吵一架才好呢，最好是她冲他破口大骂，可他一走了之。果真，她叫住了他："你站住。"

他做了一个优雅的回身的动作："怎么呢？"

"你到底用的是什么，头发那么亮？"李红跃看着他，问道。

第十章

晚上我买菜好吗

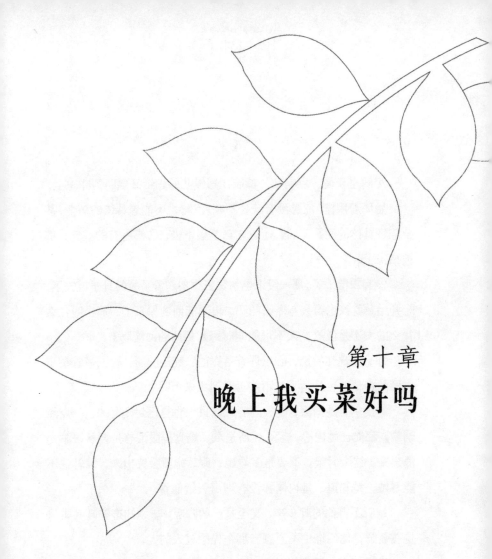

51

房间里任何一点响动，都能让郑佩儿的思绪又飘回到昨晚上。

她闭着眼睛，浑身没有一处不在发痛。她不能想具体的事情，甚至陈轩具体的面孔，都会让她立刻萎顿下去，仿佛所有的空气，都被抽空了。

没有宋继平了。那一段来也匆匆去也匆匆着了魔的日子过去了。一开始，就该想到会有今天的吧。再不能回到原来了，那个叫什么什么的人不是说过，人不可能同时跨入相同的河流吗？

那么，现在的她，心里怀着落寞的、钝钝的痛，脸上带着举步犹疑的神情，也是因为，不能再回到原来了吗？

她脆弱，她糊涂，她一门心思地只想将自己封闭起来。一点点响声，都能让她内心一紧，无所适从。她觉得眼泪总是要从眼睛里涌出来，这个时候，谁要是多看她一眼，她就会哭出来。陈轩也不能看她，她知道，她也同样没有理由哭给他看。

她听不得他的脚步声，甚至是他的呼吸声。她知道陈轩其实只是在装睡，他们谁也不愿意当那个先醒过来的人。

她只好走出了家门。

去外面做什么，郑佩儿并不知道。她甚至没有了时间概念，出门的时候，她以为自己刚醒来，时间一定还早着呢。她的脑子里，是在外国电影里看过的画面，笔直的街树，萧索的人烟，清晨，草地上还有露珠。可其实什么都没有，除了时不时走过的人和大大的白太阳。可郑佩儿对这些也忽略了，她压着脚步，按平时上班走惯的路走着。她想起曾经走过很多次这条路。拐过两个弯儿，就到了中心广场花园。草坪中间的椅子上，会有人坐在那里谈情说爱，也有人在看报纸。有一天晚上，她在这里跟陈轩吵了架。她想要跟他离婚，可后来，他们却像做游戏一般，定了一个试离婚的合同。

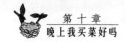

她怎么就一口气走到这里来了？郑佩儿站在那里，眼前的所有一切，都那么的无动于衷，跟她毫无关系。她不认识什么人，什么人也不认识她。有个戴眼镜的老头，从报纸的上方看着发呆的她，又摇了摇头。她忘记了还要去上班，忘记了自己还有很多要紧的事要做。她肚子疼，腰疼，头疼，连脚指头都疼。然后，她就开始腹泻了，一紧张，就要腹泻。查不出任何原因。一连腹泻了好几天，甚至在他们卖房子的时候，刚一拿到合同，她的肠子就开始痉挛了。

腹泻转移了她的紧张和痛苦，好像这才是当前最重要的事情，其他的事无论多大，都得先放一放。没几天，她的脸色就彻底变了，黄了蔫了，背也挺不直了。她去上班，一进门就要拉上窗帘，太阳太耀眼了，到了晚上，她又只喜欢坐在黑暗里。公司里的同事，谁都没有说什么，可也许都感觉到了什么。他们挂在嘴边最多的话就是：郑佩儿呢，你看见郑佩儿了吗？怎么最近老见不到她呢。

她能听见他们在走廊上来去匆匆的脚步声和大呼小叫声，他们在开玩笑，谈工作，还有空泛礼貌的招呼声。这些声音，是郑佩儿平时极为熟悉的，但此刻，却仿佛是皮和肉的相防，她没有力气将自己与周围融合起来。她唯一的办法，只能有一个，离开滨城几日，去云南看奶奶。

52

奶奶快八十岁了，还在一个人生活。既不肯去东北郑佩儿的父母那里，也不肯去四川的小姑姑家。郑佩儿三岁以前，是跟奶奶一起生活的，云南偏北的一个小村子里。老人头发全白，身子板却还算硬朗。有儿女给钱，可以对付简单的吃穿，但也总是做一些零碎的活儿，养着一群鸡，门口有只狗。阳光静静地落在院子里干干净净的地上，树和树中间的绳子上，晾晒着几件朴素单色的衣服。

很多年前，就用陈年楠木造好的棺材，放在院子东南角的那个棚子下面，样式是明清的，显得相当老旧。

奶奶拉开院门站在外面等她。见她走过来，就好像昨天才跟她刚分手似的，连点惊喜的笑容都没有，就拉住了她的手，带她进屋。饭桌上放着小炒豆腐和回锅肉，还有卤饵块。郑佩儿叫了一声奶奶。十七岁考完大学之后，二十七岁春节回过老家之后，她就再也没有见过奶奶了。她很想用自己的声音，唤来奶奶的怜惜，可是奶奶只是微微笑着，动作有些迟缓地催她先吃饭。

奶奶老了，房间里的东西都旧了，而且她肚子一点也不饿。可是她还是坐了下来，吃到第一口饵块的时候，她就知道了自己为什么要来奶奶这里。说是散心，其实她的心里，是觉得自己成了一个小小的婴儿。她需要被什么人无条件地爱和安慰，需要一个心平气和、慈祥、知命、与世无争的人来爱她。当她这么想的时候，奶奶就像与生俱来似的，在老家的房子里等着她了。她无法想象其他的人或地方能给她这样的安慰，只有奶奶，无用的，但是可以依赖的，永恒的，地久天长的奶奶，在等着她。

奶奶就是这样的人。

二十岁出头，她就带着父亲和姑姑一起生活了。因为爷爷去当兵了，解放了，爷爷又娶了城市里的女学生，奶奶将父亲和姑姑送到了爷爷那里。因为后奶奶不能生育。郑佩儿曾经想过，奶奶为什么在失去丈夫的同时，还会那么痛快地将一对儿女也送走。但这些问题，总是有很多现成的答案的，城市里条件好，爷爷做了官，后奶奶还算通情达理……可是奶奶，就真的那么心甘情愿吗？

家里没有什么人仔细替奶奶想过吧。“文革”时爷爷被斗，去世前，奶奶站在了他的床前，给他带来了一身自己缝制的老衣，针脚很细密。爷爷摸着这身衣服咽了气。那时，郑佩儿的父亲正在读大学，他已经好多年没有见到奶奶了。奶奶掏出一双自己做的鞋子来，套在他的脚上，不大不小，刚刚好。

这些故事，在郑佩儿的记忆中，就像神话故事一般自然而然存在着。它们不够亲近，不够让她理解，但却给人以长久的印象。以后她出生，父母工作繁忙，就将她送到了奶奶家里。三岁以前的事，她能记得的，几乎已经没有了。只有伤痛，就是离开奶奶的那个瞬间，那是她第一次感到生命中的痛，她紧紧抓住奶奶的头发，不肯松手。后来听母亲说，直到带她上了火车，她的手心里还攥着奶奶的头发。

记忆，很多时候和爱情可能相似，当它像蛋糕一样松软香甜时，也会如同蛋糕一般缺乏重量。唯有苦痛与沉重，才能显出灵魂的介入。

但郑佩儿，可以当着奶奶的面，说自己的痛苦吗？她有这个资格吗？

一个年轻时遭丈夫抛弃，中年时失去儿女，老年靠孩子养活，几乎没有任何社会地位的老女人，她有这个资格，对着她说，自己有多么的痛苦吗？

奶奶长年用纯碱洗衣服，两手泡成了灰白色。她现在还穿着大褂，襻扣开朝一边，上面别着一块手帕。她知道各种小吃或咸菜的配方，也知道无数起起伏伏的人情世故，但她却从不说出任何让人记忆深刻的话来，也从不摇唇鼓舌，非要让别人按她的什么意思来。

面对这样一个老人，郑佩儿能说什么呢？

不，什么都没有，也不用说了。她累了，吃了饭，倒头就睡。睡在奶奶的床铺上，干净的，散发着碱味的枕巾，她滴了两滴泪后，就安静了。

她在奶奶这里待了三天。奶奶跟她的话很少很少，仿佛她已经不大习惯说话了。每天中午后，她会去端一碗豆面汤圆来给郑佩儿吃。郑佩儿说，奶奶你也吃。奶奶就再拿出一个小碗，看着郑佩儿舀出几个汤圆来，然后呢，然后她并不吃。可是到了晚上，佩儿也没有再见到那些汤圆。她睡着的时候，会感觉得到奶奶握着她的手。她的手，软软的，瘦，凉，软弱，像很多老年人的手，可是她醒来时，奶奶却并不在她的身边。

奶奶的爱，一直就这么挨着她。可是，却又很难证明。

郑佩儿对奶奶说，奶奶，我明天要回去上班了。你要不要跟我回去啊？我会想你的，奶奶。你看，我很多时候都忘记了你，只是说起来，才觉得心里是很想来看你的。但很多假期，很多可以来看你的时间，我却去了别的地方。只有这次，我连父母都没有告诉，就直接向你奔来了。我不是想你了，奶奶，而是需要你了，奶奶。奶奶，你是靠什么来生活的，是靠着记忆还是靠着遗忘？你说啊，奶奶，你说我们该怎样保持活着的荣誉和平静，到底是通过记忆呢还是遗忘呢？ 你就像一个古老的什么，让我不由自主，就要到这里来寻找答案。我知道我可以信赖你，我甚至都想起来了你教过我的那首儿歌，张打铁，李打铁，打把剪刀送姐姐。真的啊，我忘记了多少年了，可是突然，就在昨天，就想起来了。你抱着我唱着这首儿歌，床上的蚊帐很旧了，灯也很暗，可是钻进去，就觉得好舒服。你还带我去河边洗衣服，水好凉。你对我真好，可我走的时候，你也不强留，甚至没有说去东北看看我。你不爱我吗，还是只是，你仅仅靠着对人世的宽容，就获得了足够的智慧和解脱？奶奶啊，我的身上，是流着你的血的呀。这是我这两天一直在想的事情。我们之间，相隔了将近五十年，这时间，不算短，也不能算长。如果有一天，奶奶啊，我是说如果有那么一天，你离开了我，我会在你这里懂得多少心碎的事物呢，又会有多少能给予彼此的安慰呢？以前我从没有懂得过这些，也从没有想过这些。我以为生活就是光天化日之下的产物，可是看到了你啊，奶奶，我开始知道何时诉说，何时沉默。跨进你的门槛的那个瞬间，我就在想，这黄昏的光线，梳妆桌上的缝隙、宅地、儿女、村庄，你所有生命中的经验，所有无言无语的身姿，在你，可能是一种保持生命尊严的方法，对我呢，奶奶，可以是重新的开始吗？

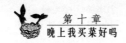

我可以这样说么，可以有这样的底气，来理解你，同时思考我自己的情感吗？奶奶？

53

郑佩儿没有坐飞机回去，她选择了火车，而且在混乱得著名的广州站还要转车。仿佛这是让她尽快回到现实的一种方法。因为，去奶奶那里，是寻求关爱和疼惜的，而这样的寻求，总有时效性，她不能一直等着别人来疼她，理解她，关心她，爱护她。好吧，奶奶没有了力气，再去找朋友或父母。不，三天的时间，已经够了。郑佩儿是谁啊，她总是她，那个大土豆，那个大萝卜，她得靠自己站起来。

广州站总是乱哄哄的，总是有很多的人在无头苍蝇般的东跑西颠着，扛着硕大的包，身上散发着浓重的汗味。似乎总是时间不够了，要不就是火车要开了，才发现自己上错了车。喧嚣，摩擦，碰撞，各个省市的气味混合在一起，空气中一直响着小心、谨防、提高警惕之类的谆谆告诫，好像是陌生人的集中营。在肯德基、真功夫餐馆里，有空调，可以放下行李，慢慢吃着饭，喝点饮料，然后等上车的时间来到，还有厕所可以上。但郑佩儿不干，她只想到处乱走，和一群一群身份不明的人一样，找个地方蹲下来，依偎着自己的箱子，就像找到了一个可以依靠的墙壁。她需要这样乱哄哄的感觉，谁和谁都一样，没有贫富贵贱，没有左右是非，人心难测，心情复杂，却都大摇大摆，活动频繁。成千上万的人集聚在这里，却不是为了一个共同的目标，大家各有各的去处，各有各的心事。每个人都是暂时，偶然，过眼云烟的。郑佩儿喜欢啊，她怎么就觉得这么舒畅自在呢，不用注意风度，可以东张西望，表面的敷衍也没有了，反正它就是这么一个根本没有本质的混乱和自由。她想她这火车真是坐对了，没有秩序，陌生感十足。而陌生究竟有什么好处呢，她可以让自己尝试新的角色。此刻的郑佩儿，是自由的，放松的，创造性的，未知的，没有规范和拘束的。等她提着包，踏上火车的那一刻时，她才想起来，自己已经好多天没有腹泻了。

哐哧哐哧哐哧，火车在走，她看着窗户外面闪掠的风景，心里觉得踏踏实实的了。她是奶奶的孙女，她有她血液的源头，她没有理由让自己不知所措、心灰意懒、颠三倒四，躲藏伤感。这个世界上，不可能没有真情，也不可能没有命运。认命吧，佩儿，你要做一个宽容的女人，做一个认清现实的女人。如果说，经历了销魂的凋零之后，却获得了发现自己的意义，有什么不好？你看看奶奶吧！

奶奶的小院，那些落在小院里脆薄的阳光，长久地萦绕在她的脑海里。它就如振翅在五月的麦田上空的布谷鸟，啼声中充满了广阔的韵味，又有因广阔衍生出的寂寥哀愁，百转千回，所以终于，才化作了轮廓分明的清脆和婉转。

下了车，郑佩儿就给陈轩打电话，问他租了房子没有。陈轩说还没有，他暂时住在父母家里，等着她回来决定租到哪里去。分期付款的房子在被小姐们大闹的第二天就卖掉了。那天是个周末，他们去房地产市场做了紧急卖房的登记。这样廉价处理的新房子是最好卖的，有人没事就坐在那里一手交钱，一手交货等着收购呢。

登记完卖房郑佩儿就去了奶奶家，她那时没有一点勇气，面对将要发生的一切。她无法想象，自己不能再回到那个熟悉的房间里了。但现在，她想通了，也许那套房，根本就是风水不好呢。他们自从买了后，不是吵架，就是离婚。好了，现在好了，卖了好，早就该卖了。下次买房，一定要仔细，一定要各方面都称心如意，要有耐心，要有好的心态，房子嘛，不就是让人住的地方，买那么贵的干什么，结果经济压力搞得那么大！

咦，她的这句话，怎么突然就和陈轩以前的口气，那么的像了？

54

他们的新房，租在了市区中心，离当年他们读书的大学不是太远。也是他们买新房前，曾经住过的小区。这又有点像是命运的一个轮回。瞧，现在的郑佩儿，也说起命运来了。卖房后的钱还了账，还剩了不少，而现在的房租只有以前每月还贷的一半，你说不是命运是什么？经历了这么一场混乱，可日子竟然突然变得松活了很多。

现在的陈轩和郑佩儿，从没有过的过渡着他们婚姻生活最尴尬最奇妙的一个阶段。

早上起床，陈轩饿了，肚子叫了，拉开门，习惯性地要出去吃饭。却被郑佩儿叫住了，她带着羞涩而不自然的表情叫他一起吃饭。陈轩心里酸酸的，理智上他该去吃饭桌上的稀饭和煎馒头，可感情上他却觉得实在太别扭了。他不想立刻就表现出跟她有多么的热乎，他们之间难道就没有其他问题了吗？芥蒂消失，怨恨全无？大半年的相互伤害，甚至比种牛痘还要干净，连个疤痕都不留下？

他在她的对面坐下来。他们已经搬进来两天了，可是大部分时间里却总是保持着沉默。为了不让陈轩看见她在流泪，郑佩儿会将脸转向一边。她还是容易流泪，就像当初的腹泻一样，完全是生理上的需要，流泪之前，她并不记得有什么好伤心的事儿。

爱情，就是这样，知道得越多，会诉说得越少。生活也是一样吧。心中脆弱的那一部分，或多或少地都改变了他们。

陈轩开始四处找工作。他拿出了很多年没有的、一直等待的状态来，紧张，希望，思考，谨慎……如果说这状态的出现并不是他的自觉，而是因为压力的话，也可以，没有错。这似乎和他最初所想象的状态的来临有所区别，那时他以为他的状态就是春天的一幅调色板，黑色淡了，新绿登陆，自然而然，从不起眼儿的发芽，会到势不可当盛大长久。状态就是这样的东西嘛，否则就得叫劳动了。劳动是什么，低级的，原始的，没有任何心甘情愿的。他一直这样认为，但现在，他意识到自己以前的想法其实是幼稚的。这就像一个总觉得自己是作家的人，非认为要生活安宁或被流放了，才有可能写出美妙的诗歌来一样。多年来，他拿状态当做了一个遁词，逃避着自己不愿意付出的那一部分，而逃避又有什么结果，总会有一天是要被抓回来面对真相的。这个时候，你还可以再说状态这两个字吗？

进入遁词，和逃离遁词，其实是一样的辛苦的。现在他终于明白了，他开始渐渐理解郑佩儿曾经的很多做法，就得像个大土豆一样，就得拿出在地里好好长大的那个劲头儿。劳动就是一种状态，要有好的状态，也得在劳动中寻找。他奇怪，这个道理其实蛮浅显的呀，以前的自己，是不愿意知道，还是真的不知道？

但工作并不好找，何况他心里还是希望劳动和状态能结合在一起。如果只是单纯的劳动，那有什么意思呢？他很想拿卖房后剩下的钱干点什么，产品代理，还是餐饮？或者，只是做点投资少、辛苦，但总有点收入的事情？

他发现自己一开始有点想法，想法也就开始找起他来。他去面包店，面包也升华了起来，不再是平时松软甜腻无所用心的样子了，而是成了“为什么”，成了“死去，还是活着”的核心。他去菜场，小贩们的表情和平时绝有不同。他在他们的脸上寻找着状态这个词儿，顿时就觉得他们比平时看起来凝重许多，有着很多他平时忽略的玄机和哲理。他在街头走路，突然下雨了，雨并不是很大，以前他会立刻跑起来，溅的水花到处都是，然后高高兴兴地回到家里，扯条毛巾擦头发。可现在他顿时就会想，要不要跟很多人一样走到屋檐下去站住，看着天，等雨停下来再走。他从没有过的渴望着能让自己在一个相同的动作上被人们所接纳。

他的样子，在一天一天的思考中，变得庄重了起来。动作，也显得缓慢了。朋友，是用来锦上添花的，真的碰到难处了，很多人都会躲开。陈轩以前常常在一起玩的那些人，好像一夜之间，也开始忙碌了起来。他们不再叫他打麻将，吃饭，喝酒了。连游泳，他都是独来独往。时间突然就变得多了很多，尤其是晚上，他必须小心翼翼地，习惯着和佩儿同在屋檐下的状态——这也是状态，心要放静，不想说话，那就看书吧！

可能正是因为这时不时的触动或被触动，陈轩和郑佩儿互相之间都很有礼，他们谁也不肯先去找谁好好谈一谈。他们的话语，都停留在朦朦胧胧、若有若无的层面上。今天你准备干点什么呢？没事就在家里待着吧。佩儿对陈轩说，天热了，出门一定多喝水。陈轩说好的，我知道了。你也要多注意身体，最近再没有腹泻了吧。晚上我买菜好吗，你说说你想吃什么？

他们相敬如宾，彼此的内心里，又有着那么一层相依为命的凄惶。陈轩觉得是自己牵连了郑佩儿，一门心思只想快点扬眉吐气。郑佩儿的心里则有更多的歉疚和不安，她后悔自己当初离婚的念头太过轻率。陈轩的今天，她有多少责任？

她上班，下班，工作，跑业务谈业务，和以前一样忙得不亦乐乎，可心里，却再没有以前那么气宇轩昂了。中午休息的时候，她甚至会站在窗前看看外面树上的叶子，想到逝者如斯夫这样的句子来。一般人，总是用茂盛或凋敝这样的词语来形容树木，可是谁会真的知道它是怎么从茂盛到凋敝的呢？人们习惯了用笔直来给树赋予意义，可是却不知道，很多枝杈，都是东倒西歪的。佩儿以前从不想这些玄而又玄的东西，因为它们毫无意义。说这些怪话的，往往会是陈轩。他喜欢离经叛道，或多或少有点诗意的离经叛道。只是以前，她从不理解他的那些小情小调。

现在理解了？

不，不能说完全理解了。只能说是，她的神经比起以前来，放松了一些。要让她做到对他和那个叫许晓芸的女人理解，她还是做不到。只能说经过了宋继平这事后，她可以长长地吁一口气，然后闭上眼睛了。

他们的新家是个两居室的房子，小区里楼距非常近。一般情况下，不能随便去阳台的，因为站在阳台上，就可能会看到对面楼相同楼层的那家人的所有活动。可是站在阳台上，却是一件很开心的事情，因为可以看到天上的星星，吹到少许咸湿的海风。尤其是以他们目前的心境，在外面走来走去，显然不大适合。这里是市中心，没有什么草坪河流可言，走出门去，街道上就是快餐饭盒，苹果皮，话梅核，鹌鹑蛋壳，易拉罐，烤鸡翅膀，牙签……可坐在房间里一声不响，又特别的憋屈。这不是他们的家，只是不知道是谁的家，铝合金的窗框难看死了，墙壁也不平……算了，这样的事情一说就能说一大堆。他们比谁都更需要新鲜空气的刺激，偏偏阳台又那么不合心意。

有一天晚上，两个人都在家里，郑佩儿先站到了阳台上。也不知道那天是个什么日子，对面的房间竟然全黑着，就是说，对面的家里此刻没有人。佩儿当然要多站那么一会儿了，而且那天有着难得的凉爽的晚风，天空也很漂亮。街道上的声音和灯光，也没有那么嘈杂。她不知道陈轩什么时候走到了她的身边，他的手里还拿着一杯饮料。

他们两个人，就这么站着。虽然阳台很简陋，上面还挂着衣服袜子之类的东西，但手里拿着刚结婚时买的水晶杯子，里面是黄橙橙的饮品。他们谁也不说话，心里在一点点地抽紧，是不习惯这样的距离和闲适吧。郑佩儿泪水盈眶。

突然，简直就像梦里一样，陈轩说出这样一句话来：

“说吧，佩儿，把伤痛说出来就好了。”

佩儿呢，佩儿的声音，悄悄地，比这句梦里的话更像是在梦里：“可是，很多时候，我并不知道自己伤在了哪里啊。”

第十一章

你怎么脸红了

55

海甸岛是滨城一个住户比较集中的地方，之所以叫做岛，是因为有条不宽的河将这里和市区分开了。河水清且涟兮，跨河的桥小巧玲珑，只是岁月悠长，栏杆拍遍，显得旧了很多。

河水通向大海，歇息的渔船多停靠在此。平时看不出这河有什么，但逢到涨潮，却也波澜壮阔。这两年市政工程抓得紧，靠水的地方多修了绿地，加上早期殖民者留在岸边的法式钟楼，小教堂的碎花玻璃，这里的风貌突然就发生了变化。

尤其夕阳西下，白色的海鸥围着斑驳的渔船飞翔、旋转。更远一点，除了市区林立的高楼外，还有跨海斜拉桥的侧影。有聪明的商人，便开始利用街边本来要拆的大批骑楼做起了生意。下面开阔的地方当了茶馆，上面吸引河风，远观河景夜市，索性弄了一批酒楼。

这里的地价立刻也就高了起来。

赶巧，陈轩家的老屋就在这里。

爷爷奶奶去世后，出租给了一对做床罩的浙江夫妻。房子很旧了，里面进去还深，可是越深越旧，夏天闷热，冬天剧冷。浙江夫妻住在楼上，下面用来堆放东西。他们没事做的时候，会带着儿子一起趴在楼上的窗户上看风景，瓜子皮噗地就吐了出来。有年春节的下午，陈轩正巧路过，看见男人提着小炉子在外面生火，浓烟滚滚的，呛得直咳嗽。女人拉开门缝看看，又喊："快煽快煽。"男人一把将门拉死，嘴里嚷着："告诉你们不要出来的。"

陈轩看着挺感动，这男人还挺心疼女人的。

陈轩决定将这老屋用来做点什么。

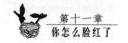

带李向利去看的时候，浙江男人去温州进货去了，女人带着儿子正在吃稀饭。听陈轩说房子要收回去了，她倒很是爽快，说等男人回来就会搬走。后面几天，陈轩一大早起来，就往这里跑。和工人站在外面设计墙面，又对着里面比画比画，一楼怎么样，二楼怎么样。浙江女人是个热心肠，听他们要开饭馆，就帮着策划。第二天陈轩再去，她已经叫了一个船老大来，说离河离海这么近，开海鲜馆一定最赚钱，让客人们看着船老大的船进港，然后送货进餐馆，客人围着渔网挑，生意不火都不行!

“我是没有钱，否则我早买了你的房子做生意了。”浙江女人说。陈轩不由对她刮目相看，这么好的思路，沿路的老板居然还真没一人想到。做什么？就开海鲜馆。

可李向利不同意：“你以为他们真没想到？开海鲜馆成本太高了，大家都不做，没规模就无法做排档。这个地方，没两年就会拆的。如果按目前的规划做海鲜馆的话，投资最少还得追加一半。”

此番两个人，李向利十万，陈轩八万，外加房屋出租费一年。

陈轩希望李向利再投，他坚持这次生意一定能做好。李向利不干，说还有几十万在别的地方做投资，一时拿不出来。陈轩前次卖过房，感觉有了经验，索性一咬牙，背着父母和郑佩儿，又将这旧房卖了。

海鲜馆总算是勉强开了起来。

生意确实不错，旁边立刻就有家菜馆也转了方向，比方做火锅的，搞成了鱼火锅，做湘菜的，加了海鱼煲香辣蟹。

快乐是偶然的满足，而且一定要在出其不意的时候袭来最好。这话陈轩有了感触。

他一直没告诉郑佩儿他在干什么，心里有疙瘩，怕做不成。卖房的钱最后还债的还债，退钱的退钱，索性连父母的首付款也还了。还剩了几万他们自己分期付款的数额，他全偷偷拿出来，扔进了这个饭馆。

终于做了老板。

站在装修一新的二楼窗口边，再看不远的风景，心头别有一番滋味。更多的时候，陈轩对自己还是充满了佩服，这么快就重新站起来了，他觉得很有必要让郑佩儿为此自豪一下。

开业前半个月，他每晚上都要在店里忙到十二点多。不好跟郑佩儿交代，他索性说自己回乡下老家了。两个人的信任目前有点玻璃状态，虽然透明，却也易碎。郑佩儿不会纠缠，去了就去了吧，她想，好歹他还会告诉自己。

何况陈春也这么说了。

这个问题上，陈春是帮陈轩撒了谎。

生意和人手的管理，渐渐就顺了。陈轩觉得有必要告诉郑佩儿了，他重新回家的第二天晚上，特意换了一身新衣服，下班去郑佩儿的单位门口等她。

郑佩儿和萧子君一起走了出来。陈轩的样子，让她觉得有点陌生，她仿佛第一次发现，他真的长大了很多。他突然就像一个中年男人了，已经褪尽了毛头小伙子的那身青涩。最明显的就是眼神儿，尽管他也为专门来接老婆有点害羞。换了以前，不是不做，就是做了也要说几句解嘲的话。可现在，他却一动不动，坚持含情脉脉地看着郑佩儿。郑佩儿好久没享受如此待遇，脸都红了起来。话也说不出来，倒是萧子君，推了她一把，笑道："看来，这二茬儿花开就是艳啊。"

陈轩带郑佩儿吃饭，事先跟酒店里的小丫头做了交代，就当普通顾客。两个人走进去，郑佩儿还在问陈轩："今天什么日子，想起请我吃饭？"

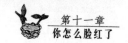

陈轩笑得平静："没特殊日子就不能吃了？先看看，环境怎么样？"

正巧坐在窗边，又是太阳刚收敛光芒的时候，水波拍岸，细碎轻缓，景色显得格外迷人，最重要的是还颇为温柔。郑佩儿忍不住，就将刚才的感动放大了一点。她看着陈轩，眼里有些厚实的情谊。陈轩立刻就心领神会了，伸出手去，就握住了她。

两个人喝着红酒，慢慢吃着菜，陈轩说郑佩儿："你脸红了。"

郑佩儿摸摸脸，笑笑。男人比女人容易忘事，她又想，因为她在陈轩的脸上是一点也看不出对许晓芸的留恋了，也许只是因为男人更会隐藏吧。说到脸红，她却轻而易举就想起了宋继平。和他这样的时候不多，但次次同样都会脸红。一次喝得多了，他在车上就要要她。她让他开到海边去，沙滩没有人。他揪她出来，一把抱在车头盖上。半夜醒来，涨潮了，淹了大半个车轮。她伏在他的胸口，将发丝绕在他的扣上——两个人激情起来，有着郑佩儿自己都不敢相信的疯狂。这种记忆的瞬间恢复让郑佩儿很是难过，心里又觉得实在对不起陈轩，她只好红着脸，又喝了一大口。

天渐渐黑了，风凉爽起来。沿河的地灯打在棕榈树上，婆娑袅娜。郑佩儿想想明天还有会，晚上有资料要整理，想早点回，可又不好意思说出来。她这才发现这么点小事，她也没法和陈轩开诚布公了。这都是她的不好，毕竟最开始是她整出来的错。幸好现在陈轩还不知道她和宋继平的事——她还能怎么着，只能忍着。她可不想和陈轩再生气了，这种感觉不好受，还不如离婚好受呢。

她不说回家，做出的样子又特别的兴趣盎然，陈轩就以为郑佩儿很是开心。他也不好打搅她的兴致，两个人就这么闲吃着，话也不多，一瓶酒就喝完了。

回家的路上，陈轩才问郑佩儿，对这个小饭馆的感觉怎么样。

郑佩儿说挺好的啊，她脑子有点晕，小饭馆的样子已经记不得了，就记得外面灯光流溢，河水轻巧。她心里老是忍不住有些伤感，斯人斯景，时间这么长了，为什么她老是这么放不下、丢不掉的。看来这个婚外情真是害人不浅啊，以前别人说她还不信，觉得不好了就是不好了，心收回来就可以了。这才发现，心这个东西，有时候还真像块抹布，在哪里抹一下，哪里的东西就沾上了。洗都不好洗。

时间这个东西，只能等它慢慢过去，对吗，继平？

陈轩见她不想多说小饭馆，就觉得有些委屈。再看她低着个头，心不在焉的样子，突然就想到了周明，是不是她又想起和周明的美好岁月来了？周明比他有钱，吃海鲜会比这个地方更高级，当然郑佩儿看不上这个小饭馆了。陈轩这么一想，吃饭前的那点男人的大气顿时就丢到九霄云外去了。他脸也变了，有点气鼓鼓的。两人打车回来，也就向家走的那一二百米路，他加快了步子。郑佩儿就有些踉跄，头晕，再想想一会儿还得整资料，心里难免着急，声音也大了起来："就不能等等我吗？"

陈轩语气冷漠："我先去开门。"

等两人进了家门，再打开日光灯，先前好不容易出现的温柔情怀好像就没有了。陈轩边脱衣服边进洗手间，说要冲个凉。郑佩儿则换了睡衣，赶紧就进了书房，打开电脑，将明天开会的资料再编辑整理一下。

陈轩再出来，见郑佩儿伏案认真的样子，心也就冷了。他站在门口想了想，一句话也没再说，干脆进了卧室。

两个人，现在倒是睡一张床了。他连台灯都没开，一副直接睡觉的样子。郑佩儿听洗手间声音停了，赶紧跑出来，站在床边，跟陈轩说："有个资料啊，我一会儿就弄完了。头有点晕，要不，你帮我编辑一下？"

陈轩明白她是来讲和的，想想折腾了这么一晚上了，不就是为了这一刻的温柔吗？也别扫兴了，于是跟郑佩儿说："行，我帮你。你快去洗澡吧。"

两个人各干各的事，心里又都温暖起来。坐在电脑旁，陈轩想："她懂事多了。"

淋浴喷头下，郑佩儿在想："他脾气好多了。"

待再一起上了床，就都有点失而复得的激动和感动。不用陈轩多动作，郑佩儿已经热了起来，脑子里虽然还会分神，但反应却是激动的。陈轩不由就很卖力，等做爱完，两个人都累了。郑佩儿乖巧地亲了亲陈轩胸口的汗水，陈轩就将她的头搂进了自己的怀里。

四周安静了，两个人却都没有睡着，却都各自以为都睡着了。突然，郑佩儿的手机响了，是短信。郑佩儿没动，她不知道这会儿是谁来的，但也不愿意多事再爬起来看。可陈轩却警觉了起来，他翻身，开灯，拉开抽屉找东西。虽然并不动郑佩儿的手机，可郑佩儿知道他这番折腾是为了什么。她不快地将手机直接扔给了陈轩："你帮我看看吧。"

陈轩却不接："这样不好。"他说，"我这点道理还是懂的。"

郑佩儿只好自己看，还得凑到陈轩的跟前，是萧子君的："良辰美景，春宵无限啊。"

陈轩皱眉："她是什么意思？"

郑佩儿说："今天下班看见你接我了，打趣呢。"

陈轩不饶："我们是夫妻，有什么好打趣的？"

郑佩儿奇怪陈轩的过激反应："夫妻就不能打趣了吗？"

陈轩恼了，终于说了出来："一定不是这么回事，她是在说你和周明吧。"

一声清脆激越的声响，玻璃终于碎了。郑佩儿冷笑："真是无聊啊，明天你自己去找周明对质吧。我要睡觉了。"

可是很快，就又被陈轩推了起来，他想通了："你是跟她讲过我们闹别扭的事是吧？否则她怎么会这么反应？你可真多嘴，这么讲自己的老公，也不怕丢人吗？"

郑佩儿看着陈轩，感觉他突然又换了一个人。她一字一顿地说："如果你这只是清算的开始，我们是否还需要继续？我们之间有多少事，互相伤害并且丢过人？"

陈轩愣住了。他闭了嘴。

重新再睡，谁都不说话了，连呼噜声，都没有了。

56

到明天，千叶就可以领工资了。

老石交代，试用期按计件来算，给了她一大本资料，让翻成英文，千字五十。千叶知道这是欺负人，却什么也不敢说。换了别人这本资料最少要干三个月，他们不过看她急着用钱，便拿个大活来逼着她快一点完成罢了。

这个亏吃得有点不明不白，却不能再跟郑佩儿讲。她已是求人，再挑三拣四讲条件，以后怎么做人？千叶多年没有在外面混了，心里格外珍惜这个机会，早去晚归，有同事耍赖，不做的事，她也应承过来。又要赶着拿钱，天天晚上便忙到三点多。

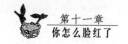

忙一点也好，忙一点好，她对自己说，最少，不用像以前，躺在床上干瞪眼。

接了母亲一起来住，儿子就多交给母亲管理。保姆辞了，日子突然变得简单了很多。母亲见她手里吃紧，劝她索性卖了房子，换套小点的，也不用将自己搞得那么拼命。千叶摇头，她心里还有期盼：宋继平也许会有一天回来，他们怎么可以搬走？

连续半个月，资料总算弄完了。七万多字，算算也有将近四千元呢，正好领了钱就过年。她心里竟有了好久没有的快乐和欣喜，想着带小志去买点玩具，给母亲再买套新衣服，宋继平家的老人呢？寄回去一千吧，随便这么一安排，竟也紧紧张张呢。

老石大概根本就没想到她会这么快就将资料翻译了出来，她递过去的时候，他甚至连接的勇气都没有。

这样的活，平时分给三个人，也要做几个月。当时给千叶，不过是想让她自己知难而退。这个年龄的女人，还出来找事，老石当然知道是萧自强的关系，萧总不好一口拒绝，坏人只有他来做。公司从没有过诸如第一个月计件领钱的说法，千叶好脾气地答应下来，老石心里就暗暗嘲笑：等着哭鼻子走人吧。

他看看资料，打印装订得倒是整整齐齐，其实这个步骤公司都可以做，她只要拿磁盘来就可以了。可见这个女人办事认真，老石不由为自己的前番刻薄惭愧起来，他问千叶："都你一人翻译的？"

千叶点点头，她不由有点紧张了，生怕老石看不上。

老石学外语出身，这么多年虽然业务荒疏，但一般的翻译还是能看得出来。这东西，就好像人吃饭一样，虽然不是厨师，但吃过的人，味道的好坏，还是很容易有个公断的。他草草看了看开头、中间和结尾的几段，就发现千叶翻译得很不一般，字词简洁，意思到位，公文形式，却不拖沓绕口，节奏感掌握得很好，竟完全是一个高手！

这让老石有点感动了，抬起头又看一遍眼前这个女人，安安分分的样子。他忘了告诉千叶，这个东西不用这么仔细翻的，但另一方面，他立刻想到，这个女人，放在这个部门可惜了，她的外语能力，完全可以去海外部负责项目的。

当然，这些想法，他不会直接就这么告诉千叶。他开了一张发票，签了字，让她去财务处领。可交给千叶前，他又改变了主意，他觉得如果仅仅给千叶这点钱，实在是太对不起她了。反正要过年了，他要把她的名字放进萧自强发特别奖金的名单里，到时候一起给她吧。下来最少也有小一万呢，让她高兴高兴。

他对千叶说："资料我再看看。你先忙别的吧。谢谢你啊。"

千叶的样子有点忐忑，她看见了开支票的那一幕，怎么了，他为什么又要收回去？

事实却是，老石按捺不住高兴，将资料送到了萧自强那里，可他匆匆忙忙，只说了一句："你好好看看，这个东西不错。"

他既没说不错的是英文翻译，也没说翻译的人是千叶，说完就走了。

萧自强不明所以，以为是项目资料做得不错，翻了两页，就放在了一边。

到了下午，千叶在公司主页上乱翻，突然发现资料里面有几个数据已经变了。她立刻找老石，老石在开会，听她说有地方要修改，就说在萧总那里。"你自己上去一趟吧，"他说，"他知道你的。"

老石话里的"知道"，是想当然地以为萧自强知道这份不错的翻译是千叶翻的，千叶想的，却是郑佩儿求了人才将她塞进公司的。她不由有点心虚，和萧自强电话里约的时候，声音就很不自信。

萧自强正好没事，想了半天，才想起这个小僵尸来。她要拿什么？哦，这个资料，什么意思，才交给老石，就又发现问题？这个年龄的女人，还能干些什么？看来男人不在家庭主妇的这个职位上开除她们，就是最大的恩赐了。

千叶进去时，他就黑着个脸，手边放了一本军事题材的书在翻着。他本来是不想答理千叶的，可千叶怯生生的样子，突然又让他来了兴趣。他说："坐一会儿吧。"

千叶听话地坐了下来。

"你和李红跃，认识？"

李红跃？千叶一瞬间没反应过来，突然才意识到这人肯定是郑佩儿的老板。郑佩儿跟她说过这事，但可没告诉她萧自强是李红跃的前夫。她不知道该怎么应付，说不认识吧，担心和李红跃那边说的不同，说认识吧，又怕他问出更详细的事情来。她想了一想，只好点点头，笑一笑。

萧自强对千叶的态度有点狐疑，又不满，怎么？还不想说？还保密？继而立刻做贼心虚地想到李红跃对她的女友都说过他的什么？会说什么呢？当然肯定不会是什么好事情，妈的，说了人的坏话，还让坐在我的公司里，干什么？打进来负责分化瓦解吗？

他一生气，就想得没了边际。而且，似乎已经看见李红跃的表情，嘴撇着，眉毛耷拉着，说得口冒白沫，手势横飞。内容嘛，不外是他和小姑娘上床，好色，流氓，不负责，忘本等等。天下的老女人，一想男人都一个德行。她们既做不到安点好心多理解他们，还不许他们去年轻姑娘那里找慰藉，这就是为什么世界上男女之间总是存在着不可调和的矛盾原因之所在。他搓搓下巴，想将千叶打发走了——他这里可是正规的集团公司，集团公司！又不是收留所，他凭什么连中年妇女都要呢？

这么想着，他的态度就恶劣了起来，决定先将那流氓表情挂在脸上，然后怠慢无聊地在椅子上转着圈。他问她道：“工作不好做吧？”

千叶说是的，有点吃力。

千叶的表情还是女学生似的，自觉地就将领导当了师长，羞涩，不多说，附和。尽管萧自强的样子很是不够尊重人，但吃人家的饭，何况还要领钱，她除了谦卑，还能怎么样呢？

天真的，无趣的良家妇女。

这个时候，她是不想宋继平的，她甚至为自己尤其是在困难的时候也从不多想他而感到自豪无比。幸好他没有给过她更多的宠爱，否则，她能经受住这些吗？她将裙子在膝盖处拉了拉，尽量将眼睛抬正，看着萧自强。

萧自强拿起了桌上的资料，摇着示意她走过去。说：“出了什么事？你上午才交给老石，下午就发现有数据要改。工作如果都可以这么做，大家还能有饭吃吗？”

见千叶要辩解的表情，立刻蛮横地打断她：“不，别跟我说原因。没有原因，这就是我的公司能走到今天的原因！你的部门很重要，老石是看你岁数太大，才没给你更重要的任务，可你还这么马虎地完成，有什么道理吗？”

“岁数太大”，这几个字太刺激人了，千叶眼眶里顿时就有了眼泪。她多委屈啊，可想了想，还是忍住了。的确，是没有原因。她交上去的时候，为什么没有提前先核对核对这些新数据呢？资料老石又没有一定要求上午就交，这个疏忽，严格地说，的确是她自己的问题。

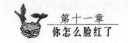

她不说话，自觉地站好，一副老实员工的样子。可萧自强却决定不将她彻底打垮，决不放弃，他举着资料，训孙子一样，口气格外的鄙视："你进来，我是看李红跃的面子。你要争气才对，不为自己，也为那个女人。你们这个岁数的女人了，说难听点，就是草根了，贴着墙角活才是正事儿。我是听她说你可怜才收留你，可你看看，第一次干活儿，就出这么个事。"

"对不起，萧总。"千叶听话说到这个份儿上了，知道就算再怎么着，她也不会再在这里待下去了。可最后的工作还是要做好，拿到钱，她一定二话不说，立刻就走。

萧自强觉得气也出得差不多了，让千叶来拿资料。

凑近了看，才发现千叶的眼里含着泪水，可硬是忍着，不肯掉出来。脸色煞白，眼睛也不敢抬起来，全身上下，竟有着说不出的动人。萧自强突然就愣住了，他已经多久没被女人的神态而不是身体所打动过了？那种埋藏在肉体背后的东西，一种"人"的东西，甚至让他有些不敢相信眼前这是个真人。

他有些忘形地突然就握住了千叶的手。

千叶吓着了，抽手后躲。萧自强醒了过来，再不说话，将资料交给了千叶。

门关上了，他有点发呆，将笔在自己的嘴唇上敲敲，再看看眼前不高的龟背竹，不知道该怎么办了。

57

陈轩没想到在周明那里竟会碰到萧子君。

这让他有点糊涂。他在郑佩儿那里见过她，知道她是郑佩儿的手下，一个不打算结婚的老姑娘。可今天看她这个样子，哪里是不准备结婚，简直就是准新娘嘛。乱花的薄毛衣，下身是条紧身的红呢裙。高鞠皮靴，头发很长，烫着，卷曲在腰间。和周明坐得也近，两人正看着同一台电脑，嘎嘎笑着。

陈轩是办事，正好路过周明这儿，又正好下了班，结果一打电话，竟然说在办公室里，他就直接上来了。

萧子君倒无所谓，伸手跟他握，还笑嘻嘻地问起郑佩儿："怎么没在一起啊？"

陈轩和郑佩儿结婚后，周明有好长一段时间愤愤不平。他的表现不是对陈轩和郑佩儿怎么样，而是过分地往自己脸上贴金。当然他生意做得好，跟突然做了市长的舅舅大有关系，也跟自己的胆大心细有关。他的女人缘也好，跟他的生意有关，同样也跟他越来越胆大心细有关。他总是在陈轩面前吹嘘追求自己的女人很多、钱也很多——不，应该不能说是吹嘘，事实是陈轩见都见过不少，走马灯似的，果真一个比一个漂亮年轻。

周明的那个网站他看过，可他并不知道那会是周明。这样的男人，在陈轩看来，是有点神经病的，恋爱搞得如此没心没肺，居然还有那么多的姑娘整天在上面转来转去，他很奇怪。关于这个问题，陈轩还很认真地想过，像这种将恋爱的条件和社会标准，甚至个人的成功，如此光明正大地作为个人条件展示出来，是否有点二百五呢？

现在再看，这事也还真他妈的就周明能做得出来——意料之外，情理之中啊。萧子君和周明对着电脑哈哈笑的，也正是这个网站。有个姑娘贴了张泳装照，可能泳衣质量有问题，加上阳光太强烈，下体的毛发竟若隐若现，周明哧哧地笑说："妈的。"

陈轩也凑过去看，突然觉得周明和萧子君很令人讨厌，人家贴这个，是看得起周明你，你瞧你什么态度。他张口就来："这肯定是故意的。涮你呢，周明。"

"不会吧，"周明和萧子君都不肯同意："谁会这么傻？"

陈轩是见过黄色网站的人，别说体毛，更那个的都贴得到处都是。他冷笑道："人家知道你开这网站，也就是因为好色呗。别看这姑娘人不大，男人的心理却琢磨得挺清楚。先用此毛引诱你，等你按捺不住，见一面，再用别的东西歼灭之。"

要不说周明脑子玩不过陈轩呢，以前玩不过，现在还是玩不过。他立即就当真了，不由有点害怕，椅子向后一退，仿佛那女孩儿立刻就会从屏幕里出来拉他上床一样："这样的女人，也太可怕了点吧。"

又狐疑地看陈轩："不会吧，人家才二十三岁，大学刚毕业，哪里会这么老练？"

此话陈轩倒没觉得什么，可对萧子君伤害却大了。二十三岁，大学毕业，就不会这么老练？莫非二十九岁，硕士毕业，就定会如此老练？这是什么狗屁逻辑？萧子君是什么人？她骂过的男人比见过的男人都要多，嗵地扑过去，立马在此网站搜索了一遍"二十三岁"。只见大小照片，立刻铺满了屏幕，这不看不知道，一看吓一跳，二十三岁的姑娘们搔首弄姿，现体毛者此处一看，竟然还算纯情的。

萧子君又搜索一遍二十九岁，没有一个！

她叉腰看着周明，那意思是说："怎么着吧你。"

事实上，萧子君敢如此欺负周明，也是因为周明的脑子不够灵活善变。征婚条件就集中在二十二到二十三岁的女孩子，二十八岁以上的几乎就没人来此。可他张着嘴，就是反应不过来怎么反击萧子君。陈轩看到这一幕，不由也大笑起来，萧子君拍了周明脑袋一下，说："你就这点可爱。走吧，我们请陈轩吃饭去。"

陈轩见两人果真亲密，尤其周明，竟将自以为是抛诸脑后，表现出难得的乖巧来，笑道："二位看来是有情况。"

却没想到周明跳出来先不肯承认："没有的事，你可不要乱说。我的婚事事小，坏了萧子君的名声事大，人家还要嫁人呢。"

萧子君刻薄道："我嫁人事小，周明对处女的追求可事大。天大地大，大不过一张处女膜呀。"

周明啧啧，鄙视萧子君的口无遮拦。"女孩子不要这样，"他说，"你要是能文静点，也许我可以不考虑膜的问题。"

陈轩说："你们就演双簧吧。"

周明站住，严肃道："陈轩，你可不能误会，我和萧子君，真的没什么。这事你家郑佩儿知道，我们俩还是她介绍的呢。"

周明提到郑佩儿，陈轩就有些沉重。一行人到了车上，萧子君才快人快语，说破实质："郑佩儿姐让我来给周明做参谋，顺便把我自己推销出去。郑佩儿姐说，他有钱，人又不坏，年龄也差不多，而且我好色，对男人的长相比脑子挑剔得多。周明正好符合这两点，有钱还傻且帅，所以呢，我就来了。"

她说着，看着周明笑："我这么说你，你好像还不太服气？"

周明嘀咕："有这么谈恋爱的吗？陈轩你说呢？"

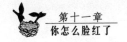

陈轩只是觉得有趣，想到既然吃饭，为什么不拉他们去自己的饭馆吃呢？以后也是个客户，两个人都认识的人多，于是就说："我带你们去一个地方吃海鲜吧。"

海鲜味道自然不错，重要的是，周明知道了这个馆子是陈轩开的。他立即欢欣鼓舞地说道："郑佩儿这下该高兴了。"

"为什么？"说到郑佩儿的高兴，陈轩却有些不太高兴，"这事还没告诉她呢。"

"还在冷战中？"萧子君喊道。

她可没想到陈轩对此是同样不快着，而且，她还乘胜追击，要将话再说透彻一些："哎呀，当初你们冷战，还是我给郑佩儿姐出的主意呢，都是误会误会。郑佩儿姐是想用激将法对付你，她可不想跟你分手。所以，如果你们还不和好，我的罪过就真大了。"

陈轩脑袋木了，越听越乱，这么说当初那纸合同，只是郑佩儿的激将法？

但时过境迁，就算是计策或激将法，剩下的寒心却是一样的。对面的两个人，听上去只当笑话和好玩儿，却不知道这其中经历了怎样的碎片。陈轩既不表现出恍然大悟，也无法表现出再多的原谅。他不置可否地笑笑，说："哪有夫妻不吵架的，关于这个，等你们结婚后，就知道了。"

周明又不自在起来，萧子君接了话立刻又逗周明："那你可得让着我。"

周明举手投降："好好好，让着你，不让着你还能行吗？"

萧子君得意地冲陈轩笑，让陈轩也有点乐起来："周明你现在就求婚吧，我给你借个戒指去。"

周明做暂停的手势："玩笑到此。我们为陈轩的新事业干一杯好了。”

陈轩也举杯：“你怎么知道这是新事业？”

周明笑笑：“郑佩儿告诉过我，她还想让我帮你找个活儿呢。”

又想起跟郑佩儿在一起的时间，不由有些落寞，对陈轩道：“你小子有福气，做女人不容易，别给她添麻烦。”

这又是陈轩没有想到的事，郑佩儿还有多少他不知道的事情呢？她会去为他求周明？周明人有点傻，不会掩饰，不用陈轩多问，就能看出他对郑佩儿尚存幻想。陈轩叹道：“男人一样不容易啊。”

周明说：“话是这么说，可女人吧，容易被一些细小的事情所纠缠，也许就更不容易了。”

萧子君听着，笑道：“周明，还该加一条优点：怜香惜玉，我喜欢。”

陈轩的话少了，一顿小小的饭局，让他头脑乱到心痛，他长长叹息：“我和郑佩儿，到底是怎么了？究竟曾经爱过，还是曾经恨过？”

58

千叶的钱终于拿到了。

不是四千，而是一万。这让她喜出望外，简直要跳将起来。

明天就放假了，红包还在陆续发放着。她是第三个被叫进老石办公室的。这让大家都有点吃惊，因为越靠前，说明钱越多。她才来一个月，说起来试用期都还没满，怎么就会有这个待遇？老石见她，笑得一脸慈祥，给了部里的红包，又拿出一个大一号的带着俗气金边的袋子来：“这是萧总给你的，他说如果不是上午有急事，这钱他会亲自发给你。”

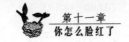

千叶脸红了，红得有点让她既高兴又羞愧。老石心情大好，见她窘迫，更是不由哈哈大笑：“你把我们都给震了，春节过后，也许会安排你更重要的岗位。好好干吧，也许很快，你就会是我的领导了。”

千叶摇手，急得要死，不知道该说什么。看老石只是笑，只好羞涩地说了句：“多谢啊。再见了。”

跑了出来。

手里捏着钱，还要去财务那领翻译费，过道不长，但因是特殊日子，大家的表情就都有些尴尬。有人高兴地掩饰不住，嘴里嚷着明天就去新马泰。有人则情绪不高，一口一个没意思，过了年就辞职。千叶嘴抿得紧紧的，什么也不说。

她不好意思大张旗鼓地高兴，只好躲进厕所里。坐在马桶上，想想跟谁分享这个消息，郑佩儿？她是想跟她说的，可是她总觉得宋继平这事，她的心态还没调整好。但又想这工作是她帮她找的，她拿了这么多钱，情理上最少该请她和李红跃吃顿饭吧。

算了，还是先打给妈妈吧。

这个日子不仅对千叶重要，对郑佩儿，对李红跃，甚至对萧子君，都非常的重要。明后天要放假了，过年了，这是一个联系家人、紧密亲情的日子。郑佩儿刚得到一个消息，想给陈轩一个惊喜。而李红跃，想邀伟哥一起出门旅游，去法国，计划了好久，这是个机会。萧子君嘛，不用说，目标当然是周明。她要利用这个假期，见见周明的家人。

四个女人各有心事，为千叶的事凑到一起，却也掩饰不住替千叶的喜悦。尤其郑佩儿，千叶一说拿了奖金，立刻就跳了起来。她是真高兴，千叶的努力，让她自己的负罪感也少了许多。“不要你请，”她甚至坚持，“我来为你祝贺，我请你。”

“不，”千叶不肯，“我要谢谢你们，一定给我这个机会。”

萧子君是郑佩儿带来的，算是蹭饭的。都说三个女人一台戏，这四个女人坐在一起，立刻就热闹了起来。李红跃、萧子君都是和千叶第一次见面，却一点也没有不舒服的感觉。千叶夸李红跃随和、亲切，郑佩儿便佯装吃醋，大喊大叫：“不许一见面就恭维领导的哈。”

李红跃吃吃笑着，和千叶碰碰杯，豪爽地立刻就说：“我那前夫怎么样？见过没有？”

千叶却不知道李红跃在说谁：“前夫？谁的？谁？”

李红跃笑，问郑佩儿：“你没跟她说过啊？”

郑佩儿摇头，冲千叶：“你们萧总，以前是我们红姐的老公。”

李红跃补充：“离了好几年了，他……怎么样，你也许刚去，还没见过吧？”

千叶哦了一声，说见过见过，又想起那天问起李红跃时，萧自强奇怪的表情，这算是知道怎么回事了。她说：“挺好的，没怎么说过话。”

李红跃摇摇头，笑着说：“没说话好，他可是狗嘴里吐不出象牙的。糟糕糟糕，人家好歹也是你领导了，不该这么说他。”

千叶呵呵笑，那意思是明白李红跃的心情，说：“要说谢，也该请请萧总的。这次奖金，还有一部分是他发的呢，听说公司里拿的人并不多。”

李红跃便吃惊：“当真？那你做了什么，受这么大奖？他那公司我知道，上上下下好几千人，能拿这奖金的人确实不多啊。至少你们部门就你一个吧，而且还在试用期啊。”

郑佩儿也乐："干杯干杯，千叶真是好样的。真给我们红姐长脸，这下萧总可没话说了吧。"

千叶问："萧总还说了什么？"

郑佩儿撇嘴："他呀，平生最恨老女人。这次让你这个岁数的女人进公司，不知道犯多大嘀咕呢。"

萧子君抢话了："你们说萧总的坏话，不看僧面看佛面啊，萧自强可是我表哥来着。他吧，也就好色点，别的毛病也不很多嘛。"

李红跃笑："也是，好色在男人，应该不算毛病啊。"

萧子君不同意："在女人，也不该算毛病。我说，难道你们没有好色过吗，看见漂亮的男人就走不动路的那种？"

郑佩儿哈哈大笑起来，对萧子君的这个做派，她可是太了解了："你和周明怎么样了，那可是个大帅哥啊。下手了没有？"

千叶感叹："世界真小，世界真小。这一说，我才发现你和周明可真是一对。他那样的男人，需要你这样的女孩子来管的。"

萧子君主动交代："还没拿下，正积极攻坚阶段。他对我的历史不满意，觉得不够纯洁。妈的，我还没怎么着他呢，还轮到他来挑剔我了。"

说着狠狠吃口菜，大口嚼着。其他人都笑，千叶说："有空我们一起，我来揭发他。不说别的，就光郑佩儿，他就很上心过呢。"

郑佩儿摇手："好汉不提当年勇。"

众女又笑，萧子君说："周明跟我说过，他对郑佩儿是很有些念念不忘呢。"

李红跃叹气道："女人真被动，难得见到萧子君这么勇敢大方的。"

萧子君得意道："那是当然。现在都什么时代了。对了，你们吃了饭，要不要跟我去一个地方？我带你们去看看新鲜的。”

她表情怪异，兴奋刺激，郑佩儿先猜了出来：“声色场所，声色场所。而且是男色，对不对？你那帮姐妹们常去的地方吧？”

萧子君点头：“怎么，不可以吗？男人可以看女人，女人一样可以看男人呀。”

李红跃哎呀大叫：“我真是老土了，怎么一点也不晓得呢。”

千叶也大呼小叫：“电影里见过啊，有男人跳脱衣舞呢。哪里哪里，我要去看！”

郑佩儿嗔道：“男人的好学不到，坏的东西学得还挺快。去就去，真有脱衣舞，就去看！”

好玩的是，等她们坐了车，急匆匆奔到萧子君说的酒吧时，却人满为患。不大的台面上是男模们表演的地方，一个男孩子正光着上身，扎根领带，穿条宽松的沙滩裤，下面的女孩子仿佛疯了一般，大声尖叫。李红跃几个显然在这里岁数大，也有点茫然不知所措。萧子君带她们坐到吧台前，稍微安静了点。几个女人要了酒，又碰到萧子君的几个熟人。郑佩儿放眼望去，酒吧里女人占了大多数，也有不少她们这个年龄的，倒也个个神色坦然，自然洒脱。李红跃笑眯眯地：“还是子君会享受啊，这个世界，总算找到了让女人感觉比较公平的地方。”

萧子君说：“是啊，就算是个形式，也不错啊。女人爱自己，爱的方式有很多种，学会享受和表达自己的欲望，也是一种啊。”

说着，她下去跳舞了，郑佩儿和千叶碰碰，和李红跃碰碰，温和地笑着。千叶几乎不说话，她的样子，显然是非常的不习惯。这种不习惯不仅仅是吵闹和酒吧这种场合，而是内心对此种消费方式的不赞同。她皱眉，紧张，抓着包，想回家。

郑佩儿笑她："怎么了，感觉自己变坏了？"

千叶点点头，说："是的，真有这种感觉。觉得自己有点坏，安静一点的地方，也许无妨，可这……"她指表演场地："有点色情业了啊。"

李红跃大笑："离色情还差得远呢，估计那样的表演要十二点过了才会有。"

郑佩儿看着千叶，带着怜惜和温柔："就想躺在床上？看书？"

千叶说："是的。"

她的声音里带上了凄楚，那些个躺在床上看书的夜晚，那洁白的床单，那温柔的灯光，还有耳朵里时时捕捉宋继平的汽车开到窗下的声音……都是多么遥远的事了啊。借着些微的酒劲，她想哭了，想落泪，想将生活最残酷和最精彩的东西，都倒进嘴里，然后，醉到心头。

千叶这个样子，让郑佩儿也红了眼圈。她注意地喝着很少的酒，搂住了千叶的肩膀。她甚至鼓励她喝，她希望她能醉，或者是替她醉，也好。

夜深了，李红跃和萧子君走了。郑佩儿送千叶回家。

千叶醉了，有点语无伦次。郑佩儿给陈轩电话，告诉她在千叶这里。完了又问千叶："今晚让我住你这里好不好？我们说会儿话。"

千叶醉中，却也明白要替郑佩儿说话，抢了话筒过来，无力地对陈轩说："你老婆，在我这里啊。今晚不回去了，特此请假，请大人放心。"

陈轩笑笑，听出千叶喝了酒，说她："你们不要发疯啊，早点睡吧。"

千叶对郑佩儿说："看，陈轩还是很会体贴人的嘛。你呀，是身在福中不知福呢。”

郑佩儿笑笑，在厨房烧水，冲了咖啡，拉千叶一起坐在大大的餐桌前。

59

郑佩儿三十四岁了。人到中年了，结过婚，出过轨，也差点离过婚了。忙忙碌碌风风火火都经过了，现在也可以不再那么忙忙碌碌风风火火了。以前找人办事低眉顺眼，现在也能理直气壮地替人办事了。有过被爱被宠中的剑拔弩张，也有过被伤被欺后的痛楚失落了。现在的她，是不是可以说点有沧桑感的话了呢？

说真的，这一年半载，让她经历了人生中最丰富最多样最意想不到的变化。她的心境，身体，感觉，信任，回忆，甚至理想，都被前所未有地冲击了一下。也不知道是不是这冲击的力量太狠，她突然就觉得脚步不再像以前那么坚定，腰身也不如以前那么挺拔了。她走起路来，没有了以前勇往直前的劲头，竟然开始东张西望了。她会想，这一步，要不要这么走；这句话，可不可以不要这么说。还有眼泪，她竟然在眼泪中尝到了从没有过的甜头，即便眼泪一分钱也不能带给她，一点也激发不起她的斗志，还让她第二天腰酸背痛，可是她竟喜欢上了哭。如果有机会，眼睛湿了，她就会让眼泪汩汩流下。

这在以前，怎么可能？

她一下就软和了。

与其说是和陈轩和好了，不如说是这软和劲让她没有力气再做什么了。她开始懂得珍惜，懂得感谢，懂得目光迷离的同时，心怀善意地看待生活了。

为什么凡事都要一定那么清晰、那么上进、那么坚定、那么勇敢呢？不清不楚，不明不白，似是而非，莫名其妙，不是也一样能消解人生的痛苦？

生活其实是精神的，不是物质的。她以前没有弄明白这个道理，她以为物质才是生活的根本，现在看来，生活的根本，还是精神层面的。希望也不是靠物质维持的，物质最多只能维持物质本身。有很多的东西，其实都可以维持希望：耐心，温柔，善解人意，忠诚，好好吃饭，踏实睡觉，甚至流行歌曲。她肯用手为怀里的陈轩梳理头发了，她不再需要顽强努力敏感了。只有亲密的人之间，才会有真诚的妥协和歉意。她愿意妥协，也愿意向陈轩表达她的歉意。

她甚至觉得，挣扎，混乱或者渴慕这样的东西，才是让一个人建立起精神支点和生活态度的动机。

过去的很多故事，都被她一点点想起来了。甚至陈轩无所事事的很多年，在她的记忆中，渐渐都成了一幅幅生趣盎然的画面。那些她曾经一直以为遗憾的青春时光，那对平白无趣生活的怅惘，原来其实都是极有生命的。

她无法拒绝这样的追怀，虽然像她在奶奶那里说的，遗忘比记忆更容易让人找到活下去的尊严和荣誉，但回忆，其实也有着令人无法抗拒的力量。在回忆中，她突然明白了一个道理，没有荒唐的发生，没有背叛和温存的反复，她怎能衡量出自己可以承担的幸福？

既然无法遗忘，那么就让记忆得到升华吧。

惆怅的，迷蒙的，美妙的，倾慕的，甚至还有冲动的。她觉得自己性情中发生的这些变化，和宋继平大有关系。那些非常态的性的冲动和细腻的爱抚，唤醒了她身体里沉睡多年的东西，那种晕乎乎的、无法控制的、哀婉的、略带爱慕的情欲，就这么溶解改变了她的人生。

性的暗示，有时简直就像命运的显现一样，令人吃惊。

她学会了像水一样，慢慢地去流淌，而不再像一棵树，要和某个男人肩并肩地站在一起。风吹来的时候，就用头顶的树枝儿相互致意。如果没有风呢，亲爱的，那就让我们无风也起点浪吧！

她是在等待陈轩的成长时，自己突然长大了。三十四岁的郑佩儿，就像一个发育迟缓的孩子，现在她才突然知道，自己需要什么，不需要什么。

她短发齐整，眉眼和顺。她的眼角，有了细小的皱纹，视野平静安详，再也没有了东张西望大惊小怪的那些东西。她穿着黑色的短袖上衣，领子简单松垮地立起。她现在的美，含蓄，有节，甚至有些保守和传统。但这是经历和个人悟性塑造出来的美，是她自己独特的美，任何人也学不了。

60

“这么说，”郑佩儿在说，“你知道了？”

千叶说是的。

两个人终于说到了宋继平。这个话题有点尴尬，却是非说不可的事情，郑佩儿的声音小而清晰：“对不起，千叶。”

千叶停顿，良久：“没关系，我不生你们任何一个人的气。我们……之间，已经很长时间，完全不像是夫妻了。”

郑佩儿：“嗯。”

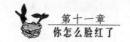

千叶说：“以前也跟你说过一些。有他在，我反而没现在这么轻松。虽然什么都不用做，可心里很累，仿佛拖着一个大山，走着看不到头的路。”

郑佩儿轻轻伸出手去，握了握千叶的手。千叶没有拒绝，虽然表现出了短暂的僵持。郑佩儿说：“我在听，你说吧。”

千叶说：“同情我？”

郑佩儿摇头，真诚地：“同情太廉价，千叶，我只有善意。”

千叶笑笑：“你跟他在一起……好吗？”

郑佩儿说好，“真的很好，宋继平让我成熟了很多，谨慎、独立，还有，承担过去的经历。他很优秀。而且，我还很想他……也许这和爱情无关了，因为知道不能再爱。千叶，你知道吗，有时候我甚至想，我愿意并能够再回到陈轩身边，竟和宋继平这一段很有关系呢。”

千叶问：“为什么这么说？”

郑佩儿在思考，尽量能表达出自己的感受：“因为这段感情，让我觉得世界大了很多，爱情变得比以前高贵，却没有过去那么重要了。我只是该学着珍惜平凡的生活，毕竟，繁华过后，都将尘埃落定。我们最后最想拥有的，不过只有心灵的宁静。你明白我的意思吗？”

千叶转过身，看着郑佩儿，突然温柔地笑了：“不明白。你这话，仿佛人之将死，其言也善，大彻大悟了啊。”

郑佩儿拧她一把：“我怀孕了。”

千叶脸色大变，她以为是宋继平的了，吃惊地看着郑佩儿。郑佩儿假装严肃伤痛的脸终于绷不住了，她笑了，掐了一下千叶：“是陈轩的。”

千叶笑了。两个人都笑了起来，尴尬的，解脱的，感伤的，无奈的，期盼的笑，一起笑出了眼泪。

情绪的颠簸终于过去了一些，郑佩儿先安静了，她轻轻问千叶："宋继平，他有消息吗？"

千叶摇头，眯起了眼睛："我不知道他在哪里。也许永远不会再回来了，也许避过风头，还会回来吧。"

郑佩儿将头靠在了千叶的肩膀上："女人，是多么可笑的动物。"

千叶摸摸郑佩儿的头发："不，是可爱，让人感动。"

郑佩儿笑，打趣千叶："甚至今晚在酒吧尖叫的女人们？"

千叶也笑："是的，她们比我们更加可爱。我只是不习惯，等习惯了，我一定比她们叫得更响。"

郑佩儿说："吹牛吧，你就。再好好回忆回忆自己乡巴佬的样子吧你，抓着包，弓着背，吓得一头的冷汗，呵呵，还叫呢。"

千叶大笑："以后会好的。我呀，过完年，要去海外部做个小经理，会经常有应酬呢，你就看着吧，我肯定会进步比你快！"

郑佩儿轻拍千叶的手："我希望你进步快，比谁的进步都快！"

第十二章

烂人老何

61

海甸岛的椰林路，有不少经济高潮时期建的小别墅。这里离海边不远，僻静人少，房价也不很贵，有不少台湾的生意人在这里买了房，然后包个二奶，当做临时的家。

二奶们没什么事，尤其台湾人三天两头回台湾的日子，就早上睡觉，下午打牌。晚上约了朋友去游泳或喝酒。李向利第一次开车带小怕兜风时，走过椰林路，小怕说："我就住那边。"李向利看一眼一幢幢黑糊糊的小房子，心里就一沉，这妮子，搞不好是个二奶。

给饭馆送海鲜的老何有个规模不小的船队。这有点像一个小小的王国，尤其当船和船缚在一起，清理维修的时候，白色的生漆刚刷上去，在热带灿烂的阳光下发出耀眼的光泽。下午，没客人来吃饭时，老何就坐在"双新"海鲜馆的二楼，嘴里咬着进口的雪茄，将一双不穿袜子蹬着廉价拖鞋的黑黑的脚丫放在桌上。他的眼神，时而迷离时而坚定，正仿佛看透命运的表情。陈轩就猜想，这家伙背后有着怎样的势力。要知道，码头处的黑社会力量是相当大的，这里利益牵扯太大，打鱼多是幌子，走私才是正道。尤其是前几年，出海的船只火并的事，常常发生。没有过硬的队伍和后台，怎么能将一个这么大的船队坚持到今天呢？

可是老何，对这些猜测是不置可否的。他的样子，是正经生意人的样子。他跟李向利的关系要更好一点，因为觉得陈轩有书生气，和他这样的大老粗有距离感。他用一种漫不经心的态度说起这个，仿佛受了多大的委屈，可又不太在乎。

陈轩不喜欢老何，直觉上觉得他没自己表现得那么粗糙，他是个有心计的人。老何不找他，他乐得自在。但他和李向利很好，常带李向利坐船出海。李向利甚至跟着他学会了嚼以前从不吃的槟榔，他狠狠地将它们啐在地上后说："妈的，老何真有趣。"

有趣的老何，其貌不扬，甚至粗鄙，可却有一个漂亮的妹妹，就是最近和李向利走得很近的小怕。

小怕高高的个头儿，南方人典型的宽额头，深眼窝，一个扁塌的鼻子，性感的嘴唇。这种美人的味道，比起那种端庄明淑的感觉，似更诱人。李向利见第一面，就被她迷住了。

他跟陈轩说："我觉得我恋爱了。好多年了，想一个女人想得肝都疼。"

陈轩戏谑地问："不想上床也想？"

"想，"李向利直言不讳："一想到见不到她，就难受得要死。"

"完全是小年轻时的感觉嘛，"陈轩说他："看来你是真的恋爱了，那姑娘，许人了没有？没有的话，你可要抓紧点。"

李向利点头称是："不像做了人老婆的样子，还小呢，改天我问问她。"

陈轩笑："那以后老何给我们海鲜，该打折了。"

李向利拍胸脯保证："这还会有问题吗？妈的我这就豁出去，献身了。"

小怕有个下午，突然来到了他们的海鲜馆，穿着一件斜裁的黑色薄裙，缎质、紧凑，屁股绷得圆圆的，很淡的绿色毛衣。她确实很有味道，妩媚的味道，全身散发着"请爱我"的信号。胸不大，却刚刚好，脸上有种孩子气的天真。她在跟李向利打情骂俏，手段老练，一句接一句的。陈轩旁观者清，看得出小怕对李向利，怕是没有李向利对她那么认真。

“这个女人不简单，”陈轩对李向利说，“和老何一样，不晓得背后身世如何。”

“会有什么身世，”李向利不满，“二十出头的女孩子。人家没怀疑我，我倒先怀疑起她来，这算什么。”

陈轩笑道：“你有什么好怀疑的，骗人都骗在脸上的。”

李向利也笑：“你小子忌妒我，我又不是真傻。”

陈轩难得见李向利爱到糊涂，便不再多言。一个人一辈子也就能体会一次爱情是什么滋味吧。李向利也不容易，少年时代就乱搞，年轻时结婚才两年，就掰了，又仓促再结，竟找一个老女人，一年就没兴趣，再离。他还没碰到过好女人吧，善良，纯真，把爱情看得比较严肃的那种。小怕算不算是呢？陈轩看她，正好她的眼风也飞过来，妩媚诱人。这个女孩子，啊啊啊，真是风情得很啊。

陈轩懒得再管李向利的事了。他看他像一个旋转的陀螺一样，不是和老何去海上玩儿，就是给小怕腻腻歪歪地打电话。再或者，干脆带了小怕偷偷地去度假村。李向利和小怕，是背着老何的，李向利说老何不许小怕找老男人。

“他居然说我是老男人，”李向利愤愤不平，“我有他老吗？”

可下一次，几个男人喝酒，说到岁数，原来老何竟真的没有李向利老。他不过是风吹日晒，看起来老一些而已。而且对小怕，他看得很严，晚上到了九点，不论有多热闹，玩得多兴起，他都要扭送她回家，亲自开车送回去。

所以小怕对李向利指到椰林路的房子时，李向利才会怀疑到她是个二奶。因为老何的家是在城中心的，一套一百五十多平方米的大房子，李向利曾经去过。还有一个老母亲，说着谁也听不懂的本地土话，撵着客人在表达着见到人的高兴。

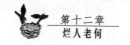

李向利忍着没问小怕，他想自己先把事儿搞清楚再说。

62

快过年了，对餐饮业来说，这可是一个赚钱的好时机。开业一个月来的情况表明，这个饭馆的思路非常正确，加上旅游旺季的即将到来，旁边不少店家也开始转方向，就着河海吃海鲜，逐渐成了一股风，陈轩眼见得要忙起来了。

门口的水箱还要增加，另外还得招一个做粤菜的师傅。陈轩要找个好的，李向利认为没有必要，铺面不大，没人会注意师傅的厨艺，海鲜多是打着边炉在吃，蘸料搞好就不错了。陈轩坚决不同意，他认定这里还会有市场，以后会形成一个吃海鲜的汇聚地。得在鱼龙混杂的小铺子里，赶紧将自己的名气打出来。

两个人在僵持，却转眼要过年了，厨师更难找了。陈轩想想也就放了下来，打算过完年索性去广州再找。

李向利却突然忙了起来，日夜找不到人。老何也来得少了，手下的人来送鱼，陈轩问他们老何是不是和李向利在一起，工人说应该是。原来老何竟还有个很大的赌场，就开在老城工业区的海边，“香港老板都提着蛇皮口袋来赌呢。”

陈轩一听就坏了，李向利这个家伙，不务正业惯了，饭馆刚开业，他可不敢这么胡来。到了半夜，陈轩终于在他的家门口堵住了他。见陈轩问得确凿，他也没话说了，自己承认四天四夜没睡了。又从车屁股后面拿出一个黑糊糊的旅行袋来，打开给陈轩看，竟然全是钱，银行刚取出来，封条都没拆。“你看，我们拼命干有什么意思，这多容易啊。”

陈轩揪了李向利的衣领:“你他妈的害谁都不能害我啊。再这个样子，过完年我们就分开，割清楚，老子不跟你这么混了。说老实话，动没动店里的钱？”

“没动，”李向利一把打开陈轩，“你看你那眼界，屁大一点。分就分，谁怕你。店里的钱，一个月才赚四千多，还不够我喝茶的。我动它干什么，你就守着那点钱去过吧。”

陈轩跟着李向利进到他的屋里，单身久了，房间散发着一股发霉的味道，脏袜子东一只西一只的。李向利一头栽倒在床上，示意陈轩坐沙发，陈轩严严肃肃地问他:“这店还开不开，你有没有什么打算？”

李向利望着天花板，想了半天才说:“要是我手气好，这店我就直接给你了。不想开了，过一阵儿，我带小怕去澳门或新加坡去。”

“干吗，”陈轩可没反应过来，“旅游？”

“旅什么游啊，”李向利喊，“定居、结婚。”

“哦，”陈轩奇怪，“到了这一步了？还非得跑那么远去定居、结婚啊？”

李向利摇头:“你不晓得，阻力太大，她也怕了。”

陈轩对这些事还真没经验:“我就奇怪了，跑得了和尚跑得了庙吗？不就是她的家人吗，老何，她那话都说不清楚的母亲，还有什么，她姐？她嫂子？小怕都多大了？而且你又不是干脆无药可救坏到骨髓的东西，怎么要搞这么偏激？我说你也是昏了头吧，那样的小姑娘，又不是再找不到，如果这么费事，还不如索性放弃算了。”

李向利说声“放屁”，从床上坐起来，抽口烟，“所以我需要钱啊，没钱可什么也做不了。跑都跑不出城。”

陈轩越听越糊涂，仿佛看香港电影。他也懒得再跟李向利耗了，站了起来："你呀，平时手机开着，没大事我也不会打搅你。我看你是被小怕搞晕头了，整得跟上海滩似的，赌博，赢钱，带着女人跑掉。你演戏啊你。"

李向利哼唧两声，想辩解，又挥手："算算算，你小子狗屁不懂。"

难得的南方的凉夜，陈轩手插在兜里，从李向利那里走出来。他看看时间，两点多了，无论如何得给郑佩儿说一声，手机刚打通，还没说话，后面就挨了一闷棍，昏倒前，只听见有人在说："下次挑你的脚筋。"

这条道不长，就是大路口，打人的人不多，最多两个，打完扔了棍子就跑了。陈轩的手机扔在一边，郑佩儿听得一清二楚，着急地一个劲在喊陈轩的名字。见没反应，又赶紧报警。等警车找到陈轩时，他正在慢慢苏醒。郑佩儿穿着睡衣，仿佛母亲见了丢失的孩子一般，哭叫着就扑了上来，一把抱住了陈轩。这让陈轩真没想到，他相信郑佩儿这是发自肺腑的，警察要做笔录，陈轩得跟去一趟，郑佩儿不肯撒手，结果就这么一起去了。路上，也不说话，就抽抽搭搭的，出警的小伙子不耐烦了："人好好的，钱也没丢，你别这么呻吟了好不好？"

陈轩笑，握了郑佩儿的手，对警察说："我这老婆，有点傻，吓坏了，就让她哭吧。"

说着，抱了郑佩儿的头，放在自己的怀里。郑佩儿靠过去，就乖了许多，两胳膊环着陈轩的腰，悄悄说："你才傻。"

陈轩的脑子渐渐清晰了起来，这两人，肯定打错了人。他们是找李向利的，一定是李向利在外面赌博，惹了是非。结果见他出来，将他当做李向利了。

想到这里，赶紧拨李向利的电话，妈的，这小子，又关了手机。

搞什么鬼名堂啊。

63

郑佩儿买了一个大头布娃娃，就放在柜子里。她想当礼物，等过年跟陈轩回他家时，再拿出来。老人一见这娃娃，就什么都会明白了。

这么设计着，对陈轩也就一直没有再说什么。两人回到家，天已经快亮了。郑佩儿昏昏欲睡，一直伏在陈轩的大腿上。陈轩抚摩着她的头发，眼眶有点湿润。他只想爱抚地摸着她，甚至车到了家门口，也舍不得叫她起来。

可郑佩儿却干呕了起来，一下子就收拾不住的恶心。陈轩一路追上楼，又是拿醋又是拿毛巾的，可就是没有想到会是怀孕。郑佩儿也没意识到这是孕期反应，只以为不过是没休息好的缘故。

幸好已经放假了，可以睡一整天的觉。陈轩果真不走，陪着郑佩儿。直到中午，两人才醒来。这失而复得的快乐，令陈轩和郑佩儿都有些缠绵。陈轩竟握了郑佩儿的手，吻了手背吻手心。郑佩儿安静得仿佛小猫，突然仰了头，对陈轩说："没洗手，咸不？"

这话有点搞笑，可这却也是他们可能恢复正常生活的玩笑。陈轩拧郑佩儿的耳朵："叫你煞风景。"

郑佩儿得意地笑了，跳下床，在房间里进进出出着："要该买年货了啊，先生。要不，我们就去你们乡下老家待几天好了。"

陈轩摇头："不，哪里也不去。这几天我会忙的，也许陪不到你。"

郑佩儿扭身看着他："你到底在忙什么？早出晚归的？"

她知道他在做事，可两个人一直没有找到合适的机会来说明。

陈轩觉得今天的机会该是到了，他也下床来穿衣收拾，一边对郑佩儿说："我带你去看看，你就知道了。"

外面阳光很好，南方冬日的暖阳。车过海甸桥时，陈轩看见老何的船队已经归港了，整整齐齐地排列在河面上。有动作快的人家已经在换船上的幡了，红红黑黑的布条煞是好看。郑佩儿跟着陈轩进了双新，有些奇怪："我们来过这里啊。"

陈轩点头，拉椅子让她坐下："想吃什么点吧。"

郑佩儿不点，吃不下，又怕扫陈轩的兴，就随便点了一个素菜。陈轩招手，服务员走过来。郑佩儿就觉得有些奇怪了，双方的态度和平时的顾客服务员可不太一样。"说是我吃，放淡点，不要香菜。"他这么说着。郑佩儿的眉毛便挑了起来。

陈轩看着郑佩儿笑，拿烟出来抽。郑佩儿反对："不许抽，闻烟味会吐啊。"

"好好好，"陈轩好脾气地收好，"那就不抽了。"

仿佛孩子般，相视而笑。女服务员来倒茶，开玩笑："老板和老板娘好幸福哦。"

郑佩儿终按捺不住了："谁老板谁老板娘？陈轩，你到底在做什么呢？"

"就在这个店里。"陈轩一脸得意，"怎么样？不过现在它还没有完全是我的。"

郑佩儿明白了："你的？"她想起来了，"这是你家的老屋，你看我多糊涂啊，这么一装修，我都认不出来了。你把它卖了，还是租了？"

"卖了，"陈轩说，"现在和李向利还在合伙，生意不错。他不太想干了，等过一阵，我就全盘下来。"

“这么说，你……现在是海鲜馆的老板？”郑佩儿仿佛还是不敢相信。

“是的，”陈轩笑笑，“怎么了？好像不太满意？”

郑佩儿想了想，直率地，“是不太满意。”

“为什么？”陈轩也直率地问，“身份低了？”

“不，”郑佩儿摇头，“我们刚赔了一笔钱，我只是觉得你不该急着做投资的买卖，而且看这情况，投资还不算小。”她边说边打量着周围。

陈轩解释：“卖房的钱，还借了一点。没跟你商量，就是担心你会不同意。尤其是借钱的事，该跟你说的。”

郑佩儿笑笑：“做了就做了吧。我只希望我们能平平安安的，最少这一年吧，千万别出什么事了。做生意有风险啊，怎么没见李向利呢，他对这个店不上心？”

陈轩说：“为什么是这一年？风险总是有的，干别的也会有。我是不想去打工，这个年龄了，一是难得会有人要你，二是即使是要，也是从最底层做起。你想想，我都多大了，跟大学刚毕业的在一起混，面子啊。”

郑佩儿不同意：“那千叶呢？人家还是个女的，以前还一直做太太呢。只要做得好，肯定会出人头地的。你就是眼高手低。”

两人眼看又要不高兴了，陈轩赶紧收了网：“好了好了，算了算了，不跟你吵。好好吃饭吧，来尝尝味道怎么样？你是老板娘，可以随时来吃的。不想做饭，电话叫两个菜也可以。”

郑佩儿哂笑：“走后门啊。这么做生意可不行。”

两个人吃了起来。陈轩给郑佩儿指着看窗外的船队，又说最近要过年，出海的少了，得多靠买养殖场的东西，价钱会贵，但生意也好。年三十的饭已经预定完了。

郑佩儿没说什么，她总是觉得有点忧虑，特别是在怀孕的日子里。听陈轩说到年三十，便说："我也有个惊喜要给你呢，等三十那天晚上吧。"

这顿饭看起来，两个人是真的和好了。

64

放假的第一天，千叶带着母亲和小志，在滨城最大的超市里买东西。

商店里人挤人，水泄不通的感觉。千叶在三楼给母亲买了一身很漂亮的衣服。老太太见她心情好，也高兴得很。小志的玩具在五楼，一家人在那里挑来挑去，又买了一堆。千叶看看底层，还想去买点过年的用品。"过年就这样，"她跟母亲说，"不到坐在年三十的桌前，东西不算买完啊。"

"可你也要给自己买身衣服啊。过年过年的，大家都穿新衣服才好。"老太太看女儿一点也没为自己打算，追着叮咛了一句。

千叶有点不好意思："我也要买吗，没必要了吧。这么胖，也没合适的。"

小志却喊了起来："买买买，我要妈妈买新衣服。我要妈妈漂亮。"

"呵呵，"千叶笑，"漂亮能干什么啊？"

"爸爸才能回来啊。"小志倒是毫不客气，平时难得听他说爸爸这两个字，今天竟这么顺溜就出来了。

一时千叶有些尴尬，也不敢看母亲同情的目光，抱着儿子瞧瞧，终于利落地说道："好，买就买。小志帮妈妈挑挑？"

三个人又返回三楼，看了半天，千叶挑了一件大红的外套，衣服样式很别致，线条又简单，很是大方可人。千叶镜子里自己看看，真和平时大不一样的感觉。服务员看着高兴，拿了剪子过来，就把后面的商标给剪了："就这么穿着吧，多喜庆啊。"

母亲和小志也喊："别脱了别脱了，真好看啊。"

千叶随和，穿就穿吧。准备再下楼去，老太太却累了："我可走不动了，这么多东西，人又多。我和小志干脆找个地方坐着等你吧。"

千叶想想也行，安顿了一老一小，给他们买了点吃的，就自己下去了。

这里果真最挤，连推车都没有了。过来过去的人和车子，个个都垒得小山似的。她在熟食柜台看看，想买点香肠面包什么的，手里拿着，却没地放，抱在怀里。旁边就有个人说："放我这车里吧。"

千叶听着声音熟，一看，居然是萧自强。他倒是有车推，可难得的是车里却没放什么东西。千叶不好意思，哎呀一声，脸都红了。说起来也是红得莫名其妙，可她确实是觉得有些尴尬："萧总啊，也买年货呢。真巧。"

"可不巧。"萧自强看出千叶不好意思，就干脆帮她把东西放在了自己的车里。两堆东西分了个界限："你尽管拿吧，我基本买完了，就推着车帮你装吧。"

"那怎么行，"千叶大感过意不去，"那我耽误你的事呢。"

萧自强态度极好："没事，我就根本没事，就在这里转转。东西都可买可不买的。"说着，又上上下下打量千叶："今天很漂亮啊。"

"那那，"千叶说了实话，"那你耽误我买东西啊。你在边上，我觉得压力大。"说着脸又红了。

“哈哈哈。”萧自强笑得爽朗，这女人可真他妈的可爱。真没办法，这可能就是缘分吧，一个其貌不扬，年龄不小，要身材没身材，要聪明没聪明的女人，竟让他感到这么的舒服和自在，“你呀，就当我是空气吧。我也说句老实话，一个人，在家里待着，无聊得很。这逢年过节的，最怕一人待了，我来这儿可不是买东西的，也就是看看人，凑个热闹罢了。你呢，要是这么不自在，我就拿自己东西先走，车给你好了。”

千叶感激地说谢谢。她可没想到萧自强这么善解人意。和李红跃她们说的可大不一样呢。

萧自强先走了。千叶左挑右拣的，一会儿工夫，又是一大堆。

终于出了门。一家老小三口，连小志都提了两三个大塑料袋，从超市出来了。可出租却难打了，人一拨一拨的，根本就没空车。千叶正在路边等，萧自强的车开了过来，笑吟吟地摇下了窗户：“来吧，我就猜你打不上车，专门等你半天呢。”

人的激情总是这样，于无声处时才最为动人。萧自强没学过心理学，可这么不哼不哈地做一次好事，顿让千叶心潮澎湃。她坐在了萧自强的边上，老太太和小志坐在了后面。萧自强打趣道：“都买完了吧？”

萧自强说着这样冠冕堂皇的话，自己也是可笑，可跟千叶，他是一点流氓腔也讲不出来，真没办法。千叶被萧自强这么一问，才想起还真落了一样东西：“葡萄酒没买。”

“那回去再买？我等着你？”

“算了，”千叶摇手，“家里没人会喝，买了也浪费了。我们就跟小志一起喝饮料吧，妈？”

老太太当然没意见。萧自强却听出来，这家没男人！

到了楼下，萧自强要下来帮着搬，被千叶坚决挡住了："萧总，你再这样，我就不敢再去给你打工了。"

萧自强说："你别拿辞职威胁我。我这不就是举手之劳吗？"

边上楼边奇怪自己："我还真成一新好男人了？我看我这是在努力改头换面再做新人呢。"

千叶招呼萧自强先坐着，自己去厨房冰箱里放东西。老太太可是什么都瞅出来了，自作主张地邀请萧自强："过年没事，就来这里吃饭吧。"

萧自强赶紧点头："没问题。"

打算走了，去厨房跟千叶告别："你忙吧。我走了。"

千叶送他，他自己又站住了："我说，我看你冰箱里那么多东西，年三十，要我过来帮着吃不？"

千叶脸又红了，"年三十，年三十，家人团圆的日子……"

萧自强笑笑："你也别紧张，我就这么逗逗你。我是一个人，你也不可怜可怜我。"

当玩笑说着，走了出去。后面一句话，千叶还真起了同情心，可再想，如果真请了他来吃饭，这可算怎么回事啊。他单身，她一人，完了还要守夜，家里老小肯定熬不住，他万一要熬呢，她还得陪着？

这可怎么是好？

咬着牙没松口。可萧自强真走了，她又有些不忍心，追到楼下，想留他吃了晚饭，可车已经开了。萧自强在后视镜里是看见她了的，有点手足无措的样子。他不仅摇了摇头，深深地感慨了一句："现在还有这样的女人，珍稀动物了。"

65

“该浪的时候浪一浪，该收手时就收手。”萧子君看到一个作家在书里这么写，她就在句子下面画条线，同时嘴里还嘟囔着念道：“选择一种安稳的生活方式，将年轻时的个性暗暗藏在怀里。”她看看自己的怀——有胸，但不大，牢骚道：“那也得能藏得住啊。”

就到年三十了。她无论怎么样，也得回到父母家里尽些责任了。平日租的房间，依然很乱，想到过年，她至少该将被子叠上一叠。

周明已经答应了，初四那天请她去他家里坐坐。虽然这个坐坐，带着很大的随意性，而且，还是在萧子君的再三要求下，他才答应的。周明的理由是：“过节家里人多得要命，大家除了吃就是在打牌，哪个会有时间跟你说话。还不如换个时间呢。”

但萧子君的目的又不是为了跟他家人说话，她要的是能去见见他父母的形式。他们打牌吃饭才好，至少不用太耽搁她的时间。她还有很多事情要做，跟周明一起旅游的梦想泡了汤，但不妨碍她参加中学的同学聚会，吃完饭肯定还有舞会！再顺便瞧瞧，当年谁还暗恋过她！

可是周明呢？

他可没她这么贞洁的想法——除了三天两头和网站上的应征者们吃吃饭外，他最近又和一个高瘦的女孩子整在了一起。竟是九零后的人啊！萧子君大喊：“你发疯了，以为我当真相信你那是忘年交吗，根本就是忘年性交！”

女孩子是艺校舞蹈系学生，才十七岁，细细的脖子扛着一个小脑袋。她倒不是周明网站上征来的，而是自己找来的，比私家侦探还要厉害。她也不说做女朋友，只是说想和年龄成熟、有社会经验的成功男士交往交往，汲取人生经验，放眼世界情怀。萧子君见他们一次两次，都没当真，直到在会馆中心的园林处，见到他们一起吃起冰激凌来，才意识到问题并非周明口口声声说的那样：忘年交而已。

女孩儿叫王小意，周明形容第一次见到她的样子：“像个小土豆头，眼睛水汪汪的，无辜得很。”

萧子君不晓得周明这份怜爱之心从何而来：“只是因为她的无辜吗？我看你是想做导师想疯了。”

周明反问：“想做导师有什么不好？”

萧子君奇怪：“她为什么不肯自己长大，难道你真以为就这么朝三暮四，就可以做她的精神领袖？更何况，这里究竟是谁在给谁下套子，看来也就你还迷糊着。”

周明恼火：“萧子君，我们俩现在是什么关系？你自己注意啊，还没定亲呢，何况，就算定了亲，结了婚，自由也是大于爱情的东西。”

萧子君气鼓鼓的，翻了几次白眼，终于想通了：“呸，周明，走着瞧。”

出了门，就关了自己的手机。周明打一次两次没人接，没当回事。到了晚上，就有些着急了，奔到她平时租的房子，房东说回家了回家了。周明不信，按萧子君独立的个性，她有难心事，是更不会回家的。而且周明脑子里已经幻化出镜头：喝醉了酒，躺在床上，最好还发了烧，叫天叫不应，叫地没人理时，他冲了进去，送进医院，再陪几小时，立刻化干戈为玉帛。如此低产出高效益的事，干吗不做？于是逼着房东打开门，房间里依然乱做一团，地上纸团、易拉罐扔得到处都是。还是房东眼尖："嚯，叠了被子。真不容易。"

萧子君竟真不在。

再打回她家，母亲也气鼓鼓的："说去丽江了，见网友去了。"

"丽江？网友？什么时候走的？什么时候回来？手机没带吗？怎么联系？"

萧子君的母亲说："哪个晓得她，她的脾气就是这个样子。说是六点多的班机，算喽，我要为她想，早就气死喽。"

萧子君的母亲是四川人，嫁给了滨城的老干部萧子君的父亲，现在退休了，一口四川普通话，听起来仍煞是有趣。可今天周明没心境，看看表，六点起飞，明显来不及了。再问最后一句重要的："男的还是女的啊，那网友？"

"男的，"萧子君母亲这次倒回答得痛快，"男人在昆明工作，请了子君好几次，去大理丽江玩儿。这次子君算是有时间了。"

"阿姨，阿姨，可不敢大意啊，"周明这回真着急了，"我这就去订去丽江的机票，网友骗子很多的，她要是一跟家里联系，你就立刻打我电话，把她的地址告诉我啊。但是别告诉她，我去找她了。"

幸好，去昆明的班机一天还有好几班，最迟的晚上十一点多还来得及。周明跟家人说要去云南，母亲不由大怒："说好要带女朋友上门的，还往哪里跑？"

周明说她跑了，我这就去找她回来。

抓了两件衣服，也懒得再跟母亲计较，提前两个小时到了机场。

才进门，就听见广播里在说，去昆明的六点的班机晚点到晚上十点。周明不敢相信自己的耳朵，又打回萧子君家里确定萧子君是坐的这班飞机，再跑去服务台换票。"就换这班的。"他指指点点。

服务员说要加钱："只晚一个小时，划不着啊。"

"那我再加点钱,你帮我看看有没有一个叫萧子君的客人在这一班机上?"

服务小姐终于明白他是为什么换票了,笑着说:"她在啊,原来是要和女朋友坐一趟班机呢。"

所以,当周明过了安检,在候机处见到萧子君正挂个MP3悠然自得地听音乐时,不由踌躇满志地笑了。他索性戴了墨镜,装作陌生人一般坐在了萧子君旁边。萧子君摇头点脑中,终于注意到了这个总想往自己身边凑的男人。她看他一眼,周明当然是我自岿然不动,她又再看他一眼,终于发现这人眼熟了。却不给机会,提了行李,扭身换了座位。

这可让周明没有想到,他以为萧子君看见他,就会迫不及待地扑上来呢,可她竟然当他做狗屎,远远地就走开了。

周明无奈,再想跟去,萧子君万一闹起来,会被人笑话。这女人做事可有点不管不顾,说轻点有个性,说重点就是神经质。他索性不再理她,只等检票上机。

两个人,都装作很不在意的一样,各干各的事,周明拿了手机,给王小意发短信。小姑娘挺逗,居然发来"想你在每个晨昏日夜"这样一句。周明抿起嘴笑,看了好几遍。

66

三十夜,终于到了。

一到下午,街上的人明显就少了起来。在家的,多已经圈了起来,围着餐桌,开始吃饭了。

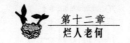

李红跃和伟哥，终于坐在了北京去巴黎的班机上。六人一排的大波音，李红跃累了，头靠在伟哥的肩上。伟哥的另一边，坐着李红跃的儿子，戴了耳机，翻着画报。伟哥也不说话，要了红酒在喝。又摇摇李红跃："我说，国际航班就是不一样啊，吃的喝的，种类这么多。"

李红跃恹恹地，声音不大，却很刻薄："你要吃遍所有品种吗？"

千叶戴着围裙，在厨房忙碌着。灶台上已经有不少菜了。她在准备最后一道，八宝饭。正在摆葡萄干和果脯。小志蹲在沙发边上，玩着玩具。老母亲已经穿了新衣，正儿八经地坐在沙发上看着电视。房间里到处洋溢着过年的气氛，窗台上有花，灯上绑了彩纸，角落的一盆金橘树，挂了彩灯和小礼包。她一边忙着，一边在想，眼前的生活，看起来似乎是可以继续下去了。

门铃响了。

站着萧自强，一身深色的西装，手里拿着一瓶红酒。千叶看着他，他也看她。

"我的头顶也秃了，左耳朵还老是耳鸣，"萧自强对千叶倾诉："在年轻女人那里，其实撑得很是辛苦。"

千叶先笑了，笑得弯腰，萧自强终于也笑了。两个人，一个门里，一个门外，如同孩子。

陈轩家里，年饭下午就开始了。房间里地方小，桌子摆在了院子外面。

老赵果真被郑佩儿叫来了。虽然陈轩的父母脸色不大好看，但看在郑佩儿的面上，只好不说什么。陈春坐在老赵的旁边，那态度很是坚决。全家举了第一杯后，郑佩儿说：“安静啊，我要给爸爸妈妈一个礼物。”

两个老人放下了筷子，等着。

郑佩儿从房间里拿出一个包装得很漂亮的小纸盒来，然后一层层打开，终于拿了出来。

是一个洋娃娃！

在座的，都似乎没有反应过来。还是陈春的女儿晓晓聪明，立刻大叫：“舅妈要生BABY了！”

陈轩的母亲捂住了嘴，激动得话都说不出来了。老父亲连声说好，赶紧举杯：“早该如此了，早该如此了。”

只有陈轩，愕然的眼光，非常复杂，吃惊、不快、不适。看得出，他是在忍着，他似乎并不觉得这个消息，是多么让人高兴的事儿。

丽江，大街小巷，却如下饺子一般，人多得要命。

萧子君终于和周明坐在了一起，酒吧，好不容易才发现了座位。热，吵，周明埋怨萧子君：“都是你干的好事，年饭也不好好吃。自找苦吃。”

萧子君心情倒是不错，左顾右盼地：“入乡随俗吧，别拿老爷派头了。”

周明手机有了短信，看看，自觉给萧子君交代：“朋友的，年夜问好的。”被萧子君一把抢了过去。看完这条，又翻前面的，终于看见了王小意的那条，周明也想起，要抢来不及了，萧子君冷笑：“还晨昏日夜地想呢，我给她发一条回去吧。”

周明大喝：“别胡来。人家小姑娘，受不得刺激。”

萧子君说："哦，小姑娘受不得刺激，老姑娘就可以是吧。你看你什么境界啊！"

两个人，又吵了起来。

窗户外，有人骑着自行车在四方街晃悠而过，嘴里唱着英文歌曲"sleep in heavenly peace"。街边所有的酒吧里，都是人影幢幢，玻璃上装饰着红绿白的圣诞色还未褪去，远处的流水，就着潮湿的雾气，黑且冷地远遁了。

第十三章

怀孕反应

67

过完了年，陆陆续续，人们的神情紧张了起来。重新上班的时间终于到了。

可郑佩儿发现，她却上不了班了。

一起床就开始吐，马桶——枕头——沙发——马桶，这几乎成了一个圆。她匆忙地在几个点上奔跑，甚至更多的时候，连床都爬不起来。终于，挣扎着到了办公室里，推开门，先是“呕”的一声，继而径直去了洗手间。

然后就在沙发上坐下来，大口喘气。

李红跃说:“这是怎么了？我还没见过反应这么大的呢。这才第几个月？”

平时关系再好，可李红跃是老板，就有老板脾气，尤其郑佩儿连续请了三天假后，她忍不住了：“吃点维生素B吧。”

她不晓得郑佩儿吃什么都吐，喝点水苦胆都能吐出来。郑佩儿见她不快，知道工作肯定耽误了，但这个孩子，她能不生吗?

千叶坚决不同意:“不能再等了，一定留下来。你不生，以后会后悔，这是女人一生该计划的东西。”

郑佩儿也没想到事情会这么糟糕，但最糟糕的还不是这个——更多的时候，她在想她坚持要这个孩子，是因为陈轩的态度，让她伤心。

他不肯要孩子：“没有做好当父亲的准备。”这是他对郑佩儿的话，但对李向利的实话是:“根本不想要孩子，做了父亲，就真的老了，一辈子捆住你，让你不得喘息。”

见郑佩儿反应这么剧烈，他更有理由了："你不吃不喝，他也没得营养。这样的孩子生下来怎么办？"

郑佩儿说："医生说没有问题的，一般一个月左右就会过去。最多三个月。"

她没有告诉陈轩，检查后的结果是，这孩子还非得要不可。她的卵巢有点问题，如果打掉，以后再怀上将会很难。

陈轩不满："可是你看看你现在，什么都做不了了，这算怎么回事啊。"

郑佩儿知道陈轩在烦躁什么，她做不了饭是小事，他尚可以去外面吃，可他无法容忍郑佩儿在家里吐天吐地，他就得守着她。还有很多讨厌的事，医生不许同床，其实就算医生允许，郑佩儿也消受不起——陈轩埋怨道："刚凑到一起，又得分床。"

郑佩儿脸黄黄的，她也火了："你究竟是在为什么而烦恼？"

陈轩实话实说："他把我的生活搅乱了，当然要烦恼！"

郑佩儿吃惊："他是一条生命，从无到有，当然不会那么简单。如果你连这点搅乱都无法忍受，以后孩子出生后，还得陪他一生，又该怎样？"

陈轩一听郑佩儿这口气，便仿佛岁月倒流，前些日子的烦恼，全涌上心头："这事不能你一人做主！"他喊道，"我至少有一半的决定权，我告诉你我的态度，我不要！你现实一点吧，我们现在拿什么来养这个孩子？"

郑佩儿又气又急，萧子君说得没错，男人总是这么自私，不讲道理。好久没爆发的战事再次突起，郑佩儿大喊道："好吧，你不肯要，我自己生下来。"

可她头天才喊了自己生育的话，第二天上班，就被李红跃炒了鱿鱼。

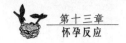

关于这个问题，李红跃甚至比陈轩更为现实，一副公事公办的表情：“你这样太耽误工作了。回家吧，我给你一笔钱都可以，但这样明明不能上班，却硬要坚持，是绝对不可以的。”

郑佩儿心怀希望：“那可以给我多久的假期？”

李红跃看她，语重心长：“没有假期可言。你做这个工作时间这么长，知道一天都不可以拖沓的。怎么可以给你几个月的假期呢？”

郑佩儿听得明白，这是要自己走人了。虽说劳动法规定女人有权享受产假，但这个时候，就看出李红跃私人老板的嘴脸了。她是不肯让她请假的，即使一个月也不肯，郑佩儿呢，还不晓得自己要扎挣到哪一天。这些日子，她稍微感觉好一点，就到处或电话或上网打听或查询，结果发现三个月都是常事。她立即怀疑李红跃也做了调查，否则不会对她这么没有信心。

一咬牙，回家就回家。反正这个过程早在意料之中。到了这个时候，郑佩儿才相信了自己内心最女人的那一部分，当听到医生劝她将孩子保留下来的那个瞬间，她就决定了一定要留下孩子。生育是女人的本能，即使以前，她曾对有没有孩子是那么的满不在乎。

陈轩的态度让她伤心，李红跃的决绝又是一重打击。这个孩子的到来，顿时令郑佩儿感觉到有些手足无措。她拒绝了李红跃给她钱的提议，工作呢，当然是交给萧子君。李红跃见她二话不说就收拾东西了，内心也有些不忍：“没事给我们电话，还是很想知道你的情况。等孩子大点，还是有机会出来工作的，到那时看我的公司发展情况，欢迎你来找我。”

李红跃没有将话讲死，郑佩儿已是感激无比。虽然知道再过几年，情况又不知道会是怎样。萧子君说：“给你钱个行吧。”

郑佩儿笑："喝水都没法子，怎么饯行？钱先省着吧，等孩子生出来后，给我们送套小婴儿装好了。"

郑佩儿失业失得有点灰溜溜的，加之刚在陈轩面前立了豪言壮语，更不敢多说。陈轩不满，这天晚上回来熬了点稀饭。郑佩儿在床上卧着，他便一勺一勺喂给她吃。郑佩儿又捂了嘴，跌撞着向洗手间跑。陈轩一把将她截住，拎了一个小脸盆来，让郑佩儿吐在里面。"去做手术吧，"他又说了，"就算为你自己，也许你是一个不适于生孩子的女人呢。"

他以为他这是聪明，却没想彻底惹恼了郑佩儿："怎么叫不适于生孩子？你凭什么如此瞧不起人？"

陈轩经过了前番折腾，现在的绝对优点是：不跟郑佩儿对着干。至少不再直接对着干。

他说："我是苦口婆心你不听，非要吃点苦头才好？你看吧，我可是查了资料的，说你这样反应强烈的，三个月内保住的几率很低。"

郑佩儿当头敲过去："住嘴，不要乱说！"叹口气，这才告诉陈轩医生的话："如果以后真的不能生孩子了，你不遗憾吗？"

陈轩头摇得如同拨浪鼓："正合我心。我一点也不怕。"

郑佩儿骂道："你没人性啊，现在说如此大话，等岁数再大点，你就会非常想的。"

两个人，为这事，分歧日大。

三天后，战火又起。郑佩儿半夜突然扯着枕巾被头痛哭不已。陈轩怎么问，也问不出来。她只是咬着被子，死死不肯说话。陈轩摸摸枕巾，已经湿了一大片。"哭成这样了？"陈轩害怕了，"说话呀，肚子疼吗？"他以为是郑佩儿流产了，伤心了。

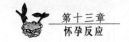

忙抱紧，又摇又晃的："告诉我啊，哪里不舒服，还是做了噩梦。"

郑佩儿只是哭，嘴紧紧闭住，头摇得如同拨浪鼓。那样子，仿佛含了多大的委屈似的。陈轩无奈，又心痛，只好一遍遍地去亲吻，吻了脸蛋吻肩膀，吻了肩膀吻胳膊，终于撬开了郑佩儿的嘴，抽搭着："我我我，我想吃包子。生煎的，热的，皮还是脆的。"

陈轩顿时傻了眼："姑奶奶，三点一刻，哪里去找生煎的，热的，皮还是脆的包子？"

郑佩儿说："知道找不到才哭的，想吃得不行了，枕巾上流湿的都是口水呢。"

陈轩这一看，没话说了，只能下床去买。便民店里应该会有，或者永和豆浆，那里有小笼包，可没见过生煎的。"小笼包行不？"他问郑佩儿。

郑佩儿摇头："只想吃生煎包。"

"煎包太油，"陈轩已经找到了永和豆浆店的电话，想让他们送过来，"我再给你要一碗皮蛋粥好了。"

"不，"郑佩儿看出了陈轩嫌麻烦，又摇头不止，哀哀地哭了起来。陈轩想："这害月子要是这个样子，也真是太可怕了。罢罢罢，买去吧。"

果真没有生煎的、热的，皮还是脆的包子，豆浆店也不肯随便改了食谱。最后陈轩自己跳进灶台，好说歹说，让厨师将蒸好的包子在平底锅里汆了一下算了事，包好，赶紧打车回家。进了门，郑佩儿睡着了。

摇醒，让她快快趁热吃，谁知饭盒还没打开，她已经开始吐了，说味道太大，闻不得。陈轩简直要气疯，按他以前的狗脾气，掀了桌子都有可能，但这次，只是一抬手，将几个包子扔出了窗户。

郑佩儿大哭，又羞又恼："这孩子，我自己要，不要你管。以后我的事，也不要你管。"

说着，已经搬了被褥，又往小书房去。陈轩接过来，说："行行行，给我给我，反正都是二进宫了，习惯了。我呀，我再管你我不是人！"

两人叭地各自关了门。陈轩一边铺着地铺，一边嘴里嘟囔："没人帮你，我看你能坚持多久，自己就做掉了。"

说着，一屁股坐在了褥子上："就是不想要，就算双胞胎，就算都是儿子，也不想要！"想了一想，又自问道，"可这是为了什么呢？"

时间，会带你走，你呢，也会带走时间。几年前，那个一起去找麻辣烫的夜晚，是再也回不来了。

68

李红跃的公司，伟哥来办事。萧子君坐在郑佩儿的位置上，正手忙脚乱中。见伟哥进来，热情招呼："嗨……"

伟哥奇怪："郑佩儿呢，你怎么坐她这里了？"

"郑佩儿啊，"萧子君照肚子比画了一下，说："怀孕了，回家了。"

伟哥"哦"了一声："休息了，那什么时候才来？生了孩子？"

萧子君摇摇笔杆："NO，NO，NO，人家不干了，她孕期反应太激烈了，没法工作，李总就……"照着脖子做一咔嚓状。

伟哥眼睛睁大："开了？"

萧子君点头："是呀。所以说呀，女人做点事可真是难，要么别生孩子，要么就直接自己做老板。"

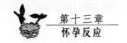

伟哥发愣："郑佩儿呢？没闹啊？就这么走了？"

萧子君奇怪地看伟哥："她闹什么？又有什么好闹的？"

伟哥想想："这样不对，怎么可以这样，太没人道了。"

说着气呼呼地就进了李红跃的办公室，进门二话不说："你这个女人真是太自私，让人心寒。"

李红跃莫名其妙："我怎么你了，说我自私？"

伟哥继续恼火："自以为有几个臭钱，就可以为所欲为啊。"

李红跃有点愣，以为春节去法国旅游的事她给伟哥出钱的事呢："怎么了，你游也游了，玩也玩了，埃菲尔铁塔下相也照了，又要来我这里找平衡啊？"

伟哥最恨李红跃这么说，登时气得要死："你这个无法理喻的女人。在骨子里你一直以为谁用了你的钱，你就可以对谁为所欲为。看来我看人没错，不过这次不是说我自己，是说郑佩儿的事，你是不是把她给开了，就因为她怀孕？"

李红跃听是这事，便重新坐下，不屑一顾地："我是要给她补偿的，可她没有要。"

伟哥真的发火了，脸红脖子粗的："郑佩儿跟你这么多年，忠心耿耿，又能干又体贴，你竟然说开就开，何其毒也！"

李红跃冷笑："我这儿不是慈善机构，换了你做老板一个样。别在我跟前说大话了。"

伟哥恼火，这个时候，他的书生气让他不说不行，可说出来自己也觉得有点傻，只好迁怒于李红跃："你真的就开了她了？"

李红跃坚决地："是的。她反应太厉害，根本没法上班。等生完孩子，最少还得休息一年，难道要我一直等着她？"

伟哥依然生气："你太没人情味。"

李红跃逼进："你告诉我怎么做才有人情味？"

伟哥说："给她假期，等休假完，让她重新回来。"

李红跃鄙视地嘲笑他："拜托，我不是比尔·盖茨，有大把钱我也愿意做仁义之人。我这是小公司。一个经理助理，一天都不能没有的。一年一年项目变化也大，我怎么可能停下所有业务，痴痴地等着她？不懂，就不要乱说好不好？"

"难道你们不也是很好的朋友？"

李红跃见伟哥红了脸，他可能还以为问到了节骨眼儿呢，真是书呆子！不屑道："这跟好朋友有什么关系吗？"

伟哥摇头："我不知道在你眼里，我会是什么下场，或者我对你有什么用途，你又拿我当什么来看？"

李红跃手支下巴，看着伟哥："这么说，你是兔死狐悲？"

伟哥气愤："我是觉得你做人不地道！"

李红跃冲他摇手，意思是不想再纠缠："我说帅哥，你别胡搅蛮缠好不好？我这里是公司，有具体切实的管理条例，不是私人作坊。郑佩儿自己做这么多年，该怎么争取自己的利益，难道她会不懂？"

伟哥真的生气了："李红跃，我老实告诉你，我最讨厌看你这副女老板的样子，一身真理在身，世界在胸，气贯长虹的气魄。有几个臭钱，就可以不解人意，不解风情，一被招惹，就拿出女光棍的嘴脸来。你以为所有的人都是你的小厮啊？"

李红跃索性放了笔，停下工作，指对面的椅子让伟哥坐："难道我拿你当过小厮？"

伟哥不坐，而且已经恼火到准备随时彻底分手："你根本就趾高气扬不尊重人，这已深入骨髓，不是一天两天可以改变的。不要跟我说什么小厮不小厮的话题。不错，我是为郑佩儿打抱不平，可更是想让你看到自己的飞扬跋扈。你做事，一句话，人情味太差！”

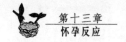

李红跃发愣，她已经觉得这场谈话有些棘手，但不知道该怎么办才好。她不想多说，只想快点结束：“你今天来总不是专门找我说这个的吧，我们先说我们的，郑佩儿的事，以后再说。或者叫了她一起来说好了。”

“不，”伟哥犯了牛脾气，“你真让我失望。也许在你的眼里，我也不过是一个根本不值得珍惜的人罢了。我没什么跟你好说的了。”竟转身走了。头都不回。

李红跃发呆，发怒，扔了笔：“莫名其妙！”

想想，又怒：“真他妈的神经！珍惜？什么叫珍惜？什么叫不珍惜？我怎么了我？”

站在书柜旁边，凑玻璃前当镜子看自己：“果真只是因为没法看了吗？他这是干什么啊？真的只是因为郑佩儿的事？伤自尊了？”

百思不得其解，想想，索性拎起电话：“郑佩儿吗，身体好点没？还不行？嗯，多注意点，有时间我们坐坐，喝喝茶？不，没什么事，就聊聊天，可以吗？”

69

郑佩儿不给陈轩撒娇了，她坚持打理自己的生活。在陈轩的面前，她总是很高兴很平静的样子。可是她心里知道，越是这么高兴这么平静，她就越是要想着要呕吐的事情，越是想着汗淋淋的衣服。陈轩在饭馆里很忙，尤其是晚上，他总是坐在那里守着。他对手里的这份事情，小心翼翼，用心过了头，但隔一会儿，仍然给郑佩儿打个电话，问她要不要吃点什么，海鲜粥，或者是什么水果。

白天的郑佩儿，只要她躺在床上一动不动，胃就不会有问题。一站起来，甚至会头晕目眩得地板都要竖立起来。她赶紧躺下去，睡觉。可是能睡着吗，当然不能。她的心里，总是又绝望又充满了胜利的快感，可是偶尔，到了傍晚，她的身体会轻松一些，没有那么肿胀的感觉了。她小心地喝点水，咽下去，发现没有问题，就又小心地吃点饼干，就着水吞下去。还是没有问题。于是她站起来走两步，肚子突然就感觉到饿了，食欲大增，会立刻跑下楼去，买一堆吃的。

她不能多吃，吃多了依然会吐。但心情，会因为能站起来到处走一走而感到快乐起来。她走到楼下的街道上去，肚子还没有起来呢，可她知道自己是个孕妇，满大街只有她是个孕妇。这是个呼之欲出放在嘴边的秘密，她可没有那么好的耐心，能做到密不透风。她走进了一间光盘店，店门口挂着一串风铃，她用手指一点点划过那些碟片，老板说，你要什么，是电影，还是音乐？

有关于怀孕的碟吗？她说，这是她第一次跟陌生人说怀孕的事情，而且还是个男人。它多少有点奇怪吧，但老板并不觉得有任何诧异。他的眼睛，看着她的时候，就像她曾在很多女人身上看到的男人目光一样：平静，冷漠，公事公办。总有一些女人，是会引来男人这样的目光的，连一点点好奇心都没有。仿佛只是一个物件。现在她明白了，怀孕，真的只能是个秘密，一旦说出了口，她的身份，相貌，体态，动作，甚至地位，都立刻发生了改变。就像某种怀孕或哺乳期的动物一样，她的身上，再没有她自己独特的东西了。她融入了一个女性的群体，这个群体的重要标志就是没有自我，生育工具，哺乳用品。女人嘛，至少在怀孕和哺乳期，是对其他男人没有兴趣的，这从她的脸上就能看出来。

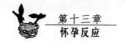

佩儿从自己的身上，想到了其他的女人。那些生育完，很多年后依然一直保持着怀孕表情的女人，又是怎么回事呢？重新进入另一种工具状态了？这样的想法，让她有些害怕和担心。当然，还有一些女人，很容易就从这种状态中出来了，她们眉眼灵活，顾盼生辉，但又难免不那么自信。

怀孕的碟？哦，孕妇操，有的有的，老板想起来了，只是他一定忘记了这样的东西被放在了什么地方。没有几个人会到这里来买这个内容的东西的。孕妇操，孕妇保健，自我检查，孕妇食谱，一套呢，好几张，你等等，我给你找找。

他搬来了一把椅子，椅子不大稳，站上去，就碰到了头顶脏兮兮的吊扇。一边找，一边嘴里还跟她说着话。还有一套婴儿的，出生后怎么护理，怎么做小衣服，给孩子吃什么，一起买了吧。

好呀。郑佩儿说。她的心情突然就特别的好。觉得自己总算在无穷无尽的无聊呕吐中，找到了美好的意义。小店里就她一个顾客，电视机里正在放着一盘类似健身的录像，一排穿得很少的年轻女子，神采飞扬地踢腿扭着屁股。

她拎着碟回到家里，可是吃了两口东西后，胃就又不行了。她在沙发上坐下来，可又不知道该看什么，又觉得这样的东西，无论怎样，总是该和陈轩一起看的吧。难道他真的一点也不想看吗？她可不信。

于是，碟并未拆开，就放在茶几上醒目的地方。

到了晚上，陈轩回来了。郑佩儿看到他将两套碟都拿在手里看了一看，然后又小心地放下了。什么也没有说。

她立刻委屈起来。觉得他的动作和无语，真是够伤她的。陈轩也不解释。其实在心里，他想的比什么都简单，他只是不想大惊小怪地给郑佩儿再增加压力了。而且，他觉得看这样的影碟，其实是一点用也没有的。

70

说来也奇怪，突然一天早上起来，郑佩儿就仿佛完全变了一个人一般，一点也不恶心了，胃口突然大开。动作轻巧，心思稳妥，大脑非常清醒。心里充满了快乐的感觉。整个人，就像小鸟在外面的叫声，可以一个音符一个音符地跳跃起来。

之前的她去了哪里，真的有过那么一段糟糕透顶的日子吗？她简直不敢相信自己了。

她梳了光鲜的头发，长发盘在后面，插上一根漂亮的簪子。神清气爽地坐在桌前，喝着小米粥，泡菜放在描金的小碟子里，还有花生米和咸肉。她小心翼翼地伸出筷子，夹起一块肉先尝尝，居然没有任何异味，一点一点，全吃了下去。

然后是馒头，肉夹在馒头里，又煎了一个鸡蛋，做了国产三明治吃。

她吃得缓慢而认真，肚子就像一个无底洞，在等着她去一点点填充起来。过去快两个月的折磨，终于熬到头了。是孩子饿了吗，还是他自己也闹够了？终于和妈妈有了相依相靠的念头？

陈轩起床迟了。十点多，从自己的小房间里出来时，见饭桌上，放着久违了的早餐，而且花样不少，房间里是浓浓的煎蛋味。郑佩儿呢，一脸的满足红润，正在洗衣机前哼着歌放洗衣粉。她整齐、干净，头发利落地盘在后面，身上，竟然穿着一件粉红色的孕妇裙！

她是什么时候买的？带着娃娃气的，颜色柔和的孕妇裙。

陈轩不由站住了，他已经多长时间没有看见郑佩儿这个样子了？穿了孕妇裙的她，身材稍稍有了变化。往日没怎么注意过的腰身，终于能看出圆润了。走几步，似乎也有了鸭步。最主要的是，她的神情，一扫以前的娇憨急躁，竟突然就有了中年妇女的沉着和安详。

这令陈轩吃惊的同时，多少有点感慨。郑佩儿突然转过脸，让他去吃饭时，他竟有些不敢再多看她。可心里，却实在是有着些些的喜悦的。

第十四章

孕期不许离婚

71

只是陈轩在家里的喜悦和高兴，刚进饭馆，就顿时烟消云散了。

刚刚到中午，正是吃饭的时间。这里中午人不是很多，为了做点生意，他们会卖些盒饭。李向利和往常一样，并没有见到。陈轩一进去，就见老何坐在靠门口的一张桌前，两条腿无礼挑衅地搭在桌面上。旁边还站了两三个小厮，一副打手的样子，正等着他。几个服务员也不如往日说笑着和他打招呼，低眉顺眼之间，竟有掩饰不住的惊慌。陈轩不明所以，和老何点点头，敷衍道："找李向利？"

"找你。"老何的口气，和平时比倒没什么大变化："他完蛋了。"

"完蛋了？"陈轩一时没意识到什么："完蛋什么，出什么事了？"

自从陈轩那天晚上替李向利挨了那两棍后，他就很少再见到他了。李向利向他保证，他再也不会赌博了。而且答应他，最近这段时间，就会很快将账结算给他。他们不再合伙。但他要将手里的一些生意忙完。

陈轩的心里，其实一直是为李向利紧张着的。此刻见老何脸色不对，他似乎突然明白过来，李向利一定是出了大事了，而且，和这个饭馆关系密切。他也有点慌了，李向利可能并没有停止赌博，而且他赌起来数目庞大，难道输掉了这个馆子？

果真，老何抽起了放在饭桌上的两条腿，站了起来，扔给陈轩一张纸："李向利把馆子押给我了。"

陈轩努力沉住气，没有接纸，说："这不是他一个人说了算的。我有一半的股份。"

“所以我才来通知你一声，”老何的样子，完全流氓无赖，根本不将陈轩的话放在眼里的样子，“就是这个店全给我，也不够。我呢，只是要你来签个字。”

陈轩大怒：“你凭什么？我又为什么要签这个字？”

老何对后面的两个小伙子示意，他们拨了电话便递给了陈轩。陈轩疑惑地拿过来，立刻传来李向利惊慌失措的声音：“陈轩，陈轩，我求你，我的命在你手里，你答应了他们，签了吧。钱我以后保证还你，你相信我。”

陈轩闭了眼，他最怕的就是这一刻，这个冥冥中仿佛悬在头顶的剑终于要等不及地落下来了。李向利声嘶力竭的声音：“我和小怕的命，捏在他们手里呢。”

“小怕？你和她在一起？”

“我是和她在一起，”李向利声音破破的，似乎嗓子被什么东西捣烂了一般，“她是七哥的人，我动了她。”

“七哥是谁？”陈轩仿佛听天方夜谭。

老何在后面说话了：“谁惹了七哥，都不会有命的。那小子和小怕现在都等于完蛋了，他的铺面存在不存在也没有任何意义了。你签了字，我才会安排他们上船渡海。否则最迟今晚，七哥的人就到了。”

陈轩听得蹊跷：“小怕不是你的妹子吗？你怎么连她也害？”

老何冷笑：“我是帮七哥看着她的，她是七哥的女人。什么妹子不妹子的。七哥不在大陆时，她竟然敢找别的男人，还要私奔，纯粹找死。”

陈轩还是不信：“那你帮他们跑掉，就不怕七哥知道？”

老何突然就发怒了，站起身，摔了椅子：“他们不跑，七哥会追杀他到海底！到时候，别说李向利和那个女人，你这个合伙人，也未必会有什么好果子吃。”他把纸戳到了陈轩的脸前，“你好好看看，这点家当，值不值得保这么几条命？”

陈轩手心冒汗了，“这点家当”，听听他说的，对他可就是倾家荡产，“我没见到李向利，怎么相信你？”

老何冲后面的小厮摇头，一个人立马出去了。“我带给你看，”他说，“你该认得的。”

短短十五分钟，陈轩如同生死考验，虽天够热，可冷汗还是出了一后背。他脑子里翻江倒海，等前番出去提了黑塑料袋再进来的小伙子一露面，他立刻要瘫软到桌下了，声音嘶哑得自己都辨不出来——这才知道了李向利的声音为何会变得那么恐怖——“拿纸来，我签了就是。”

李向利的左手他认得，手腕处的一处刺青还在。已经发紫的手心，软绵绵地写了两个字：“救我。”

陈轩趺撞着走出店门，这才知道除了一条命，自己再次一无所有了。

事情来得如此突然，让陈轩神情恍惚。他好像一个跟头，又回到半年以前的某种状态中，心会咕咚一声就落到脚底，手都来不及够起来。丢了心，整个人就不再是他了，大脑一片空白，他不知道自己是在走路还是站着。曾经所有熟悉的东西，一个刹那，都陌生得跟他一点关系也没有了。但这还不是主要的，主要的是他害怕，他的心里，充满了恐惧。他想做点什么，却什么也想不起来，只好去洗手。水浇在皮肤上的感觉是真实的，可是手总是很脏。他在洗手的时候，脑子里又浮现出李向利的那只手来。

他蹲在墙角呕吐，吐出的东西惨不忍睹。李向利的手，老何死鱼一样的眼睛，那张皱巴巴的纸，他连再回头看看的勇气都没有了。阳光下，他开始鼓足勇气，使出全身的力量，向家里走去。他看看自己的手，还在，惨白，无力，毫无缚鸡之力，河边有小叶榕和草地，他几乎是晕倒在了树下。躺倒、昏迷、痴语、生活残酷，突然变得如此无聊沉闷令人失望至极。

为什么一个小小的瞬间，就足可以将人毁掉？命运实在是太脆弱了。

他不知道该怎么办，可熬到黄昏，还是拖着脚步，一点一点回了家。郑佩儿刚拉开门，他就将她一把紧紧地抱在了怀里，贴在胸口处，让她的身体，压住他的心脏，能感觉到心脏一下一下在跳。这个时候，在陈轩的心里，几乎只有郑佩儿是最能安慰他的那个人了。仿佛救命稻草般，他抱住她，其实是更想让她抱住他。郑佩儿什么都没有说，立刻拉着他坐了下来，然后让他伏在她的胸前。陈轩如同孩子，顿时痛哭流涕。郑佩儿吓着了，可她只是一边搂住他，用另一只手的手指插进他的头发，缓缓抚摩着他。

陈轩渐渐安静了下来。他很快就为自己的失态而惭愧了。他长长地叹气："对不起，佩儿，我出了点事。"

郑佩儿坐在他的边上，温柔地，指望他能主动说出来。

可陈轩却噎住了，想想突然就没有了的三十多万元钱，他真的是跳楼的心都有了。窗外黑夜渐浓，他却不要郑佩儿开灯。突兀的一句话竟是："我们离婚吧，佩儿，我再说一遍，孩子你去做掉好了。"

郑佩儿惊呆："你在说什么？出了什么事？难道就是因为孩子吗？我告诉过你，孩子我一定要生，不要你管！"

陈轩脱口说出离婚的话，是想到自己的境遇。可说出来，竟觉得也许这才是解决问题，而且可以不牵累郑佩儿的唯一办法。神情也突然地开朗了起来："离吧，佩儿，我们分开。不要孩子，你可以过上更好的日子，否则拖累太大，你会恨我。"

郑佩儿不明所以，见陈轩说得平静而自然，只是气恼，催着陈轩问到底出了什么事情："大不了饭馆赔了钱，你何苦这个样子，又说这丧气话呢？"

陈轩苦笑："说得轻巧——大不了赔了钱。不是大不了赔了钱，是彻底没了，什么都没有了。"

郑佩儿也吓住了，可她不敢火上浇油："没有了，从头再来好了。"

陈轩摇头，不想跟郑佩儿再说什么，他的绝望，带上了很多自残的成分："离婚吧，求你成全我。让我疼得彻底点好了。再说，我们的合同，也该到期了吧。我呢，不仅一无所有，还折腾了这么多，离吧离吧。"

合同，亏他还记得合同。郑佩儿眼泪冒出来了，只是摇头："孕期妇女，不许离婚的。"

陈轩从卧室的大床上爬起来，向自己的房间走，看着她，疯癫癫地笑："孕期？你别胡来了，这孩子，会不会根本就不是我的？"

他是想刺激郑佩儿，可话未免实在太过恶毒。郑佩儿再也忍不住了，抓起手边的一个花瓶就扔到了地上："陈轩，你想离开我，不用找这些借口！你做事失败，不要承担不起，拿我发泄！告诉你，孩子我是生定了，出来就做亲子鉴定！"

陈轩关了门，一下扑向自己的地铺，长久地不发一言，泪水塞满了他的眼眶。他的表情，复杂，绝望，苦笑中眼泪缓缓流了下来。

72

陈轩突然就成了一个没话的人。

几乎和以前完全不同了的一个人，报纸散乱地扔在地上，他在大大小小的招聘启示上画满了标记。虽然和郑佩儿又闹掰了，可这次却比上次理智很多。郑佩儿不跟他说话，早饭却给他做好，陈轩还没吃完，见郑佩儿又进了厨房，便赶紧跟进去，占了水池，抢着洗碗。

他的样子，也越来越有居家男人的味道了，旧旧的汗衫，松松垮垮地穿在身上，头发蓬乱着。这背影让郑佩儿看得既心酸又宽慰，岁月，是一把多么锋利的刃，无论谁都脱不了会被改变的命运。

陈轩，少了曾经的意气风发多了妥协和随和。郑佩儿，少了鼓着劲疯长的大土豆样多了忧郁和胆怯。中年啊中年，生活的海面，不再是惊涛骇浪或一望无际了。他们仿佛才开始注意到，原来海水还有下面，深不见底，越往下看，就越深不可及。曾经快乐、无忧的往事，都有点太遥远了。他们甚至都想不起来了。

结婚这么多年来，彼此的两个人，从没有像现在这么理解了对方的心境和处境。虽然，他们都并不能很清楚地讲出来。但那种感觉，就像一阵风吹过，卷起了落在路边的树叶，叶子跟着风在跑，好像在风里获得了灵魂似的。

他们各自的风格，有一部分被悄悄地掩埋了。谁都不知道它是怎么消失的，曾经的机智，任性，撒娇，天马行空，突然就变成了就事论事，沉默寡言。这当然让人悲哀，令人感伤，甚至会有些令人害怕。可是，谁现在敢不说：郑佩儿成熟了，陈轩也成熟了呢？

人的成长史，可能就是踩着一串死亡的名单向前走的吧。圣诞老人是第一个死去的，任何一个孩子，知道圣诞老人不存在时，他都会失落，但也是心智开始成长的一个标志。死亡的名单里还有很多：信任，无忧，缘分，依赖，地久天长……但同时，这个名单又会加上很多新的东西：宽厚，沉默，孤独，等待……

郑佩儿不知道的是，陈轩常常在她的后面默默地看着她。她鼓起的腹部，弯腰时扶着椅背的样子，不经意间只有孕妇才会有的表情，都让陈轩感动而震撼。

他们话很少，可这样的注视却实在是多了起来。日子和情感，突然在他们沉默的注视中变得温情牵念起来。

陈轩出门了，郑佩儿就拿起他看过的报纸看他在寻找什么，装修公司监理、酒店公关、业务经理、工程管理、报社发行人员。郑佩儿看得心惊肉跳，难道他发疯了吗，怎么会如此毫无选择？

可事实却是，越是这样的工作，越是更不好找。陈轩一没经验，二年龄偏大，学历又高，薪水无法安排。他如此无功而返白忙几天，才发现自己过去几年，实在是没有攒下任何吃饭的本钱，的确是一无所长。想想以前郑佩儿说的话，怎么没有道理？

这天上午，陈轩又出去了。郑佩儿看着报纸，是一个外贸公司的业务员。现在外贸多不好做，郑佩儿感觉很是担心。但再看地址，竟觉得这家公司有点熟悉，去翻了翻名片夹，居然还真找出来了一个人，叫刘洋，曾跟郑佩儿一起吃过饭，是总经理助理。总经理是香港人，在滨城的时间待得并不长，所以刘洋说话分量很重。郑佩儿想起他是宋继平曾经的熟人，自己和宋继平的事，外人多并不知道。辗转无奈，时间又紧，只好咬了牙找到千叶，索性开门见山地说："千叶，恨我也罢，觉得我脸皮厚也罢，我只能求你了。"

千叶听了郑佩儿的话，倒觉得无话可说了："我这就找他。"

千叶立马找了刘洋，报上名说是宋继平的夫人。刘洋关切地问千叶宋继平是否有消息，千叶说没有，直截了当地问他是否公司在招人，自己有个同学，不知道能不能照顾一下。

刘洋哎呀一声，说面试刚结束，又问叫什么名字，千叶说了陈轩。刘洋说看见了，这个人已经录取了的，而且主动要求即刻就可上班。

千叶大松一口气，连声道谢。刘洋踌躇片刻，说还有备注呢，岁数大了点，工作经验也少了点。但还算稳重。你了解他不？

千叶听这话里的意思，陈轩最后是以"稳重"取胜的，便连连说道："是我的同学，人不仅稳重，还颇有头脑。你以后用顺手就知道了。"

两个人又寒暄了一会儿便结束了。千叶立刻给郑佩儿汇报回去："录取了，我电话前就录取了。你猜刘洋说陈轩什么？"

郑佩儿高兴得要哽咽："真录取了？太好了。他说什么啊？"

"说他稳重！"千叶笑，"你家陈轩，居然给了公司这个印象，不错啊。他能给人这个印象，可真是不容易。"

郑佩儿也笑："是啊，是啊。我买菜去，等他回来弄点好吃的。"

千叶说："别激动啊。他可是要求就上班了，晚上才能回来。你看，陈轩进步真大，突然变了个人似的。毛主席怎么说，人是最重要的。钱少了没关系，还是人关键，对吧？"

郑佩儿捂着鼻子，流泪："谢谢你，千叶。你真好。"

千叶打断她的话："别啊，我可真没帮上什么忙。你最近怎么样，身体还好？"

郑佩儿点头："不恶心了，肚子显怀了。"

千叶高兴："那就好，一定要好好吃饭，注意营养啊。"

郑佩儿听话地："嗯。我晓得。"

陈轩晚上回来，脸上已轻松不少，手里提着一个袋子，直接进了厨房。郑佩儿却依然不说话，饭已经做好了。他讨好地说："买了排骨。"郑佩儿装作没有听见，只是将菜放在桌上，陈轩看看她，也不说话了，三下两下洗了肉，丢进高压锅里。

饭菜好了，郑佩儿坐下先吃。两个人的冷战在这个排骨汤渐香的傍晚，显得有了很多的温情。汤很烫，陈轩盛在了碗里，边吹边端了上来。"以后……你要天天喝，说这个补钙。"

郑佩儿沉着个脸："我的事不要你管。"

陈轩说："反正我天天买，你要不吃我就扔。"

郑佩儿不答理他，陈轩自言自语："明天要放黄豆和党参什么的。"

郑佩儿干脆地："我不吃党参，那味道不好。"

陈轩见郑佩儿接了他的话，立刻高兴了起来："我找到工作了，外贸公司。一个月后就能转正，做得好有提成。"

郑佩儿翻翻白眼看看他，想说话，又憋了回去。陈轩笑笑，也不计较，只是拿了郑佩儿的碗过来，给她盛汤。又打肉，郑佩儿喊："吃不掉。"

陈轩说："吃不掉也得吃，不给你吃，给儿子吃。"

郑佩儿没好声气地："谁的儿子？你不是说不是你的吗？少跟我来这一套。"

陈轩并不回嘴，却也犟着不认错。他只是自觉地洗了碗，又跟着郑佩儿坐到跟前，手里拿着削好的苹果："吃水果。"

然后自己进了书房，开电脑，现在他真的开始学习了，资产评估方面的书籍，他想考评估师了。

郑佩儿眼睛看着电视，吃着苹果，神思实在有些恍惚起来。陈轩让她感动，她不知道这以后的僵持怎么继续下去，可他的话，却又实在伤她太重。一想起来，就觉得无论他怎么做，她都不会原谅他了。“咔嚓”狠狠一口咬了苹果，嘴唇也抿了起来。

陈轩看书很晚，郑佩儿早早睡了。他出来上洗手间，将郑佩儿关了的门打开来，说：“我们门都开着，半夜有事就叫我。”

似乎知道郑佩儿不会答理他，去厨房倒了杯水，端进来放在床头：“要喝就喝，别起来了。晚上天黑，走路要小心啊。”

仿佛要验证陈轩的话，半夜，郑佩儿真的叫了起来，惊异害怕，虽然声音很小，可陈轩却听见了。他慌慌张张地跑了出来，嘴里嚷着：“怎么了，怎么了？”

台灯开着，郑佩儿手摸着肚子，神色有点惊慌：“他动呢，踢我了。你看你看……”

衣服撩了起来，陈轩凑过去，手摸过去。郑佩儿突然想起了什么，刷地将衣服放了下来：“不许你看！”

陈轩笑，完全的大人不计小人过：“为什么不许我看？这是我儿子，我还要跟他说话呢。”

不说这个还好，一说郑佩儿的气就更不打一处来，她用力推他：“你走开，这不是你的儿子，跟你没关系。”

这话太直白了，在感情上打击度够重。陈轩也恼了，觉得自己努力半天，郑佩儿竟然一点也不领情。他站了起来，忍着不说一句，转身进了自己的房间。

这态度又让郑佩儿有些伤心，两个人都头枕着胳膊，睁着眼睛。

半夜，只有风，是房间里的活物，从这扇窗帘吹到另一扇窗帘。

月光很好，洒了一地。

第十五章

陈吉星来了

73

陈轩这个公司，人不多，总经理是香港人，但总部却在美国。那边接了订单，发邮件过来，公司再开始陀螺一般忙起来：供应商、核价、跟单、货运。陈轩这个年龄的，业务员里已经没有了，多是大学刚毕业的学生。陈轩刚进去一周，就知道这是为什么了，一旦要熟悉业务，就必须常年在外面跑。这次是跟部门经理去浙江，而且说走就走，陈轩只能来得及回家拿两件换洗衣服。

看着郑佩儿，他很不放心，嘴里嘟囔着："记得一定要熬排骨汤喝。要不，你去我妈那里住吧？"

"不，"郑佩儿不肯，"我没事的，你少管我。该干吗干吗去。"

两个人一说话，还像吃了枪药似的。可话里话外的关心，却都接受了。陈轩知道郑佩儿是让他放心去出差，叮咛道："你每天晚上八点给我一个电话吧，如果平安，响三声就挂掉，好不好？这样我们都节省话费。我到点儿就等你这声音。"

"不。"郑佩儿犟着，心却已经软了。

可陈轩等不及做工作了，只好投降："那就我打，还是三声，我打回来，你没事的话，接一下就放掉。有事，就赶紧跟我说，好吗？"

郑佩儿掉了眼泪，说不出是为什么。又怕陈轩担心，转过身去。嘴里还硬着："你是监视我，不放心我！"

陈轩看看她，无奈，叹口气，索性走了。

留在房间里的郑佩儿顿时有些笼中困兽，打着圈转。一会儿索性进了书房，看看陈轩桌上放的书，又慢慢地躺到地板的褥子上。枕头里有陈轩头发的味儿，她嗅过去，慢慢闻。再起来，想起什么似的，奔到自己的房间，在床头柜里翻出了以前的日记本，找了个盆，端进洗手间，打着打火机。

看都没有再看，就烧了。

这段清贫萧索寂寞的日子，让郑佩儿想起了很多年前，跟陈轩“私奔”的那段时间。靠山的小城，不知满足地做爱。那个夏天，酷热，干旱，他们还年轻，知道彼此深深相爱。身边仅仅带着几件衣服，窗户打开，街上就飘进来浓热的气息。两个人都很快乐，没有想过未来会是什么。她喜欢躺在他的胸口上，跷着小腿，长久地说话，仿佛能这么说着话，就可以天长地久了。对爱情的伟大或别的，他们都没有更多的奢望，只是深深地喜欢这样平静的亲密。出了房间的门，就可以看见小城四周丑陋的一面，黝黑的房屋，铁丝网包围着一楼的窗户，开败的蔷薇花，散发着微臭的味道。

他们还一起唱歌！

一首特别老的歌，陈轩喜欢唱，他的嗓音好极了。他已经多少年没有唱过了吧。郑佩儿呢，如果不是这突如其来的记忆，她也早就忘记了陈轩的这个特长。“深深的海洋，你为何不平静，不平静就像我爱人，那一颗动荡的心……”我爱人，听听，这样的词，多么的深情款款啊。他们的歌声总是轻轻的，声音中忧伤的残片，在那个陌生的小城里，一阵风就吹散了。那时的他们，谁都没有一颗动荡的心。他们紧紧地依偎在对方的怀里，感情牢固得就像一座大山。只要相爱，什么样的困难不能克服呢？动荡这样的字眼，怎么会属于他们？

是什么时候，开始了动荡呢？他们都不是鱼，游入海底后，却因冷暖自知而分道扬镳。是因为他们不再相爱了，还是因为失去了相爱的勇气？如今的郑佩儿，每天晚上，准时坐在电话机旁，心里怀着无限的忧伤和柔软，等待电话铃声。在她神采飞扬的那几年里，她想过还会有这么一天 吗？她又会重新匍匐下去，低到尘土里去，只是想清清楚楚知道，孩子的爸爸，一切可好？

74

一些记忆犹新的事情，足以使人重返曾经的时光。

在郑佩儿回忆起他们曾经的往事时，陈轩怎么都没有想到，他会在机场，再次碰到许晓芸。幸好两个人不是坐同一个航班，她回东北，还是一身不着调的装束。对陈轩，她是一如既往的热情，告诉他她最近做了一档新买卖，中药生意。她拉住陈轩在候机厅的塑料坐椅上坐下来，给他报告一些像诗词一样的中药名：神曲，桂枝，蝉衣，佩兰，泽兰，木蝴蝶。都是好东西啊，别人我还不告诉他呢。你要记住，让你老婆天天煮水喝，保准壮阳补肾。怎么，她怀孕了不能吃药？中药没有关系的呀，中药怎么吃都没有关系呀。

在许晓芸的嘴里，所有的中药仿佛只有一个功能，就是壮阳补肾。她见到他，一点没有什么不自在的。倒是陈轩，忍不住有些做作拿捏起来，他想给她留一个严肃的印象，他不再是以前的那个他了。可是她的话不停，根本不给他任何机会，她在跑中药材的生意，到处跑。你去宁波吗？那边有什么，你要帮我打听一下，等回来我再找你。我现在跟了一个大哥在做这买卖呢，人不错，就是皮肤黑了点，是个粗人。但这下好了，回东北可以看女儿了，看看我妈，机票他也给报销。你得相信我，中药以后会越来越有市场的，现在好多有钱人看中医。中医好啊，一个大夫就是一个医院，手一摸，眼一看，就什么都知道了。难怪会被叫做老神医，现在我才知道神仙是什么意思了。你有病的话找我，我好歹也算是中医界的人了，我大哥认识不少神医呢，看什么病都没有问题，不抽血不开刀，癌症都能治好……对了，你找到工作了？我一直还惦记着你呢，想问问你愿意不愿意干这行。只要你不想干了，随时可以跟我说一声，我跟我大哥说，他是个爽快人，他一定会收留你的……

陈轩插不上话，看看许晓芸浑身上下，又是露胸又是露腿的，觉得至少她和中医还有一段距离。她要上飞机了，突地站起来，高跟鞋让她有些前倾，过于紧凑的衣服也抽到了肚子和胸部。她一边抹平衣服，一边跟陈轩说再见——有空去我那里，她冲他暧昧地挤挤眼睛。陈轩沉着地撇了撇嘴，做出一副不置可否的清高样来。他没有回答她，因为他知道周围有很多双眼睛都在看着他们，包括跟他一起出差的部门经理。许晓芸的样子，实在太不正经了。别怪我，许晓芸，你该知道我这个样子，其实是给旁人看的。

他想跟她撇清，对许晓芸，却不公平。

他有什么好撇清的？

难道他不该感谢她，在他最混乱的那段时间里，是她给了他一些快乐和安慰。她的方式低俗，粗鄙，但她总是真诚的。她不像他，茫然失措，胸无成竹。她有她生活的方式和坚定的人生态度，而这些，不正是他最缺乏的吗？

但现在，他却像一个道德洁癖者一样，对她露出敷衍拒绝的笑容。好像这笑容，就足以对她的人品做出评判和决断。他凭什么可以这样呢？一直坐到了飞机上，他还在责备自己，陈轩啊陈轩，你怎么可以这样对待那个女人？你不是一直自诩是一个讲究状态，关注情感痛恨世俗的人吗？

现在的你，突地就无师自通了一切东西，你他妈的也会矜持了啊。

如果说，此刻的陈轩，是在心里考量着道德这个词语的话，郑佩儿也同样想着这个问题。她从医院做检查回来，要路过永佳百货靠街的那排橱窗。那枚施华洛世奇的水晶幻彩胸针还在，它有两个用法，还可以当做挂饰。约会的第三次，宋继平就送了她这个东西。他离开后，她将它退了回去。折价50%。

事后郑佩儿曾想，这枚胸针的样式，是不是早已蕴涵着什么东西。它不是传统的花形或几何形，而是滴油形，这样的胸针很少见到。它色彩和规则的多变，给他们之间的情感带来了含义不明的东西。

也许这样的想法，有点幼稚了。但是宋继平，还是会时不时地闯入她的心房，而且依然能给她带来震颤。但她不再用爱情来形容他了。爱情这个词，是有时效性的，和陈轩常常说的状态一样，它不能一直都存在着。它必须是一段一段的。

现在的她，承认爱情是可以转化成命运的。爱情并没有单一，明确的性质，它和世间的许许多多事物一样，充满了变化和斗争。谁能永远地把握，并能娓娓道来？

道德或者良心，只是对那些一辈子生活无忧、一帆风顺的人而言的吧？他们沐浴在社会的关怀与温暖之下，他们是人类的宠儿，所以，才可以永远义正词严，咄咄逼人。郑佩儿以前不就是这样吗？她以为她只要守住了道德的底线，就可以对任何人蔑视甚至宣判，以为只有自己才是冰清玉洁，才是纯洁高尚的，而别人，都是庸俗之辈，都是下流卑鄙。那时的她，甚至不知道《圣经》里早就有了这样的话，谁可以有资格对妓女抹大拿扔石头呢？

现在她知道了，如果以为世界上，做人做事，只有道德一个标准的话，那的确是太肤浅，太小儿科了。

这些想法，她没有跟陈轩交流过，也许这个话题，将是他们婚姻生活中永远的一个秘密了。他们都曾有过错误，错误好啊。不错不成人。不错不立。错误是正确之母。错上加错。死了都要错。错到用时方恨少。错吧错吧，你错我也错。错误这个词，比起罪行来，是个多么能安慰人的词啊。禁欲与放纵，委屈与满足，无论怎样，都可以有错误在中间做着桥梁。没有人会永远不犯错误的！做个深呼吸吧，佩儿，我们都是凡人，“就像我的爱人，那一颗动荡的心。”亲爱的陈轩，以我们现在的人生，如果能再次握有青春，我们的爱情，将会是怎样的轨迹？我们会答应为彼此而改变什么吗？会一如既往地还想去改变对方吗？什么叫情不自禁啊孩子他爸，现在我才算弄明白了，生活，它还有个别名，那个别名就叫做“情不自禁”。

75

陈轩在外面出差了一个多星期，等再回来，郑佩儿似乎肚子又大了些。每日黄昏的电话，让两个人的温情添了些许的羞涩。晚上下了班，陈轩依旧拿回排骨来熬，还问郑佩儿：“我不在你吃了没有？”

郑佩儿看着电视，点点头。

陈轩又问：“脚开始抽筋了吧？”

郑佩儿又摇摇头。

陈轩自言自语：“明天我买瓶钙片。还有，你水果每天都在吃吗？”

郑佩儿佯装生气：“你这人可真多事，没见过男人这么婆婆妈妈的。”

陈轩好脾气地笑：“多吃水果，对孩子皮肤好。要是生个女儿，你不希望她皮肤白啊？”

晚上吃了饭，陈轩拖郑佩儿起来：“去散会儿步吧，书上说要多走路。”

两个人果真去散步，也不多说什么。多是陈轩找话：“很有意思，好久没出门了，沿路能看见许多新鲜的东西。路上就想，等孩子大点，有时间我们就一起出去。”

郑佩儿的眼角悄悄地湿润了。

胎儿很调皮，甚至调皮得有点过分了。他越来越不好好睡觉了，总是不停地在活动着。一脚就蹬到了佩儿的胃部，把佩儿的胃顶得高高的。然后，一个转身，又开始滑动，佩儿的胃还扯得疼呢，刚呼吸的瞬间，他就又到了耻骨联合部。陈轩仔细地看着他动，严肃地跟郑佩儿说：“肯定是个儿子，你看他，出拳多么有力！左勾拳！”

“你真行，还看见左右了。”

郑佩儿很累，睡觉不能翻身。她也希望是个儿子，因为做女人真累啊。

买来的光盘和陈轩没事就坐在一起看，她甚至学会了做一款特别简单的小围嘴，只需要一剪刀。现在看来，她买的布的颜色和花样有点太鲜艳了，橘黄色，还有小圆点，那应该是给女儿用的嘛。她又重新去买布，想再做一条，一条大的，一条小的。人家都说，孩子的围嘴，要围到三岁多呢。

这次换了颜色和花样，图案是小马，颜色是蓝色。光碟里的孩子，个个都特别漂亮，月子里妈妈都给他们做婴儿操，搓搓腿，揉揉胳膊。佩儿跟陈轩说：“哎呀，这个工作你做吧，我怎么觉得心里有点害怕呢。”

陈轩拍着胸脯，毫不犹豫地说：“没问题！”

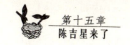

再一日，陈轩回来有些心神不宁的样子。原来美国那边想做一批纺织品，量不大，而且因为公司以前没有做过纺织品，厂家、货源、设计等等都得重新来做，没有人接。陈轩最近手里没事，在想要不要趟这趟水，好歹也算是一宗新业务。

“如果要做，我可能会去新疆，”他跟郑佩儿谈，“那里是产棉区。”

“去吧，”郑佩儿说，“坐飞机也快。”

陈轩有点不舍：“我怕真的要做起来，一时半会儿会回不来的。还有两个多月，你就要生了。这个时候跑出去，总不太好吧。”

郑佩儿虎着脸：“那有啥办法，你不工作没钱，别说生孩子，饭都没得吃。”

陈轩没话说，晚上睡觉前，蹭到郑佩儿的床边，手里拿着一个花花绿绿的东西。说要给孩子讲童话。郑佩儿轻轻叹气，伸出了胳膊，陈轩仿佛受了天大委屈的孩子，终于滑进了郑佩儿的胸口。

这趟差陈轩一出两个多月，除了新疆，还到了哈萨克斯坦。路上钱不够了，公司里却放出话来：“小生意没必要做这么仔细。”陈轩不肯收兵，直觉告诉他从头到尾弄出来，会是一笔不错的生意。他甚至想如果公司不愿意做，他也可以联系别的客户，就这质量和产品，欧美市场根本不会卖不到好价钱的。

两个人再电话，陈轩就有些神不守舍，好在郑佩儿几句就问了出来，不就是三千块钱吗，她嗔怪陈轩：“数目不算大嘛。”

可真放了电话，却又开始盘算该向谁借。按理陈轩家近，她该向他们开口，可陈春上个月刚结了婚——总算是结了婚。她知道他们那个状况，想了想，只能求求父亲，还得补充说明，千万别让妈妈知道了。

三千块钱第二天上午就到了，紧跟着的是郑佩儿母亲的电话——看来父亲轻而易举就做了叛徒，“瞒着我有什么意思？”老太太声若洪钟：“只要你们还在一起，还知道生死与共，我高兴还来不及呢。”

“老土啊，妈妈，”倒是郑佩儿不好意思了：“还生死与共呢，现在谁说这个话呀。”

“那你们管这叫什么？”

“看他可怜呗，”郑佩儿想想，还真不知道该怎么说，“反正没你说得那么可怕，夫妻本是同林鸟，大难临头各自飞呢。”

郑佩儿妈知道她是嘴硬，说：“那为什么不飞？”

郑佩儿说：“也许还没到时候吧，”想了想，叹口气又补充一句，“也许只是因为飞不动了。”

飞不动的郑佩儿，越来越像抱窝的老母鸡了，她拖着重重的身躯，四处走动，扭来扭去。

陈轩天天嚷着要快点回家，说兜里要永远放着一张返程机票的钱。他一边联系厂家和等待设计，一边与公司保持着联系。到了第一批样品快件寄回公司后，那边的态度立刻来了一个一百八十度大转弯——公司老总一定要和陈轩亲自通话，连声说太满意了，你开辟的这个市场和此单生意，可以长久地做下去。

快回来吧，刘洋这么叫他：“哥们儿，你立大功了。”

陈轩不知道是否该等到所有产品出来验货后再回，按负责的态度他应该等的，否则，过不多久，又得再来一次。和新疆人打交道一点不累，但做起生意来，他们那不够精明，态度懒散的西北主义就冒出了头。陈轩很担心会有瑕疵，他决定还是再等个十来天。

郑佩儿的预产期还有小半个月呢。

可孩子不打算等了，这个健壮的男孩子，正仿佛陈轩的年轻岁月，做事不计后果，难得考虑郑佩儿的感受，羊水突然就破了，可头却迟迟不肯出来。郑佩儿什么也来不及了，抓了件外套就奔出了门——真痛啊，坐在车里，司机也吓坏了，他嘴里一个劲地只会说一句话："莫喊莫喊。"这不是滨城的方言，但他不晓得再该说什么了。

郑佩儿从没想过会这么痛，尽管她做过无数的准备，甚至想到了被竹签扎的江姐什么的。可痛真的一来，她俨然就如会被活活剥离掉内脏一般，又怕又急，缩了起来。医院门口几个护士走过，顿时也呆了。产车产车，几个人一溜小跑，踢翻了沿路的痰盂。电梯，四楼，阵痛来临时，郑佩儿的意识都不太清晰了，迷蒙中，一个护士的帽子掉了。

进了产房，孩子却不肯出来了。才开了两指，护士也气馁了："索性剖腹产吧，这么生，会疼死你的。"

"不"，郑佩儿吸着气："我能生，自己生。"

她在等陈轩，要明天中午才能到。陈轩母亲来了，带着命令和愤怒："剖腹产，必须剖腹产，羊水都破了，孩子也会危险的。"

"不，"郑佩儿坚持，这个时候，她的意识反而越发清晰了，疼痛带来了坚强的意志。这不是我一个人的孩子，她在想，陈轩有权利与我一起生下他来。

宫口还没开到指数，郑佩儿忍受着，半夜听到产房那边突然传来剧烈的喊叫声，她吓坏了。是一个生双胞胎的女人，医院外面是大片的松林，喊叫声一落，树木就摇晃了起来。郑佩儿在那个瞬间，以为自己要死了。又想起看过的书，“经历产道出来的孩子，是最健康和自然的”，她压住了喊大夫的冲动。

早晨六点多，宫口开了，她必须进产房了。这个时候，医生已经告诉了她，B超看是个儿子，够大的。她们说说笑笑，将她扔在了床上，下面垫着塑料垫。两腿叉开，床架有点冰冷啊，嚯，你还知道冰冷？看来不够痛嘛，医生和护士开着玩笑，说中午病人请吃饭，索性就火锅吧。哟，怎么了？侧切吧，别嚷啊，都侧切的，这已经不是什么手术了，否则你生起来多费事。

躺在了硬硬的床上，郑佩儿已经不觉得自己再是郑佩儿了，她只是个躯体，软弱无力毫无办法的一堆肉——嗯，太难过了，陈轩啊陈轩，还在飞机上吧，快点吧，只要能生出来。早知道干吗不剖腹产呢。

做个深呼吸吧，郑佩儿同志，深深地呼吸，你年纪大了，宫口难以开全。叫吧叫吧，这个时候，你不叫还要等到什么时候叫呢？心脏在坠落，魂魄俱散。痛啊，难道他一定要带着她的五脏六腑一起出来吗？冰凉的铁扶手，油漆斑驳的产床，怀孕时，以为自己丑陋不堪，是一个营养瓶，这个时候才知道什么是不堪。为什么为什么会这么痛啊，大夫，可以再等等吗，他爸爸还没有到呢。等什么等，这工夫你还有空说这话，你想等，孩子也不想等啊。

深呼吸，深呼吸，她终于感觉到了这个孩子，像一朵花，和空气的对抗，像一颗黑色的坚硬的籽实，像一团意志力坚强的薄雾对她诉说着愿望。医生举起了剪刀，那是肌肉剪开的声音吗，怎么还会滋滋在响，血出来了，上敷料，止血钳！你这个女人，使劲叫吧，喊什么都行。别总是喊痛，痛，痛。怎么可能不痛呢？就是要痛痛才正常啊！这个世上，哪一种新生，会不伴随着撕心裂肺的痛呢？

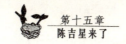

短暂的戛然、沉默，倒吸了一口凉气。谢谢你医生，谢谢你能这么说。郑佩儿泪水盈眶。

鲜血漫了出来，止血钳，快啊，再用力，快了，快了，看见头了，哈哈，头发不错嘛，小家伙，停，别动了，好好好，轻点轻点，再轻点。郑佩儿不晓得自己在哪里了，意识已经要离开身体了，在坠落，全身最后的一点点力气和活着的意识，都在坠落，掉啊掉啊，消失啊消失啊，难道我会从此再见不到孩子了吗？啊——突然。

好了。

一切都回来了，轻松到下半身没有了感觉，或者飘了起来。孩子还没有哭出来，手术室外面的门却敲得山响，陈轩的声音，粗糙狂暴："佩儿佩儿，佩儿佩儿，你还好吗？"

儿子终于哭了，仿佛被他爸爸剧烈的喊叫吓着了。护士得意地抱着孩子到了郑佩儿的跟前："瞧瞧吧，这小鸡鸡，骄傲得很呢。"

开了门缝，陈轩以迅雷不及掩耳之势蹿了进来："佩儿佩儿。"

接生的医生一脸不屑的表情，坐到了办公桌前填写单子，正如同填写产品单一样，边打着程序般的钩，边说道："喊什么喊，这阵喊着找奶吃的也该是你儿子啊。好了好了，出去出去，两小时后就送病房了。"

原来陈轩是买了夜班机，转了两个城市，才一大早赶到了滨城。

郑佩儿和儿子都睡了，他们累了。陈轩没有累的感觉，楼上楼下跑了几个来回，虽然全都只能站在门口，可他就是不累，而且无比的愿意和幸福。母亲看着他这个样子，哭笑不得："我去做饭了，你赶紧给郑佩儿的爸爸妈妈电话，问他们过来不？"

两个小时的时间，不长，但对陈轩，却又是一次脱胎换骨。八点多，公司来了电话，新成立的纺织部要交在他的手里。陈轩流了眼泪：感谢儿子，这个家伙是个吉星。

就叫他陈吉星吧。

郑佩儿睡眠中被送回了病房，她似乎已经完全恢复了。腹部平坦，头发水滑，脸色甚至都红润了起来。她的安详和成熟，是陈轩从未见过的。这个瞬间，他甚至被吓到了。一个新的女人，一个新的郑佩儿，如此超然物外，又如此温柔深沉。她的样子，仿佛在倾诉着对这个世界最深情的感动和体味。

他伏下身，轻轻地吻向她的嘴唇，这个女人，是他孩子的母亲，他生命中最重要的女人。

小说外@70后女性访谈录

我在奋斗，你却在逃避

小说外@70后女性访谈录

我在奋斗，你却在逃避

阿 朵

她说：为什么我在奋斗，你却在原地踏步？

他说：现在生活得好好的，为什么你总要不停地给我压力？

是他没有长大，还是她不成熟？

读完小说，再听一个70后女性的真实故事。在这个黄金发展的社会里，人人都在找个梯子往上走；她也在为了自己的爱与梦而奋斗，但是，她的枕边人，却一直安于现状，没有上进心！

她说："我希望你承担起'责任'！不要让我对你失望、失望、再失望……"

他说："为什么你总在给我'压力'？这让我不能承受之重！"

就像小说中所说的一样，郑佩儿要强、上进、咄咄逼人，陈轩安逸、粗心、贪玩儿，两人纯爱的心境渐渐发生了改变，看对方的眼神儿也开始改变。郑佩儿很想改变陈轩，希望他能按着自己的想法来生活；陈轩则不满郑佩儿的严厉、敏感、天天向上。在双方的爱情已由浓变淡的状态下，他们的任性和简单，都严重地伤害到了彼此的自尊心。

于是，她很苦闷，来找我——像一个老朋友那样聊天。时间，是2008年5月，或者更早时候，我不记得了。那是一个阳光灿烂的下午。但是，我们的心情并不阳光灿烂。她，或者我，身边70后的男女，已经、正在或即将经历一系列的“婚姻危机”—— 小三战争、经济矛盾、生还是升、身心灵全疲惫……

不同于影视剧中的“婆媳矛盾”、“门当户对”（“不嫁农村男”、“孔雀女PK凤凰男”）、“金钱战争”（“80后女嫁给房子or嫁给爱情”），在70后正在普遍遭遇“三十几岁”的婚姻集体危机中，“我们自己”正在成为婚姻、爱情、家庭、伦理中最大的爱情阻力：除去上述的两大外在的冲突（金钱：门第、财富、门当户对……文化：相貌、知识、婆媳……）之后，我们自己还能不能爱上他或者她？

“我爱你，无关其他”， 像是一句辩诘，又像是一句谶语，但其实它是一种爱情婚姻理想的回归。

希望他“为妻子辞职”

你是个不安分的女人，
他却是个安于现状的男人。
这就是区别。

“给你出个选择题：去还是留？假若你是那个男人，有一个很稳定也体面的工作，工资中等，三险一金健全，各种福利还行，在自己、自家父母和亲朋好友看来都还不错。但是，你的妻子突然一纸调令，要到另外一个陌生的地方担任区域总经理——你会辞掉工作，跟着妻子到那个什么都不确定、你也不知道自己能找到什么工作、会有什么样的未来的地方去吗？”

我叹了一口气：“你得看做你选择题的是哪种男人，而且还得掂量一下你自己对这种男人有什么期望。家庭型的男人，当然没问题，就算经历一些波波折折，他可能最后也会甘于在家相妇教子，做那成功的强女人背后的男人——但是，为什么每个成功的强女人背后通常都是不幸的男人？因为，女人的期望不一样。再强的女人也希望在一个强有力的胳膊里找到让心停泊的港湾。你能够做到将来一回来，看到‘窝囊’的丈夫不会气不打一处来：你怎么这么没有……啊？”

她急于辩驳：“我肯定不会这样的……”

我看了她一眼：“你期望做那种强女人？他是不是愿意做这样的贤夫良夫？——这其实也是大本事。假若他安于现状、有一点点追求，但又不是可以奋不顾身去追求梦想，他可能也会满足这种‘平庸但不平凡’的中间状态，既不会追求因梦想而辉煌，也可能做不到因‘贤夫良夫’而满足。好多成功女人的背后，就是因为站着的是这样的男人，所以，成就不了幸福的家庭，我猜。所以，他的选择题肯定是留。更别说像那种有抱负、有梦想、一整天都在想功成名就的男人，还有那种很强势、很有控制力和领导力的男人了——当然，如果真的是那种人，多半你就出不了这种选择题了。”

她沉默了一会儿：“他没有像我期望的那样……他好像受了很大的震动，然后说，这是一个很重大的人生抉择，你要好好想想，你要好好想想。”

“你期望他选择什么？很毅然决然地说，老婆，我支持你，我马上辞了职，跟你去！可能吗？除非他真的打算做贤夫良夫并且的的确确是那块料——可是，他是吗？如果他是那种安于平凡但不平庸的男人，他是不可能选择做家庭男人的——你也不希望他不工作，对不对？那对他来说，就有两个层面的恐惧：第一个层面，就是踏出第一步的恐惧。不只女人需要安全感，男人同样需要安全感——需要那种稳定的、熟悉的、自己似乎可以掌控或者被它安全地掌握在手心里很放心的那种感觉。你我都熟悉企事业单位的那种感觉。院子里面是一个很安稳的窝，你待在里面，只要不犯大错，始终有你可以熟悉可以放心的位置；院子外面的世界的确很大，很精彩，但是，那是一个旋涡啊，你不知道你能不能在里面折腾出来，你能找到自己的位置，但没有办法让他安下心来，没办法有稳定感和安全感。你觉得他或你能克服这‘第一步’的恐惧吗？第二个层面，别说到国外那种语言不通、生活不通什么都不通的地方，就是现在，你让我回到生我养我的那个城市，我同样都会有一种莫名的不安和恐惧——我已经熟悉了这里的一切，我已经对那儿的一切都陌生了，你如何让我能够适应那里的生活和位置？更何况，你让他经历的是这样一种巨大的颠覆：那种感觉，就像我今天还在北京，明晚已经在纽约，而且不是来旅行，而是要在这儿生活很长一段时间。你觉得他能经受这种颠覆吗？”

她嘟囔着道：“他始终都跨不出这一步。当初，我从事业单位出来，在不同的公司里跳来跳去时，开始也觉得挺难。但是，经过了这些之后，觉得其实没什么。生活本来就像河流，潮来潮去；我们一直都是活在浪里来浪里去的，所以，那种动荡其实很正常，那种旋涡也很正常。”

我笑了：“你是什么人？他又是什么人？难道还不清楚吗？你是个不安分的女人，他却是个安于现状的男人。这就是区别。对于你来说，你一直都想找到某种东西，虽然，你不知道在哪里能找到那种东西，甚至，不知道那种东西是什么；所以你要去找——找的过程本身就是一种动荡的过程。所以，即便你对动荡的生活有着短暂的不适应，但是，最终你内心深处那种渴望的脉搏和生活中浪伏潮起的脉搏是能吻合在一起的，所以，你可以适应你现在这种跳来跳去像跳蚤一样的生活。但他不能。他不是这种男人——但就连这样的男人都对这种生活有着一种本能的恐惧，并且对现在这种鸟窝似的安稳生活有着依赖的惰性，更别说是他了！”

生还是升：花谁的钱，父母或自己

闺蜜们很为我不值，说，凭什么他就可以为了自己的事业，推迟生孩子的计划；而你，现在却为了孩子，要推掉自己发展的机会？

我如果一直只是用父母的钱，会感到很羞愧。他用得却很坦然，很理所应当，甚至，很骄傲很自豪：我有这样的父母，你们没有！

她又沉默了好一会儿：“最后，他还是希望我缓两年再走，先把小孩儿生下来，他和他父母来带。然后我再出去，出去几年都可以——他都这样说了！”显然，当初，她是很震惊的：你走你的，你想待几年都可以——但，我，就是不愿意过去。

我想了想：“你想生小孩儿吗？”

她说：“我想啊。本来按照计划现在就该要的，但是，因为上次单位公派他去美国，所以推迟了。当时他说：‘你说吧，要生，我就留下。’我说：‘你还是去吧。’我的闺蜜们很为我不值，说，凭什么他就可以为了自己的事业，推迟生孩子的计划；而你，现在却为了孩子，要推掉自己发展的机会？”

我又想了想：“他爸妈呢？”

她说："当然支持他的想法了。"

我问："那你觉得你们现在矛盾的焦点在哪儿？"

她想了很久，然后慢慢说："我现在可以以家庭为重，以孩子和丈夫为重，可以放弃这次事业发展的机会，可以先把孩子生下来，并带到两岁大，再谋求另外一次发展的机会……这些我都可以做。但是，我也希望他能做到他该做的——甚至我想，哪怕这是一种外交谈判，我也要跟他谈判——我不希望他安于现状，我希望他做些改变，我不希望我还是这么劳碌奔波：OK，我可以放弃我的事业，我可以为了家庭放弃我的梦想，我也可以回归家庭不再奋斗，但是，我希望你不要再让我那么累；我希望你把自己的责任担起来。我可以给他两年的时间来看。"

她说得很慢，几乎是一字一顿，似乎有些情绪用事——显然，他们曾经为此产生过激烈的争执，甚至这些话语有可能就是当初的原话。

我一时没有说话，顿了顿，掂量了掂量，问道："你能具体说说吗？比如，你是不是希望在你生小孩儿并带他（她）的两年里，他一个人能挣出现在你们俩人的工资，让你们家的财务状况及现金流很顺畅？"

"不是钱的问题。他爸妈说他们会拿钱来安排这些事情的——你觉得这个选择题（辞还是留？生还是升？）父母应该参与吗？"

我笑笑："这不是该不该的问题，而是做没做的问题。两个人的婚床睡着六个人，婚内无小事，任何一个小细节，都有可能牵涉双方的父母，并且把两个相亲相爱的人卷入一个无底洞的旋涡里。这得看你自己的态度。比如说吧，他父母拿钱出来给你生小孩儿，你能接受吗？你能处理好将来彼此由此而产生的关系吗？"

"我没有意见啊！"她一耸肩膀。

"那你困扰什么？"我有些困惑，"不是钱的问题？这就是钱的问题。男人要履行家庭责任，让你安心回归，不就主要因为钱吗？"

她沉吟着，似乎在想措辞，应该怎样才能把这个问题说清楚："你知道吗？他最让我生气的一点是，他老是在那儿很骄傲很自豪自己不是个负翁，把自己跟单位那些还在月月还房贷的人相比，你看吧，我的几十万元贷款已经还完了吧——问题是，那几十万元贷款——他也不想想是谁还完的。那是他父母给的钱，不是他自己挣的钱！我希望他能自己努力挣钱，承担起自己对家庭的责任。我如果一直只是用父母的钱，会感到很羞愧。他用得却很坦然，很理所应当，甚至，很骄傲很自豪：我有这样的父母，你们没有！"

"他父母呢？心甘情愿地让他用钱是吗？"

"是的。上次他去美国，他妈一下就打过来几万元钱，说是零花钱，怕他在路上没有钱花。"

我明白了她的忧患之所在："父母的钱毕竟是父母的钱。你是希望他挣够自己的钱，来履行一个男人对家庭的责任吧？那你希望他怎么做呢？是在本单位往上走吗？还是让他辞职出来另觅一份好工作？或者，自己干自己的事业？"

他是什么样的男人

"他是那种有追求的男人吗？"

"他怎么说呢？是比较安于现状，有一点点追求，但又不是可以奋不顾身去追求梦想的人。"

真的是这样吗？有没有另外一种可能？

他或许也是一个有雄心、有抱负、是想承担自己应该承担的责任的男人。他或许还是想做一些事，能够做成事，能够撑起那片天，让女人回家来，做她自己想做的事，过她自己想过的生活；但是，他现在心有余而力不足啊；他自己找不到向上的阶梯，可以速成自己的梦想，也可以速成她回家的心愿。

但是，这些在男人心底风驰电掣地闪念的几千个答案，她没有觉察到。所以，她仍然小鸟依人地缠着男人的脖子，亲亲他的脸颊："宝宝，我什么时候可以回家，不工作了呀！"

什么是压力，这就是压力！或许不是男人不愿意承担责任，而且，必须要有能力承担啊——这种承担的能力，要么是权力，要么是金钱，要么是声名，要么是公共影响力。摆在他面前的只有三条道路：

第一条道路，在本部门本单位的政治阶梯上向上走，谋求权力。但是，领导大调整，隐秘的接班人序列，他本身并不是中流砥柱……向上走，难啊！"用他自己的话来说，肯定不会下岗，肯定有他的一个位置，但要在政治阶梯中找到向上走的梯子，难！"

第二条道路，辞职，到社会上寻找一个新的平台，一种新的向上阶梯，让自己的薪酬翻倍。走这第一步很难："他好像现在对外面的世界有一种天生的恐惧。我一说跳槽，他就跟我急。"

第三条道路，创业。这可能是让你财富倍增、让你能够获得承担责任的金钱的最好的道路。但是，你找到一个能把小事做成大事的商业项目了吗？你积累够了创业的启动资金了么？你做好了自己当老板的心理和经验准备了么？"我现在最大的难题，就是没有迈出这第一步的钱！""每个人都有每个人的困境。就像我的一朋友，他有自己的启动资金，并且做成了一些事情，但是，现在却遇到了如何在一个行业里做大的难题！"

我不是生存型创业，我是要发展型创业——所以，我在暗自蓄力着。亲爱的，请再耐心些等着。别再给我压力，至少，别老是问我："我什么时候可能回来，不工作了？”

我问：“你有没有想过，他可能也是一个‘有心无力’、不愿意让你知道的男人？”

她犹豫了一下：“我没注意……我不知道……或许是吧……我不确定……不，他不是那种能成为单位中流砥柱的人，也不是自己创自己事业的料，或许，我比较希望他能辞职去另找一份好工作。现在的工作虽然稳定，但是，薪资空间并不大。”

不要奢望在婚姻里改变一个人

在婚姻中，你想改变一个人是很难的。

你期望一个人能做到什么之前，先要想清楚他是不是那种能做到这些的人。

“他自己愿意辞职吗？他父母同意他辞职吗？”

“他自己和父母都不愿意。他父母说，这个单位工作比较稳定，工资比上不足，比下有余，劳保、医保、公积金等各方面都很健全。辞什么职？他自己也是这个态度，觉得在这个单位工作还可以，为什么要辞职？”

“那你有没有想过，就算他辞职了，按你的设想去奋斗，并不一定会很顺利？人出来，不一定就能立即找到适合自己的平台，也不一定能马上获得社会的认同，他很可能需要从头做起。假若，他现在是5000元工资，虽然每天都要坐班，但实际上每天都只有3个小时的工作量，而刚出来，很可能是3000元工资，12个小时工作，每周7天工作量；这种心理落差他和你是否能够承受？走这第一步很难，因为，走出第一步，刚开始，真的挣得不如现在这么多，但是，比现在还要累；社会对他的认同与接受需要一个过程，他适应公司与社会激烈的竞争也需要一个过程；那他需要多久时间，才能弹回现在的水平，才能获得你期望的比现在多几倍的薪酬？两年，三年？你们俩能经受得住这两三年甚至更长时间的折腾吗？毕竟，他是70后啊！三十好几的人了啊！能够付得起从零做起的风险与成本吗？还有，就算他从零做起，能够迅速找到上升的梯子——他还是在做一样的事情：付出自己的时间和精力，去赚工资，只不过工资是多是少而已。你并没有改变事情的本质，你并没有让自己的时间价值倍增，你并没有找到从靠人挣钱到以钱赚钱甚至让钱赚你的时间的转折之道啊！——你说，你能让他辞职吗？而且，如果他是你这种人，是这块料，经过几年的锤炼能够提升到那个超过现在期望的地步，还行；假若不是呢？假若他做不到，承受不住这样的竞争压力和心理压力呢？假若他做不成功，最后破罐子破摔了呢？——你看看，当初就是你要我这么做！我努力做了，但那真的不适合了。——你很有可能就毁掉了一个本来可以有所小为的'准有为青年'，你很有可能也会毁掉你们的婚姻和家庭。"

"请牢记一点，"我总结说，"在婚姻中，你想改变一个人是很难的。在想到和得到之间，最重要的是能不能做到。你期望一个人能做到什么之前，先要想清楚他是不是那种能做到这些的人。"

为什么你总给我压力

什么时候，我们的婚姻不再默契，不再心有灵犀？
什么时候，我们不能一起心跳，一起脉动？
为什么我们的人生不能同步？

为什么我们不能一起奋斗——让生活更美好？

“那我怎么办？”她有些悲伤。

“我给他两年时间，那我想看到他什么？他如果不能辞职跟我走，又不能先走第一步先适应这激烈竞争的社会生活，再去跟我适应那个陌生环境里的竞争，那我只能鼓励他在现在这个公司里努力往上走，不期望他能坐到什么职位，拥有什么权力，但至少能获得跟我一样派出去的机会。这样至少不会削弱他的安全感，但又可以兼顾我的事业的发展。假若两年后我还有这样升职的机会的话——放弃这次升职的机会，其实我也很矛盾，因为，我不知道将来真的还有没有这样的机会——我们仍然可以保持夫妻同行的机会，不然，两年之后，五年之后……假若我真的等那么久的时间，我们之前的距离会越来越大，大了之后，下来会怎么办？我不知道。所以，我真的很希望缩短我们的距离，希望两个人一起努力，而不是我在奋斗，他却在原地踏步；现在是我在推着他跑，或者是，拽着他奔。那样我真的很累，他也很累——我是因为两个人的未来而希望一起奋斗啊，可是，为什么他老觉得我是在给他施加压力呢？”

她说她以前从来都是很小心翼翼，试着不给他任何压力。“包括我自己要买什么东西，也从来不向他要钱。但是，我在前面飞奔，他原地踏步，我这样很累啊……”

于是，她开始不停要给他谈她的梦想、她的奋斗，她在工作中所接触到的那些男人的梦想与奋斗，还有两个人的未来，应该怎样一起努力。

男人越听越压抑。

终于有一天，他爆发了：“现在生活得好好的。为什么你总要不停地给我这么大的压力？从小到大，我爸妈从来没有给我任何压力。”

“到底是他没有长大，还是我很不成熟？我是不是已经把他宠坏了？

是不是还是一直应该把他当小孩儿宠着？”

真不知道我是结婚了，还是养了一个永远长不大的大男孩儿？

我笑笑：“不是你宠坏了他，是他的童年宠坏了他。他的爸妈宠坏了他，他也在宠着自己。”

我想要什么

你确定来确定去，捡了芝麻丢了西瓜，最后走了一圈又回到起点上，原来这才是你真正想要的风景。

我的意思，作为一个女人，我想要的或许还是丈夫、家庭和孩子。

“我该怎么办？我该怎么办？”

她依旧一脸的彷徨与无依，与她往日里干练而强悍的印象形成鲜明的对比。再强硬的女子，也只是一个橡子，坚硬的果壳里，是柔嫩而脆弱的灵魂。

我呷了一口茶，斟酌着措辞，斟酌了半天，终于放弃了，无奈地苦笑道：“人家通常说，夫妻劝架，劝合不劝分。我也顾忌着这种俗套，所以，我很难说出惊世骇俗的话。但基于对你这个人的了解，我还是要劝你在做任何一个选择之前，想清楚三个方面的问题。第一个问题，就是你想要什么？你又需要什么？你想要的未必就是你需要的。就像我老爱举的那个例子，女孩儿需要维生素，但是，她想要奢侈品，所以，她宁愿吃一个月的泡面也要去买那一件饰品。所以，你也得问自己，我想要什么？我又需要什么？我想要的是丈夫、家庭和孩子吗？还是，我只是需要他们？”

她一脸的犹豫：“你知道吗？自从我从事业单位跳出来，在北京不同的地方跳来跳去，追逐着我所谓应该追逐的梦时，我也一直在问自己这个问题，我到底想要什么？你说是工作吗？好像是工作来工作去，也没有那种能够安下心来的感觉？你说是钱吗？是看见钱在涨，但是，涨来涨去，我也一直没有稳定的安全感。都说梦想，梦想，我有时真在想，那是不是太虚无缥缈了，还不如丈夫、家庭和孩子来得实在，看得见，摸得着……”

我立马打断了她：“其实，你提出这样的问题时，已经否定你想要的不是丈夫、家庭和孩子。如果你想要的是他们的话，你就不会提出这些问题来困扰自己。你需要他们，但是，你真正想要的，不是他们。那是因为你的心。所以，你一直在问自己的心到底想要什么？你其实知道你想要什么东西，但是，你的确不知道那东西到底是什么，也不知道你在何时何地要如何才能得到那些东西，所以，你才会那么不安分地跳来跳去，想在不停的寻找中确定那是什么东西。也就是说，你这颗心是不确定的心，你总想找到那个你最想要的东西让它确定下来。家庭、工作、包括这次升职的机会……都是你想确定你的心最想要什么的一种方面，你需要用它们来确定它是不是你想要的东西。所以，你需要他们，但是，你最想要的并不是他们。像这次升职机会，你需要它来再一次确定某些东西，但是，它所带来的，也未必是你真正想要的东西。”

“也许，”她犹犹豫豫地说，“你确定来确定去，捡了芝麻丢了西瓜，最后走了一圈又回到起点上，原来这才是你真正想要的风景。我的意思，作为一个女人，我想要的或许还是丈夫、家庭和孩子。”

“那是很有可能的。”我肯定地说，“但是，这也很有可能是你在追逐了一个又一个别的东西之后，才有可能确定的选择。没有迷途的羔羊，哪里知道回家的道路？但这也有另一个风险，就是离开了之后，我们再也回不去了。所以，你现在必须作出选择：是离开去追逐一个你不确定的东西呢，还是留下来守住你已经得到的东西？要作出这个选择，你最好再问清楚自己第二个问题：他是我想要或是能守护的那个人吗？想要的，不一定能守护；能守护的，不一定是想要的。”

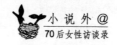

“他是那种我愿意跟他过日子的男人，但是，他不是那种能跟我共同探讨梦想、进行心灵交流的男人。我们呢，在一起彼此顺眼，也相互喜欢，觉得人都还不错，可以在一起过日子，结婚了也都挺好——是那种彼此尊重、各有空间、安于本分的关系。我知道男人跟女人选择的标准不一样：比如，男人希望女人首先长得好看，人品也不错，也有能力，结婚也挺好的。而我呢，觉得他人可靠，值得依靠，是可以和他一起过日子的。但的的确确，我也很清楚，他不是那种可以和我心灵碰撞和交融的人。”

“这就又是一个问题。‘过日子’和‘心灵交融’不能合二为一，只能成为双重结构，这种分裂在婚姻中始终是个地雷。因此，你在这种升还是生、走还是留的人生关头，选择就尤其要慎重。如果你还想继续跟他过日子，无论他辞职，还是你留，两个人都必须待在一起。什么叫过日子？就是两个人一起过，绝对不能在时间和空间上拉开距离。这样，时空上没有距离的相处（或者厮守），或许还可以牢牢地把心灵上的距离箍在一个可以容许的范围内，就像那墙里已经裂了缝，就要用铁丝把这一面有可能分裂成两半的墙捆绑在一起，以免它们真的会慢慢分裂成两半的墙。过日子就得把两个人捆绑在一起过。”

她沉默了很久，方说：“如果两年后他不能跟我出去，如果我真的跟他分开五年，那我们的心只能是越来越远，那种距离真的只能越来越长，而不可能越来越短。”

我沉吟了一下：“如果是彼此心灵交融的话，如果他拽住的是你的心的话，哪怕你走得再远，他也能把你拉回来的。”

遇上三种男人：做自己最好

我一直在想，为什么自己的心不可以自给自足？自己给自己安慰，自己给自己依靠？

“多少人都知道山最后还是山，但还是要飞蛾扑火一样地经过那个过程。”我意味深长地说，“也是，不曾经沧海，哪里能知道难为水？”

“还记得好几年前我跟你说过的话吗？”我提醒道，“我曾经说过你有可能遇到的三种男人：一种是能过日子的，能感动你却未必能打动你，就像有一个屋子，能让你结束漂泊的生活，并且这个屋子里还会有温情，最后会演变成亲情的那种味道，所以，我们会叫它为家。你现在选择的好像就是这种，不知道是你的幸福还是你的怅惘。第二种是能够打动你，能点燃你的梦想、燃烧你的激情的男人，但他未必能是你理想中的男人，未必能给你那种叫家的感觉，因为他本身就在漂泊之中，或是，他本身已经守在另一个屋子里了，不可能再给你一个守护你的家。最理想的，就是第三种男人，能打动你的心，又能感动和温暖你的身。那种男人，是一种强势的男人，他不会把你囚禁在笼子里，会给你放飞一个天空，任你自由翱翔，但是，无论你怎么飞，那根心灵的线还是牢牢地拽在他手里，收放自如，随时可以拉扯你回来。所以，你遇到这种男人，即便你选择了出去，即便你跑到了天涯海角，你的心还在他手里——身心安处即我家。”

“我告诉自己，第三种男人是根本不存在的，至少，我是不可能遇到这样的男人。我选择了第一种男人，这是我的选择，也是我的命运。也许我的问题是，我在我的工作中会不时地遇到第二种男人，能够打动我的心灵，能够点燃我的梦想——但是，我恐惧，我害怕，我不愿意，让我自己燃烧自己的激情；所以，我说，不可以。我们不可以发展成任何男女朋友的关系。无论你是谁。而我自己，在一次次的黑夜里‘熬’……”

这一段话近似梦呓，我似乎看到她心灵上的挣扎，于是逼问道：“如果你选择的是心灵交融，那么，为什么要推到五年后再选择？为什么不从一开始，就按照你自己最想要的去追求？或者，你只是把逼自己选择的时间在不断地往后拖？”

“我不能，我不可以。”她似乎有些慌乱，“我不愿意做一个对自己丈夫不贞的女人；我自己的价值观念和生活经历，使我自己不愿意这么去选择。所以，我不断地拒绝，拒绝他们，也拒绝自己。在‘熬’过去之后，也觉得这没有什么大不了，没有想象中的那么难受。”

“但你有没有想到，”我继续逼问，“你是可以一夜一夜地‘熬’过去，你也可以在‘熬’过去之后觉得这没有什么大不了的，前一晚让你几近崩溃的痛苦在第二天早上醒来发现不过是个芝麻绿豆大的事，只不过是因为你当时的心灵脆弱得好像‘再加一根稻草就能压死一只大骆驼’……但你有没有想到，你还会一次次地面临这样再加一根稻草就能让你精神崩溃的境地？你下一次还有没有这样的幸运能够‘熬’过去？当你庆幸自己意志坚定、战胜了外面的诱惑甚至是内心的引诱之时，你是否意识到这是你自己的心魔还未成形、还未有足够的魔力可以掌控你，你现在还可以渴望什么就拒绝什么，等待什么就逃避什么；你现在还可以把自己的心灵渴求禁锢在那座死火山里，但是，你有没有想过，你现在能够安全地‘熬’过来，是因为你还没有遇到那个真正能引爆死火山的人，假若有一天那座死火山终于爆发，渴望如潮流一样喷薄而出，爱如潮水，你退无可退，你避无可避，你将怎么办？”

她终于呻吟了一声：“求求你，别再逼我了。”

“不是我在逼你！”我酷酷地说，“是你自己在逼自己！若有此因，必有彼果！”

“那我该怎么办？你知道我这职业，会接触很多人，很多很有杀伤力的人。他们是你的资源，他们掌握着你的信息通道。他们凭什么把这资源给你？因为是你在求着他们，不是他们在求着你。他们会经常跟你说，他们真的是很喜欢你这个人；但是，我真的是不想跟他们中任何一人纠缠有这种关系……”

那一刻，我看她的眼里满是怜惜。她真的还没有长大啊，真的还是我当初认识的那个少女啊，冷静而理性的面孔背后，似乎仍然是一颗不谙世事的纯真的心。

“你记住我的话，不要迷恋于‘交易话语’的策略阴谋，最重要的是你不要把自己的心陷进去。我不排除这种身居要职的男人，真的有那种就是赏识你、愿意给你各种机会，并不贪图任何回报，特别是声色回报的男人。但是，这种男人若真是这样看你，必不会说这样的话。说这种话的人，已经习惯了这种交易——因为你不做，在这个行业里，必然有别的一些女孩儿会用这种交易去获得资源——他们也娴熟地能够使用这种交易话语。一旦这种交易话语不能在你身上奏效，他们必然会转移到别的对象上继续实验，并且操纵着游戏。你要识别这种交易策略，并且保护自己并且能够获得应该有的尊重——我只有一句话，用职业的心态游走于冰与火之间。最重要的是你自己的心不能陷进去，分不清南北。”

“我当然明白这点。”她很斩钉截铁地说，但过一会儿犹犹豫豫地说，“但是，你知道的，我喜欢很多东西，但是，他都不可能陪我去；而，别的，别的某个男人，确确实实知道我喜欢这些东西，并且可以陪我。这样下去……”

她没有说完，我已经猜到了某些东西：一个跟职业工作有关的人，但又是那种她以为可以在心灵上交流的人：“别的我没有什么好建议给你的，我只是希望你能够分清楚‘职业心态’和‘心灵交融’是两种不同的东西——就算你因为心灵交融而跟某个或许会利于你职业发展的人走得很近，最终你也会发现，要么是你们的关系会发生质变，要么是你们的工作关系而发生质变。而且，在心灵交融和过日子里如何选择，是你自己要着重考虑的一个问题。”

她又沉默了很久，才说：“我一直在想你曾经说过的金字塔原理。要想维持夫妻俩过日子的平衡，一定要有另外两个平衡边出现，一条边是你独立的工作，另一条边是让自己可以纾解压力的心灵出口。缺失一条边，所有的压力，就会向另外两条边流动。当我禁锢自己的心灵出口——试着与那种能够与我讨论梦想、发展事业的人保持距离时——我过日子的这一条边的压力就越来越大。”

我低下头去喝茶。没再说话。

当我再抬起头来时，她已经恢复了以前一脸的明媚与轻松：“跟你聊了以后，我大概已经拿定了主意，知道自己应该如何选择了。只是，有时候我会反复问自己：为什么自己的心总是需要依靠别人？为什么一个人的心灵不能做到‘自给自足’？——这其实也是我一直拒绝走出那一步的重要原因。你说那第二种男人真的能给我心灵慰藉吗？他们真的有能力给予你自己心灵的依靠吗？真的能让你漂泊无依的心停泊靠岸吗？每个人都有自己软弱无力、急需依靠的时候，男人更是，只不过在那个时候、那个地点，他就比你高那么一点点，比你心更沉稳一点点，所以他能够把肩膀借给你靠一靠，所以能把心借给你泊一下船。但实际上，他自己也有一大堆的麻烦事，理不清剪不断的大难题——他们也急需人扶一把。去靠下一刻就需要人来扶一把的男人，你靠得住吗？比如你，”她顿了一下，似乎觉着拿我来作例子不太合适，但说出去的话泼出去的水，哪里还收得回来。“比如你，在今天这个话题帮我解开了麻绳，但是，你自己不也还有一堆乱麻吗？你不也要考虑如何才能履行自己的责任吗？你不也在寻找帮你向上走的扶手吗？……所以，我一直在想，为什么自己的心不可以自给自足？自己给自己安慰，自己给自己依靠？”

我笑了笑，有些苦，也有些酷：“能做到心灵的自给自足谈何容易。那非得经过那三个层面不可：第一层，看山是山，看水是水。第二层，看山不是山，看水不是水。第三层，看山还是山，看水还是水。还是古人说得好，曾经沧海难为水，除却巫山不是云。”

“我不会去经沧海的！”她很坚决地说，但在我听起来，很脆薄。纸一捅就破。

“多少人都知道山最后还是山，但还是要飞蛾扑火一样地经过那个过程。”我意味深长地说，“也是，不曾经沧海，哪里能知道难为水？”

婚姻结果：谁在阻止我们继续相爱

“如果墙壁里面已经裂开了缝，表面还依然如故。你说该怎么办？”

“顺其自然。”

“两个相亲相爱最后却走不到一起的人，”我沉吟道，“就算没有能力给对方幸福，也要尽力减轻给对方带来的痛苦。”

“你知道吗？你以前从来不跟我谈你的梦想的。当你现在跟我谈你想要什么样的未来，两个人应该如何一起奋斗时，我真的感觉压力好大好大。”

他这样说。

她一脸的苦笑。

“如果墙壁里面已经裂开了缝，表面还依然如故。你说该怎么办？”

“顺其自然。”我告诫她，“也许随着时间的流逝，两人的距离缩得越来越短，那道裂缝也就自然弥合了。也许距离越来越大，不但墙里裂开了缝，墙面也现出了裂痕，那我也以为，让它自然裂开，也总比你人为地去撕裂，给两个人带来的伤痛要小。”

“两个相亲相爱最后却走不到一起的人，”我沉吟道，“就算没有能力给对方幸福，也要尽力减轻给对方带来的痛苦。如果你真的在意对方，这之前就要尽最大的努力，去做缩短距离的选择，而不是相反。”

“但如果只是一个人努力，那又怎么办？另外一个人根本就没有意识到这个问题！”她看起来很迷茫，就像《同林鸟》中的郑佩儿当初的迷茫一样。

在小说中，郑佩儿没有想到事情会变成这样，强烈的打击和伤心，让她心乱如麻，从未有过地渴望着新的情感安抚。郑佩儿和自己心目中的理想男人、同学千叶的丈夫发生了纠葛，但这个男人却因为经济问题，很快就远走他乡。陈轩在和其他女人纠缠的同时，陷入了一场经济骗局，人财俱损。两个几乎同时受伤的人，转过身来，竟发现能互相舔噬伤口的，唯有彼此。他们无限感慨，痛心无比地拥抱在了一起。经历过风雨的两个人，在背叛和温存中，渐渐衡量出了自己可以承担的幸福。陈轩意识到了自己肩头的责任，郑佩儿意识到了爱情并不是一场比赛。当彼此产生了谅解和沟通的愿望时，他们开始向着各自曾经希望的对方的样子在改变了。重新回到家庭的两个人，都在小心翼翼地经营着这份并不稳定的感情。陈轩做生意后，再次失败，郑佩儿怀孕后失去了工作。无奈和妥协的琐碎困境中，他们学会了直面和坚强。随着孩子的一声啼哭，标志这一对年轻人走过了婚姻中最艰难的磨合期。

生活中，这样的故事还在继续。

在三十几的岁婚姻危机中，我们还在继续努力：维系，或者放弃。所有的人，都希望对方能爱自己，但怎么爱才叫爱，如何爱，我们似乎都不很清楚。只是我们渐渐总会知道，所有的故事都只是一个外壳——无论《新结婚时代》，还是《马文的战争》——真正震撼人心的，是我们对阻挡爱情的巨大力量的反抗。

为什么明明这么相爱，会遇到那么大的阻力，到最后还是分开？婚姻、爱情和家庭，说到底，都是一场“爱的战争”：面对阻碍我们相爱的“爱的最大阻力”，我们为“爱”而战斗。

只是，到底是什么阻挡着我们爱与被爱？金钱，文化，还是我们自己？

假若金钱、身份和社会地位等可以解决一切爱与被爱的条件，那么，从《牵手》、《新结婚时代》、《双面胶》、《蜗居》、《马文的战争》，我们为什么会越来越惶惑于在不确定的时代里内心所承受的爱的不确定性、复杂性和风险性？假若“文化”是我们最大的爱情阻力，就像《新结婚时代》一样，价值观的差距，把我们再次分开，为何我们还要深陷奔奔族(为事业奔波，为爱情奔波，为高不可攀的房价奔波)、干物女与剩女“爱情不可靠，女人要靠自己”等“爱与被爱”的惶惑与挣扎？更重要的是，现在，我们遇到一个最核心的问题，就是：在日益独立化的社会里，我们除了自己，为何还需要对另外一个陌生人不离不弃、生死不渝？

这个问题没有答案——小说和生活都正在试图探索我们想知道的结果：所有的故事都是“随着孩子的一声啼哭”来化解一切婚姻、爱情和家庭的危机。并不只是小说如此，在现实生活中，也是这样做的：很多正在面临“婚恋潮”并试图“拯救爱”的70后男女，向对方提出的最后一个挽救方案仍然是：亲爱的，让我们生一个孩子吧。

对，还是错？幸，抑或不幸？

图书在版编目(CIP)数据

同林鸟 / 夏景著. —北京：中国青年出版社，2008
ISBN 978-7-5006-8496-1

Ⅰ. 同… Ⅱ. 夏… Ⅲ. 长篇小说－中国－当代 Ⅳ. I247.5

中国版本图书馆 CIP 数据核字（2008）第 167956 号

书　　名：同林鸟
丛 书 名：薪女性小说
作　　者：夏　景
责任编辑：庄　庸
特约编辑：叶　子
装帧设计：高永来
出版发行：中国青年出版社
社　　址：北京东四十二条 21 号
邮　　编：100708
网　　址：www.cyp.com.cn
营销中心电话：(010)84039659
印　　刷：北京地质印刷厂
经　　销：新华书店

开　　本：880 × 1230　1/32
印　　张：9.625
字　　数：220 千字
版　　次：2009 年 1 月北京第 1 版 2009 年 1 月北京第 1 次印刷
印　　数：1-10,000 册
书　　号：ISBN 978-7-5006-8496-1
定　　价：28.00 元